만 년 만에 귀환한 플레이어

나비계곡 퓨전 판타지 장편소설

WISHBOOKS FUSION FANTASY STORY

만 년 만에 귀환한
플레이어 18

나비계곡 퓨전 판타지 장편소설

초판 1쇄 찍은 날 | 2020년 12월 23일
초판 1쇄 펴낸 날 | 2020년 12월 31일

지은이 | 나비계곡
펴낸이 | 권태완 우천제

기획 | 위시북스
편집책임 | 한준만
편집 | 위시북스

펴낸곳 | (주)케이더블유북스
등록번호 | 제25100-2015-43호
등록일자 | 2015. 5. 4
KFN | 제2-66호

주소 | 서울시 구로구 디지털로31길 38-9, 401호
전화 | 070-8892-7937 팩스 | 02-866-4627
E-mail | fantasy@kwbooks.co.kr

ⓒ나비계곡, 2019

ISBN 979-11-293-7025-9 04810
    979-11-293-3914-0 (set)

※ 파본은 구입하신 서점에서 교환하여 드립니다.
※ 저자와 협의하여 인지를 붙이지 않습니다.
※ 이 책은 케이더블유북스와 저작자의 계약에 의해 출판된 것이므로 무단 전재 및 유포, 공유를 금합니다.
※ 이 도서의 국립중앙도서관 출판시도서목록(CIP)은 서지정보유통지원시스템 홈페이지 (http://seoji.go.kr)와 국가자료공동목록시스템(http://www.nl.go.kr/kolisnet)에서 이용하실 수 있습니다.

만 년 만에 귀환한 플레이어

CONTENTS

1장 내가 무슨 신이라고?	7
2장 습격	20
3장 기생(寄生)의 왕	42
4장 멸망한 세계에 희망을	87
5장 대체 이 소설은 장르가 뭔가요	112
6장 노스트리안의 눈	136
7장 예언의 악마	173
8장 얼어붙은 신전	236
9장 첫 번째 하늘의 주인	281
10장 신념은 희망 앞에 고개를 숙인다(1)	307

· 1장 ·
내가 무슨 신이라고?

 침묵이 장막처럼 내려앉았다. 차연주와 강우의 시선이 어색하게 허공에 얽혔다.
 강우는 당황스럽다는 듯 입술을 씹었다.
 '제기랄.'
 하도 빛빛거리다 보니 자신이 진짜 빛인 줄 알았던 것이 아니다.
 광휘라는 가면 아래 굶주린 포식자의 신격이 존재한다는 것은 잘 알고 있었다. 하지만.
 '이제까지 잘 숨겨줬었잖아.'
 뒤에 '???'처럼 사족으로 붙이긴 했으나 이제까지 시스템은 그의 정체를 어느 정도 숨겨줬다. 아마 탐식의 전에 지니고 있던 '거짓'의 신격의 힘.

'그런데 왜.'

이번에는 이렇게 대놓고, 스트레이트로 정체를 까발려 버린단 말인가.

"……탐식의 신격, 이라고 나왔다고?"

"어, 응."

"후우."

깊게 숨을 들이쉬었다.

으득.

거칠게 주먹을 쥐었다. 시스템이라고 불리는 존재에 대해 떠올렸다.

'분명 전에 어느 정도 의사소통이 가능했지.'

아마 '마신이 되는 길'의 퀘스트가 모두 완료되었을 때였을 것이다.

'무슨 원리인지는 모르겠지만.'

시스템은 개개인의 의식까지 읽어내는 것이 가능했다. 그리고 어느 정도는 '자아'를 지니고 있었다. 인격체라고 하기보다 인공 지능에 가까워 보이는 자아였지만.

'그렇다면.'

분명…… 진심이 가득 담긴 자신의 목소리가. 애달픈 진심이 닿을 수 있다는 생각이 들었다.

'시스템아. 시스템아.'

왜 그래 갑자기.

'우리 이런 사이 아니었잖아?'

응? 우리 사이 좋았잖아?

'네가 그 티탄의 율법 맞지?'

자꾸 이런 식으로 나오면 곤란해.

'응? 내가 전에도 말했잖아. 만약 바알이 나한테 뒤지고 나면'

그 다음은 너라고.

'티탄이 만든 율법이고 나발이고 어차피 가이아 시스템도 사라진 마당에 너도 같이 터뜨려 줄까? 응? 그냥 씨발 다 같이 폭사해 볼래?'

[권한 없는 존재에 의한 율법의 개입은 엄격히 금지되어 있습니다.]

'내가 어려운 부탁하는 거 아니잖아? 고작 두 글자 수정하는 거 힘든 거 아니잖아? 서로 잘 되자고 그러는 거잖아. 맞아, 아니야?'

[권한 없는 존재에 의한……]

'응? 너도 세계를 수호하는 게 목적일 거 아냐? 그래서 이제까지 신들의 개입을 제약하고 별의 수호를 통해서 외계의 침입을 막은 거잖아?'

[유, 율법의 개입은……]

'그래. 씨바, 이렇게 된 거 그냥 폭발 엔딩으로 가자. 나 그냥 바알 상대 안 하고 도망 다닐게. 응? 그 새끼가 좋다고 세계란 세계는 다 씹어 먹으면서 쫓아오겠지? 걔가 티탄이라고 가만히 내버려 둘 것 같아? 응? 다 같이 사이좋게 뒤지면 되겠네.'

[……]

'누구는 씨바 세계 한번 지켜보겠다고 피똥 싸면서 지랄하는데, 이 세계를 관리한다는 놈이 도움은 주지 못할망정 방해나 하고 있어?'

[율법의 권한이 바알에게 양도된 이후 보조 제어 시스템 'Eve'의 자체적인 권한이 크게 축소 됐……]

'어? 또 변명이야? 너는 매일 변명밖에 못 하지?'

[내가 무슨 바람난 애인이냐?]

'다 필요 없어. 끝내! 우리 사이 이만 끝내자고!'

[……]

어색한 침묵이 내려앉았다.

짧은 침묵이 흐른 후.

[시스템에 오류가 확인되었습니다.]
['광휘(개새끼)의 신격'의 일부를 획득하였습니다!]

"······어?"

차연주는 다시금 떠오른 푸른 메시지창에 멍하니 입을 벌렸다.

"왜 그래?"

"내, 내용이 바뀌었어. 시스템에 오류라니······? 이, 이런 거 처음 보는데. 아니, 그건 그렇고 개새끼는 또 뭔······."

"아, 나도 전에 몇 번 그런 적 있었어."

"너도 그랬다고?"

"응. 요즘 들어서 종종 메시지가 오류나는 경우가 있더라고. 아마 가이아 시스템이 붕괴한 영향인 것 같아."

이어지는 강우의 말에 차연주는 고개를 갸웃거렸다.

"······전에 가이아 시스템이랑 플레이어한테 뜨는 메시지랑은 상관없다고 하지 않았어? 그건 그······ 별의 수호였나? 그거라며."

"맞아. 가이아 시스템은 어디까지나 외계(外界)의 침식에 대한 보호막을 일컫는 말이고, 플레이어들한테 뜨는 메시지창은 티탄의 율법이라고 불리는 상위의 시스템이야."

"그렇다면······."

"하지만 그렇다고 해서 서로 완전히 영향을 받지 않는다고는 할 수 없지. 지금 티탄의 율법의 권한이 누구한테 넘어가 있는지 너도 알고 있잖아?"

"……바알."

"그래. 그 미친놈이 시스템을 가만히 내버려 뒀겠냐고."

차연주는 떨떠름한 표정으로 고개를 끄덕였다.

대강 무슨 말인지 이해는 했지만, 아무리 그래도 어거지 같다는 느낌을 지울 수가 없었다.

'아니.'

이건 아무리 생각해도 억지가 맞다.

처음 탐식의 신격이라는 이름이 나왔을 때 당황하던 강우의 표정을 보면 어렵지 않게 짐작할 수 있었다.

'저 능글맞은 놈이 당황할 정도면 진짜 제대로 정곡을 찔린 건데.'

어지간한 상황이라면 능청스럽게 넘어갈 놈이 대놓고 당황한 것을 보니 의심을 지울 수 없었다. 아니, 다른 것을 제쳐두더라도 이걸 시스템의 오류로 넘어가기에는 지나치게 앞뒤가 잘 맞는다.

차연주는 팔짱을 낀 채 날카롭게 강우를 노려보았다.

"……어쩐지, 이상하다고 생각했었어."

"뭐가."

"흥, 뭐긴 뭐야? 당연히 네가 광휘의 신이라는 거지."

차연주는 득의양양한 표정으로 말을 이었다.

"내가 그래도 김시훈 같은 놈보다는 너에 대해 좀 알고 있다고 생각하는데? 사람들 앞에서 빛이니 구원이니 하는 거 전부 연기잖아?"

한번 먹잇감을 문 암사자는 끈질기게 급소를 노렸다.

"솔직히 너는 세계의 구원자니 뭐니 하는 것보다 악역이 더 어울리는 놈이잖아? 응? 그렇지?"

제대로 반론을 하지 못하는 강우를 바라보며 차연주는 씨익 입가를 올렸다. 승기는 완전히 자신에게 넘어왔다는 듯한 표정.

그녀는 어깨를 으쓱이며 고개를 끄덕였다.

"뭐, 나도 이해해. 솔직히 가이아나 다른 신들 앞에서 탐식의 신이 됐다고 말하기는 좀 그렇지. 이름만 들어도 바로 악신(惡神)처럼 느껴지니까 말이야."

강우를 이해한다는 듯 그의 어깨를 토닥였다.

"흠흠, 그래도 난 네가 악신은 아니라고 생각해. 능글맞고, 변태에다가 천하 둘도 없을 개자식이지만 이러니저러니 해도 지금 세계를 지키기 위해 누구보다 노력하고 있잖아?"

그러니까.

"나한테는…… 솔직하게 말해줘도 괜찮아. 응? 영혼의 동반자라며? 영혼의 동반자 사이에 숨기는 게 있어서 되겠어?"

차연주는 오래간만에 잡은 강우의 약점에 활짝 미소를 지으며 그를 추궁했다. 통쾌한 복수의 시간에 절로 그녀의 어깨가 들썩였다.

"……연주야."

환하게 웃고 있는 차연주를 바라보며 강우는 나지막이 입을 열었다.

"무슨 소리를 하는 거야. 나는 광휘의 신이라니까?"

"흥."

차연주는 헛소리하지 말라는 듯 콧방귀를 뀌었다.

"이제 와서까지 발뺌을 하려고? 이미 네 반응만으로 광휘의 신이 아니라는 건 다 뽀록 났다니까?"

쯧쯧. 혀를 차며 고개를 저었다.

"뭐, 광휘건 탐식이건 뭐가 중요해? 응? 그런 거랑 상관없이 넌 오강우잖아. 그렇지?"

만화에서 한 번쯤 등장할 법한 그럴싸한 대사를 읊으며 말을 이었다.

"어차피 네가 무슨 신이든 난 상관 안 하니까 그냥 솔직하게 말해달라고."

물론.

'이걸로 약점을 잡기는 하겠지만.'

차연주는 씨익 입가를 올렸다.

어렵게 잡은 강우의 약점이다. 쉽게 놓아줄 리가 없지 않은가. 그의 정체가 무슨 신인지는 자신에게는 별로 상관없으나, 당연히 가이아에게는 상관이 있을 것이다.

'히히히.'

이 약점을 빌미로 강우에게 이것저것 명령할 것을 생각하니 절로 입가에서 웃음이 흘러나왔다.

'우선 아까의 복수부터.'

차연주의 눈에 불꽃이 튀었다. 그녀의 마음을 희롱한 몹쓸 놈에게 천벌을 내려줄 생각이었다.

"아니, 이건 네가 상관 안 하고 말고의 문제가 아니야."

강우는 천천히 고개를 저으며 진지한 표정으로 말을 이었다.

"믿어줘, 연주야. 나는 탐식의 신이 아니라 광휘의 신이야."

"아니, 왜 그렇게 숨기려……."

찰칵.

짜증 섞인 차연주의 말이 이어지기 전에 강우는 품속에서 스마트폰을 꺼내 들었다.

화면을 터치해 버튼을 눌렀다. 그러자.

-오, 오늘 일은 잊지 않을 거야.

너무도 익숙한 목소리가 흘러나왔다.

"……!!"

차연주의 표정에 경악이 서렸다.

그녀는 두 눈을 부릅뜨며 덜덜 몸을 떨었다.

"너, 너 이 새끼 설마……."

"하아. 연주야."

강우는 깊은 한숨을 내쉬며 말을 이었다.

"왜 내 말을 믿어주지 못하는 거니?"

-이, 멍청한 새끼. 왜, 왜…… 이렇게 억지로.

"왜 내 진심을 그렇게 몰라 주는 거야?"

-굳이 이러지 않아도…… 제대로, 고백해 줬다면…….

"우리는! 서로를 믿고 의지하는 동반자가 되었는데!"
강우는 서럽다는 듯 주먹을 움켜쥐며 외쳤다.
"왜 나를 믿어주지 않는 거냐고!"

-위대하아안!! 광휘의 신에게에! 이 몸을 바치겠습니다아아아아!

스마트폰을 통해 절규와도 같은 목소리가 흘러나왔다.
차연주는 창백하게 질린 표정으로, 덜덜 몸을 떨었다.
지금 당장 저 스마트폰을 잡아 박살 내야 한다는 생각이 떠올랐지만, 그것을 들고 있는 존재가 강우라는 점에서 얼마나 현실성 없는 생각인지 잘 알고 있었다.
"이, 이 나쁜, 개, 개씨발…… 새끼."
"연주야……."
강우는 스마트폰의 음량을 최대로 키운 후, 차연주의 어깨를 붙잡았다.
"네 입으로 말해봐."

-오~빠앙!

"내가…… 무슨 신이라고?"

침묵이. 죽음과도 같은 침묵이 흘러내렸다.

털썩.

차연주는 더 이상 서 있지 못하고 그 자리에 주저앉았다.

"흐윽. 허어어엉."

서러운 울음소리와 함께, 투명한 눈물이 그녀의 뺨을 타고 흘러내렸다.

"과, 광휘…… 광휘의…… 신, 입니다."

쥐어짜 내듯 말했다.

강우는 그녀의 말에 감동한 듯, 눈가를 훔치며 고개를 끄덕였다.

"고마워……. 날 믿어줘서, 정말 고마워."

언제나 진실은 승리하는 법.

눈부신 황금빛이 강우의 몸에서 흘러나왔다.

붉은 언덕. 메마른 모래 위에 앉아 있던 소년이 갑작스럽게 고개를 하늘로 쳐들었다.

"헤."

소년의 입이 벌어지며 허탈한 웃음이 흘러나왔다.

"무슨 일이십니까?"

소년의 옆에 한쪽 무릎을 꿇고 있던 근육질의 거한이 물었다.

마락스. 바알의 하수인 중 '세 번째 하늘'을 담당하고 있는 악마였다.

바알은 마락스의 말에 답하지 않은 채 배를 움켜쥔 채 몸을 웅크렸다.

"푸홉! 하하하하하하하!!"

광기에 찬 웃음이 마른 언덕에 울려 퍼졌다.

"아무런 권한도 없이 율법(律法)에 개입하다니."

환하게 웃고 있는 입가와 대비되는 사나운 눈빛. 소년은 날카로운 이빨을 까득까득 부딪치며 입술을 핥았다.

"정말……."

그는 언제나. 자신의 상상을 뛰어넘었다. 아득하게 높은 곳에서 조롱하듯 내려다보았다.

까득, 까득.

"네가, 아니야."

소년의 눈에 광기의 빛이 떠올랐다.

씹어뱉듯 말을 이었다.

"마해의 주인은…… 네가 아니라 '나'라고."

소년은 씨익씨익 숨을 내뱉으며 웃음을 터뜨렸다.

"뭐, 좋아."

소년의 몸에서 끈적한 마기가 흘러나왔다.

고개를 들어 올리며 하늘을 올려다보았다. 보이지 않는 무언가를 쥐듯, 허공에 몇 차례 손을 젓던 소년은 씨익 입가를 비틀어 올렸다.

"헤헤."

티 없이 맑은 목소리가 흘러나왔다.

"슬슬…… 도착할 시간이네."

소년은 기대감에 부푼 얼굴로 콧노래를 흥얼거렸다.

"외계(外界)의 존재는 또 어떤 맛일까?"

입술을 훑으며 마왕(魔王)의 얼굴을 떠올렸다.

"너도 궁금하지?"

히히히. 소년은 어깨를 들썩이며 웃었다.

파직.

소년이 올려다보고 있는 하늘에 희미한 균열이 나타났다.

· 2장 ·
습격

꿈을 꾼다.

붉게 타오르는 하늘. 뒤틀린 대지. 높게 솟은 언덕에는 시체가 가득했다. 아니, 애초에 그것은 시체로 이루어진 언덕이었다.

끔찍한 죽음이 내려앉은 그 언덕은 어딘가 익숙하게 느껴졌다.

서울. 그래, 서울이다. 그가 알고 있는, 살아왔던 도시의 이름. 철저하게 망가져 폐허가 되어버렸지만 희미하게 그 형태만은 남아 있었다.

'아, 아아.'

무너져 내린 도시 위에. 시체로 이루어진 산 위에.

'너는…… 누구야.'

무언가 있었다.

악몽 같은 존재가. 절망 같은 존재가. 시체를 뜯어 먹으며 환하게 미소 짓고 있었다.

치지직.

시야가 일그러진다. 의식이 잠겨든다.

아니, 떠오른다. 그리고.

"허업!"

쿵!

김태현의 몸이 침대에서 굴러떨어졌다.

"허억, 허억!"

바닥에 쓰러진 김태현은 거친 숨을 토해냈다. 두 눈이 타오르듯 뜨겁다.

김태현은 손으로 눈가를 더듬었다.

"……어?"

그제야 그는 자신의 눈에서 검붉은 피가 흘러내리고 있다는 사실을 깨달았다.

"뭐, 뭐야."

피눈물로 인해 축축해진 얼굴을 더듬었다.

눈에서 피가 흘러내린다는 것은 사람에게 본능적인 공포를 야기시키는 법. 덜덜 떨리는 손으로 눈가를 닦았다.

김태현은 피에 젖은 손바닥을 내려다보며 굳게 입을 다물었다.

그는 불안감에 찬 표정으로 목에 걸린 노스트리안의 눈을 쥐었다.

'……힘의 부작용인가?'

알 수 없었다. 이제까지 미래시를 많이 사용했다고 해서 이런 적은 한 번도 없었다.

'……대련 중에 뭐가 잘못되기라도 한 건가.'

사실 대련이라기보다 서로의 목숨을 건 실전에 가까웠으니 후유증이 남아도 이상한 일은 아니었다. 실제로 김시훈과의 대련 이후 며칠 동안 침대 신세를 면치 못했으니까.

"……하아."

테이블 위에 휴지를 꺼내어 눈가를 닦았다.

피에 젖은 휴지를 쓰레기통에 집어 던졌다.

'뭘까.'

꿈에서 본 광경. 세계의 종말(終末)이 온다면 그러할까. 붉게 타오르는 하늘과 뒤틀려 찢어발겨진 대지가 낙인처럼 뇌리에 새겨졌다.

"꿈…… 이겠지."

너무도 끔찍한 광경에 고개를 붕붕 저었다.

하지만 그렇게 말하면서도 마음 한편에 자리 잡은 불안감을 떨쳐낼 수 없었다.

아니, 어쩌면 이미 스스로 알고 있는 건지도 모른다. 이것이. 이 종말의 광경이. 꿈이 아니라는 사실을.

김태현은 굳게 입을 다물었다.

거칠게 입술을 짓씹으며 몸을 일으켰다.

'알려야 해.'

자신이 본 미래를. 그 끔찍한 종말을.

'형에게…… 알려줘야 해.'

김태현은 방문을 나섰다.

"종말의 광경을 봤다고?"

"예."

김태현은 딱딱하게 군은 얼굴로 고개를 끄덕였다.

강우는 가늘게 눈을 떴다.

'종말의 광경이라.'

다른 사람이 말했다면 헛소리하지 말라고 했을지도 모른다.

하지만 김태현의 말이라면. 미래(未來)를 엿볼 수 있는 존재의 말이라면 얘기가 달라진다.

'바알…… 인가?'

가장 먼저 떠오른 존재는 두말할 것도 없이 바알이었다.

자신이 패배했을 때의 미래. 온 세계가 그 사나운 포식자의 먹잇감으로 전락하는 광경을 상상하는 것은 어렵지 않았다.

"하."

강우는 입가를 일그러뜨렸다.

'재밌네.'

어차피 승산이 적은 싸움이라는 사실은 알고 있었다. 이제 와서 새삼스럽게 종말을 예견한다고 해도 별다른 감흥은 없었다.

'미래가 어떻게 되든.'

그가 해야 할 일은 하나였다.

강우는 길게 혀를 내밀어 입술을 핥았다. 탐식의 신격을 제압하고 난 이후 오랜만에 느껴보는 강렬한 허기가 배를 비틀었다.

강우는 머리칼을 쓸어올리며 물었다.

"그 폐허가 된 도시의 모습이 서울이었다고?"

"예, 분명 서울이었습니다."

"흠."

그렇다면 바알과의 최후의 결전은 서울에서 벌어질 가능성이 높단 의미.

'좋지 않은데.'

서울은 격변의 날 전이나 이후나 인구 밀집도에서 손에 꼽히는 도시였다. 싸움의 승패와 상관없이 피해가 너무 커질 우려가 있었다.

'최소한 전장이라도 다른 곳으로 옮겨야 해.'

언제 바알과의 전투가 시작될지는 알 수 없지만 최대한 미리 손을 써두는 것이 옳다.

'전장을 못 옮긴다면 지하 벙커 같은 거라도 서울 곳곳에 만들어둬야겠어.'

김태현이 본 미래가 바알과의 전투가 맞는다면, 강우가 무슨 수를 쓰더라도 서울에서 최후의 전쟁이 벌어질 가능성이 높았다. 서울에서 싸운다는 미래를 바꿀 수 없다면 최대한 피해자가 덜 나오도록 대비를 해두는 게 옳다.

"저…… 강우 형."

"응?"

"혹시 그 미래가 지금 일어나고 있는 게이트의 이상 현상과 연관되어 있는 건 아닐까요?"

강우는 그 종말의 장면을 본 순간 바로 바알을 떠올렸지만, 김태현은 지금 현재 진행형으로 일어나고 있는 외계의 침식을 먼저 의심했다. 김태현은 바알이라는 존재를 직접 본 적 없으니 어쩌면 당연한 반응이리라.

강우는 고개를 저으며 말을 이었다.

"아니, 이건 아무래도 바알과 연관……."

자연스럽게 말을 이어가다, 멈췄다.

강우의 표정이 거칠게 일그러졌다.

'잠깐.'

방금 전 자신은 너무도 당연하게 '바알'에 대한 가능성만을 생각했다. 다른 위험을 배제한 채, 외계의 침식은 생각도 하지 않은 채. 오로지 바알만을 경계했다.

'아니, 아니지.'

강우는 머릿속에 떠오른 생각을 부정했다.

어떤 상황에라도 단 하나의 가능만을 생각하는 것은 멍청하기 짝이 없는 짓이다.

'김태현이 본 미래가 바알과 전혀 연관이 없을 수도 있어.'

안 그래도 지금은 외계의 침식이 점차 심해지고 있는 상황 아닌가. 가능성 자체는 적었지만, 전혀 다른 위협이 존재할 가능성도 배제할 수는 없었다.

'이건 좀 빠르게 움직여야겠는데.'

김태현이 볼 수 있는 미래는 원래라면 기껏해야 5초에서 10초 사이에 짧은 미래에 불과했다. 모종의 이유로 힘이 폭주해 미래를 봤다고 해도 수 년, 수십 년 이후의 미래는 아닐 것이다.

"바로 가디언즈를 소집……."

소집해야 한다고 말하려고 할 때였다.

삐이이이익!

강우와 김태현의 품속에서 동시에 날카로운 경보음이 울려 퍼졌다.

강우는 품속에서 시끄럽게 경보음을 울리고 있는 새하얀 증표를 꺼냈다. 가디언즈의 간부에게 지급되는, 수호의 전당으로 향하는 게이트를 여는 마도구. 황금빛 방패의 문양이 새겨진 그 증표에서 시끄러운 경보음이 울리더니.

[기, 긴급 상황입니다!]

레이라의 다급한 목소리가 울려 퍼졌다.

[현 시간부로 가디언즈 전원은 서울로 집결해 주세요!!]

'뭐야, 이런 기능도 있었어?'

가디언즈에 몸을 담은 지 몇 년이 흘렀지만 이런 기능까지 써가면서 긴급 소집을 하는 것은 처음이었다. 바꿔 말하면, 이제까지와는 비교할 수 없을 정도로 긴급한 사항이라는 의미. 자연스럽게 김태현이 본 미래의 모습이 떠올랐다.

강우의 표정이 딱딱하게 굳었다.

[스, 습격입니다! 어마어마한 숫자의 몬스터가 서울을 습격

하고 있습니다!]

그 외침을 끝으로 통신이 끊겼다.

강우와 김태현은 굳은 표정으로 서로를 응시했다.

"형 이건……."

"일단 바로 이동하자."

강우는 다급히 몸을 돌렸다.

다행히 멀리 갈 필요는 없었다. 김태현이 머물고 있던 플레이어 전용 치료실은 서울 근교에 위치해 있었으니까.

"혀, 형?"

"가만히 있어."

강우는 하늘을 날 수 없는 김태현을 천공의 권능으로 들어 올린 채 창문을 박찼다.

"으아아아아악!"

김태현의 비명이 길게 이어졌다.

강우는 비명을 무시한 채 음속을 가볍게 뛰어넘는 속도로 허공을 질주했다.

그리고.

"……뭐야, 저건."

서울 상공에, 수 킬로미터에 달하는 거대한 균열이 만들어진 것이 보였다.

붉은빛으로 타오르는 균열. 마치.

'하늘이.'

불타고 있는 것만 같았다.

"제기랄."

강우는 거칠게 주먹을 쥐었다.

"이제 예열 기간은 끝났다, 이 말이지."

게이트의 이상 현상부터 시작해서 징조는 셀 수 없을 정도로 많았다. 아니, 애초에 가이아 시스템이 붕괴된 순간부터, 이런 일이 일어날 것은 필연(必然)에 가까웠다.

외계(外界)의 습격. 예측할 수도, 예상할 수도 없는 '바깥'의 존재들. 별의 수호가 사라진 세계의 말로(末路).

"좋아."

강우는 사납게 일그러진 표정으로 이를 드러냈다.

머리를 쓸어 올리며 입가를 비틀었다.

'감히, 이 세계를 탐낸다 이거지.'

그가 짊어지고 있는 세계를. 그의 소중한 이들이 살아 숨 쉬고 있는 세계를. 그리고.

"어딜 넘봐 이 새끼들아."

김치찌개가 있는 세계를.

"여긴 내 세계다."

붉게 타오르는 하늘을 향해.

마왕(魔王)이 그 날카로운 이빨을 드러냈다.

화르륵!

매캐한 연기가 하늘을 덮었다. 뜨거운 열기가 거리를 태웠다.

"꺄아아아악!!"

"사, 살려줘!!"

타오르는 도시 속에서 끔찍한 비명이 울려 퍼졌다.

"카륵카륵카륵카륵!"

도망치는 사람들을 사냥하고 있는 존재는 바퀴벌레가 거대화된 것 같은 외형의 괴물. 3미터에 달하는 몸체를 지닌 벌레가 무시무시한 속도로 바닥을 기어갔다.

도망치는 중년 사내를 붙잡은 벌레는 날카로운 턱을 쩍 벌리더니, 가차 없이 씹어 삼켰다.

콰득!

"아, 아아."

중년 사내와 함께 도망치고 있던 여인이 풀썩 자리에 쓰러졌다. 그녀는 망연자실한 표정으로 괴물을 올려다보았다.

"비, 빛이…… 여."

얼마 전에 들은 광휘교의 기도문을 입에 담았다. 고작 기도 하나로 아무것도 바뀌지 않는다는 것을 알고 있음에도.

"비, 빛……."

신에게 닿을 리 없는 기도가 끝나기도 전에, 사람 하나를 통째로 집어삼킨 벌레가 그녀를 향해 몸을 돌렸다.

그때였다.

촤아아악!

하늘에서 벼락처럼 떨어진 황금빛. 찬란한 그 빛이 벌레의 몸을 반으로 쪼갰다.

쩌억.

"씨바, 비주얼 한번 기가 막히네."

반으로 갈라진 벌레의 몸 안에서는 점성이 가득한 녹색 체액이 흘러나오고 있었다.

"어디 보자."

황금빛에 휩싸인 청년은 반으로 갈라진 벌레의 시체를 들어 올렸다.

쩌억, 입을 벌리더니.

으득.

끔찍한 포식자(捕食者)였던 괴물을 오히려 씹어 먹었다.

"카악, 퉤. 더럽게 맛없네."

벌레의 몸을 한 입 크게 베어 물었던 청년은 일그러진 얼굴로 침을 뱉었다.

"정말 징글징글하게 많구만."

황금빛에 휩싸인 청년은 한숨을 내쉬며 고개를 들어 올렸다. 서울 상공에서 만들어진 균열을 따라 셀 수 없을 정도의 벌레들이 쏟아져 내리고 있었다.

청년은 천천히 손을 들어 올렸다. 그리고.

"딱 반만 줄이자고."

화르르르륵!

뜨겁게 타오르는 황금의 불길이, 파도처럼 벌레의 무리를 휩쓸었다.

"키에에에에에엑!!"

"키르르륵!"

황금빛 화염이 타오른다.

마치 지상에 태양이 나타난 듯, 압도적인 열기의 겁화(劫火)가 하늘을 뒤덮고 있던 벌레들을 덮쳤다. 끔찍한 괴성과 함께 메케한 연기가 피어올랐다. 구름처럼 몰려 있던 벌레들이 검은 재가 되어 쏟아져 내렸다.

마치. 검은 눈이 내리고 있는 것과 같은 광경.

"크, 크윽."

끔찍한 겁화 속에서 가까스로 살아남은 괴물 하나가 침음을 삼켰다.

공중을 날며 벌레를 통솔하고 있던 괴물의 모습은 다른 벌레들과 달리 '인간'의 모습을 하고 있었다.

인간의 모습이라고 해도 몸 전체에 나무뿌리처럼 힘줄이 돋아나와 있고 뒤통수에서 튀어나온 끈적한 점성을 지닌 녹색 줄기가 허리까지 이어져 있었기 때문에 그가 인간이 아닌 외계(外界)의 존재라는 것을 알아보는 것은 어렵지 않았다.

"이, 일격에 코, 코크로치들의 반이 사라졌다고······?"

외계의 괴물은 믿을 수 없다는 듯 검은자위로만 이루어진 눈을 부릅떴다.

코크로치만이 아니었다. 상위 개체인 메두사도, 패러사이트를 무한히 양산해 내는 둥지조차 갑작스럽게 솟구쳐 오른 겁화에 그 숫자가 크게 줄어들었다.

실로 압도적이라고 할 수 있는 일격. 그가 모시는 '왕'이라 할지라도 과연 가능할지 알 수 없는 공격이었다.

"……아, 알려야 해."

메두사가 죽은 것은 그렇다 쳐도 둥지까지 파괴된 것은 전황에 큰 영향을 끼치는 일이었다.

둥지는 패러사이트의 핵심. 주변의 대지를 잠식하고 패러사이트를 무한히 양산하는 전략 병기였다.

왕은 정복 전쟁에 직접 참여하지 않겠다고 말했지만, 이런 변수가 나타난 이상 가만히 있을 수는 없었다.

외계의 괴물은 등에서 투명한 날개를 펼쳐 붉은 균열 안으로 날아올랐다. 균열의 안으로 들어가자 무수한 '둥지'들에 침식당한 대지가 보였다. 마치 대지 자체가 거대한 혈관에 뒤덮인 것과 같은 끔찍한 광경. 패러사이트에 의해 완전히 지배당한 세계. 한때 '환(晥)'이라고 불리던 대륙의 말로(末路)였다.

"와, 왕이시여."

무수하게 늘어져 있는 둥지 중 가장 거대한 둥지에 도착한 외계의 괴물은 낮게 머리를 조아렸다.

거대한 왕좌에는 반듯한 인상의 중년 사내가 지그시 눈을 감은 채 앉아 있었다. 겉보기에는 인간과 구별을 할 수는 없는 외모였지만, 그 육체 안에 자리 잡고 있는 존재가 누구인지는 그 자신이 가장 잘 알고 있었다.

──…발광하는 절제인가.

육성으로 말하는 것이 아닌, 머릿속에 직접 울려 퍼지는 듯한 목소리.

눈을 감고 있던 중년 사내가 천천히 눈을 떴다. 검은자위만으로 이루어진 섬뜩한 눈이 외계의 괴물을 향했다.

"보, 보고 드릴 것이 있습니다!"

패러사이트 무리를 통솔하던 외계의 괴물, '발광하는 절제'는 다급한 목소리로 지구에서 일어난 이변을 보고했다.

가만히 얘기를 듣고 있던 중년 사내의 눈빛이 점차 빛나기 시작했다.

-일격에 코크로치의 반이 사라졌다고?

"코, 코크로치만이 아닙니다. 선봉대에 투입됐던 둥지의 숫자도 크게 줄어들었습니다!"

-호오.

중년 사내는 흥미롭다는 듯 왕좌에 몸을 기울였다.

그는 천천히 팔을 들어 올리며 자신의 몸을 내려다보았다. 아니, 정확히는 '원래' 이 몸의 주인이었던 존재를 떠올렸다.

-실망스러웠지.

쯧, 가볍게 혀를 차며 말했다.

환 대륙의 최강자라 불리던 무인(武人)라기에 기대감에 부풀어 있었지만, 막상 붙어보니 실망스럽기 그지없었다.

-……하아.

패러사이트의 왕은 왕좌에 앉은 채 깊은 한숨을 내쉬었다.

환 대륙에서는 지독히도 오래 지속된 권태(倦怠)를 깰 만한 존재는 발견하지 못했다. 지루하고, 비루했다.

아득한 세월을 최강의 자리에 앉아 있는 것은 서서히 죽어가는 것과 다르지 않았다. 진화(進化)에 대한 무한한 욕구는 패러사이트의 본능. 그는 끝없는 욕구를 해소할 수 있는 존재를 찾기 위해 차원을 넘어 삼원(三元)의 세계에 도달했다. 정확히는.

-그자가 그러면 바알이라는 놈이냐?

바알이라는 존재를 찾기 위해.

"그, 그건 모르겠습니다."

발광하는 절제는 고개를 저었다.

"하지만 바알은…… 아니라고 생각합니다. 그자는 악마라고 들었으니까요."

악마가 그토록 찬란한 황금빛 기운을 사용할 수 있을 리가 없다.

-흐음.

패러사이트 왕은 실망스럽다는 듯 고개를 저었다.

이내, 왕좌에서 천천히 몸을 일으켰다.

-뭐, 바알을 만나기 전 가벼운 여흥으로는 나쁘지 않겠구나.

패러사이트 왕은 입가를 올리며 붉은 균열을 향해 발걸음을 옮겼다.

"후우."

강우의 입에서 깊은 한숨이 흘러나왔다.

서울의 상공 전체를 뒤덮고 있던 벌레의 무리가 잿더미로 변해 눈처럼 쏟아지는 것이 보였다.

"나쁘지 않네."

강우는 입가를 올리며 가볍게 몸을 풀었다.

탐식의 불에 대한 성취가 올라가며 이런 광범위한 공격도 어렵지 않게 해낼 수 있었다.

'신성의 소모가 너무 심하긴 하지만.'

탐식의 불을 완벽하게 사용하기 위해서는 마기에 신성을 섞어서 사용해야만 했다.

마기야 마해를 통해 무한히 공급받을 수 있다지만 신성은 한번 소모하게 되면 보충하기까지 꽤나 시간이 걸렸다.

'일단은 여기까지만 해둘까.'

신성을 펑펑 쏟아부으며 범위 공격을 난사하다가 정작 중요한 보스와 싸울 때 신성이 모자랄 가능성이 있었다. 지금은 민간인들을 학살하는 벌레들을 한 차례 뒤로 물러나게 한 것만으로 족하다.

남은 벌레들은.

콰지직! 콰드드드득!

"형님!"

"강우 형!"

김시훈과 김태현이 겁화 속에서 살아남아 도망치고 있는 벌레들을 처리하며 강우가 있는 방향으로 달려왔다.

일반인들에게는 재앙이나 다를 바 없었던 괴물들도 김시훈과 김태현 앞에서는 그저 크기만 좀 큰 바퀴벌레에 불과했다. 둘의 검이 한 번 반짝일 때마다 우후죽순으로 벌레들이 쓸려 나갔다.

'그렇지.'

강우는 씨익 웃었다. 애초에 이런 상황에서 무분별한 신성의 소모를 아끼기 위해 김시훈을 키워뒀던 것이다.

'이 일이 터지기 전에 신격을 각성시켜 둬서 다행이네.'

위기의 순간 착실히 키워둔 안전 자산이 활약하는 모습을 보니 절로 입가에 미소가 지어졌다.

"이 괴물들은 대체……"

김시훈은 딱딱하게 굳은 표정으로 주변을 둘러보았다. 강우의 일격으로 많은 숫자가 줄긴 했지만, 아직 서울 상공에서 날아다니는 벌레의 숫자는 셀 수 없을 정도로 많았다.

김시훈은 하늘에 나타난 거대한 균열을 올려다보며 입을 열었다.

"외계의 침입이…… 시작된 겁니까?"

"그렇다고 봐야지."

강우는 눈살을 찌푸리며 고개를 끄덕였다.

"어떤 세계에서 넘어온 놈들인지는 모르겠지만."

천천히 손을 들어 올렸다. 황금빛 기운이 넓게 대지에 퍼졌다.

"우리가 해야 할 일은 하나뿐이지."

우적우적.

바닥에 쓰러진 벌레들을 포식의 권능으로 흡수한 강우는 날카롭게 눈을 빛냈다.

포식의 권능은 포식한 대상의 기억까지는 알 수 없었지만, 그들의 습성이나 특징, 약점 같은 것들은 파악하는 것이 가능했다.

"패러사이트……."

머릿속에 흘러들어 온 정보를 통해 그들이 '패러사이트'라는 외계의 생명체라는 사실을 알 수 있었다.

'생긴 것만 벌레 같은 놈들이 아니었군.'

그들은 철저하게 상위 개체의 명령을 따라 움직였다. 벌이나 개미와 비슷한 습성.

'다른 점은.'

강우는 가늘게 눈을 떴다.

가볍게 발을 박차고 하늘로 날아올라, 포식의 권능을 통해 얻은 정보를 확인했다.

"……저게 '둥지'인가."

고층 빌딩의 옥상 위에 고치처럼 생긴 거대한 붉은 덩어리가 보였다. 붉은 덩어리에서는 거대한 줄기가 뻗어 나와 건물을 잠식하며 그 몸집을 키우고 있었다.

쩌걱.

몸집을 키우던 붉은 덩어리가 갈라지며 수백 마리의 패러사이트가 우르르 쏟아져 나왔다.

강우는 가디언즈의 증표를 들어 올렸다.

"레이라 씨."

[아, 네! 가, 강우 씨!]

증표를 통해 레이라의 목소리가 들렸다. 그녀 또한 서울에서 날뛰고 있는 패러사이트와 싸우고 있는지 주변의 괴성이 증표를 통해 들려왔다.

"민간인의 구조에 투입된 간부들에게 전해주세요. 고층 빌딩 옥상에 있는 붉은 고치 같은 걸 우선적으로 처리해 달라고요."

[하지만 그렇게 되면 민간인 쪽은……]

"그건 생각해 둔 바가 있습니다."

[……]

레이라는 짧게 침묵했다.

[예. 강우 씨를 믿을게요.]

레이라다운 빠른 결단.

그녀는 강우와의 연락을 끊고 바로 둥지를 우선적으로 처리해 달라는 명령을 가디언즈에게 전달했다.

"……그럼."

강우는 증표를 안에 집어넣은 후 가볍게 눈을 감았다.

[연주야.]

[크읏! 너, 너 대체 어디 있어? 이 미친 벌레 새끼들은 또 뭐고?]

머릿속에 차연주의 목소리가 울려 퍼졌다.

그녀에게 상황을 설명하고 있을 시간은 없었다.

[지금부터 내 신격의 일부를 전달해 줄 테니까, 최대한 민간인을 습격하는 패러사이트 먼저 처리해 줘.]

[……]

[지금 근처에 아이리스도 있지?]

[어, 응.]

차연주는 자신의 화신이 된 이후, 서울 쪽에 자리 잡은 에르노어 파병군들과 함께 활동하고 있었다. 광휘의 신의 화신이 되었으니 본격적인 포교에 앞서 지구에 광휘교가 퍼지게 된 시초라고 할 수 있는 에르노어 대륙인들과 친분을 쌓기 위해서였다.

[에르노어 파병군들의 힘을 빌려서 민간인들을 대피시켜 줘.]

[그러면 너는…….]

차연주는 걱정이 가득 담긴 목소리로 무언가 말하려고 하다가 이내 말을 끊었다. 지금 상황에서 강우를 걱정하는 것이 얼마나 미련한 짓인지는 그녀 또한 잘 알고 있었다.

[알았어. 지금 바로 움직일게.]

차연주의 대답을 들은 강우는 가볍게 고개를 끄덕이며 김태현과 김시훈이 있는 쪽을 돌아보았다.

"둥지 근처에 패러사이트를 통솔하고 있는 상위 개체가 있을 거야. 너희는 그 상위 개체를 우선적으로 처리해 줘."

"형님은…….."

"시훈아."

김시훈의 말을 자르며, 강우는 낮은 목소리로 말을 이었다.

"부탁할게."

"……."

김시훈은 두 눈을 지그시 감으며 입술을 씹었다.

곧 김시훈의 손에 푸른빛으로 빛나는 무형의 검이 만들어졌다. 그는 날카롭게 눈을 빛내며 고개를 끄덕였다.

"예, 형님."

힘이 들어간 대답에 강우는 씩 웃었다.

"강우, 형……."

김태현이 초조한 표정으로 강우를 불렀다. 그의 뺨에는 붉은색 피눈물이 뺨을 타고 흘러내리고 있었다.

그가 봤던 미래(未來)의 광경. 불타오르는 하늘과, 찢어발겨진 대지. 그리고…… 시체로 이루어진 거대한 언덕.

"걱정하지 마."

강우는 김태현의 어깨를 붙잡으며 희미하게 웃었다.

"그 미래는…… 내가 오지 않도록 막을 테니까."

멍하니 입을 다물고 있는 김태현을 뒤로한 채, 강우는 몸을 돌렸다.

'자, 어디.'

고개를 들어 올렸다. 하늘을 불태우는 듯한 붉은 균열이 보였다.

"가볼까."

멍청하게 기다리고 있을 생각은 없었다. 병신처럼 당하고만 있을 생각은 없었다.

'외계(外界)와 지구가 연결됐기 때문에 습격받는다면.'

이쪽에서도 그들을 습격하지 않을 이유가 없지 않은가?

"아, 근데 씨바 솔직히 벌레는 먹기 싫은데."

뭐, 어쩌겠는가.

'그래도 쟤들도 귀중한 단백질 공급원이니까.'

맛이 무엇이 중요하리. 중요한 것은 맛이 아닌 영양이었다.
콰아아앙!!
강우가 거칠게 발을 박차 붉은 균열을 향해 거침없이 날아 올랐다.

· 3장 ·

기생(寄生)의 왕

서울 상공에 나타난 수 킬로미터의 붉은 균열.

수천, 수만에 달하는 패러사이트들이 쏟아져 나오는 그 끔찍한 균열을 향해 강우는 날아올랐다.

"카르르르륵!"

"카락! 카락! 카락!"

균열의 근처까지 도달하자 서울을 향해 떨어져 내리던 패러사이트들이 일제히 날개를 펼치고 강우에게 날아오기 시작했다.

구름처럼 몰려든 패러사이트의 무리를 바라보며 강우는 쯧, 혀를 찼다.

"반으로 줄였는데도 아직 많네."

정확히는 아무리 그 숫자를 줄여도 균열을 통해 계속 쏟아지는 것이 문제였다.

"카라라락!!"

"시끄럽다 이 자식들아."

구름처럼 몰려든 패러사이트의 무리에 둘러싸여 있음에도 강우는 조금도 동요하지 않았다.

허리춤에 찬 잉그리움을 천천히 꺼내 들었다.

그와 동시에.

"키르르르륵!!"

패러사이트의 무리가 강우를 노리고 달려들었다.

강우가 쥔 잉그리움에 탐식의 불이 맺히기 시작할 찰나.

"크롸롸롸롸롸롸!!"

난폭한 드래곤 로어(Dragon Roar)가 울려 퍼졌다.

강우를 향해 날아들던 패러사이트들의 움직임이 일순 굳었다.

"잘했다, 어린 용이여."

하늘을 뒤흔드는 거대한 포효와 함께 등장한 것은 검은색 마룡. 그 마룡의 등에 올라탄 붉은 근육질 악마가 씨익 입가를 올렸다.

"……발록?"

"또 혼자 가실 생각이셨습니까?"

에키드나의 등 위에 올라탄 발록이 고개를 들었다.

터질 듯한 붉은 근육이 부풀어 오르더니.

"흐읍!"

거대한 박쥐의 날개를 넓게 펼쳤다.

순식간에 하늘로 날아오른 발록은 패러사이트를 향해 거칠게 주먹을 내질렀다.

퍼석!

"키애애액!"

코크로치의 머리통이 터져 나가며 녹색 체액이 사방에 튀었다.

"어머, 더러워라. 이쪽까지 튀지 않도록 조금 신경 좀 써줄래?"

에키드나의 등에 다리를 꼰 채 걸터앉아 있던 리리스가 살짝 옷에 튄 녹색 체액을 손으로 털어내며 말했다.

"강우 씨!"

"가, 강우 님. 도, 도와드리러 와, 왔어요."

발록과 리리스뿐만이 아니라 한설아와 할키온도 에키드나의 등에 올라탄 채 이쪽으로 다가오고 있었다.

"너희들……."

강우는 에키드나의 등에 옹기종기 모여 이쪽으로 날아오는 그들을 바라보며 한숨을 내쉬었다.

"둥지의 처리는?"

"그쪽은 가디언즈의 플레이어들이 처리하고 있어요. 애초에 강우 님 덕분에 둥지의 숫자가 많이 줄어서 걱정하지 않으셔도 돼요."

"그럼 시훈이랑 태현이를 따라서 상위 개체를……."

"저희가 손을 쓸 틈도 없이 시훈 씨가 다 썰어버리고 있던데요?"

리리스는 살짝 미소를 지으며 공손하게 허리를 숙였다.

"왕이 가는 길에 함께 따라가겠습니다."

"……."

"강우 씨. 또, 또 혼자 저 균열 속으로 들어가시려고 했죠?"

한설아 또한 놓칠 수 없다는 듯 새하얀 날개를 펼쳤다.

사슬, 역시 사슬이 필요해요, 라는 의미심장한 중얼거림이 희미하게 들려왔다.

-흐웅! 강우도 내 등에 올라타!

"끄웅."

머릿속에 울려 퍼지는 에키드나의 외침에 강우는 피식 웃음을 흘렸다.

사방에서 달려드는 패러사이트의 무리를 잠시 발록에게 맡기고 에키드나의 등에 올라탔다.

'뭐, 여기까지 따라온 이상 어쩔 수 없지.'

차라리 잘된 일이라는 생각이 들었다. 어차피 아래쪽에서 백날 패러사이트들을 처리해 봤자 저 균열을 해결하지 않으면 끝없이 패러사이트들이 쏟아져 나왔다.

전력을 더 투입해서라도 균열에서 나오는 패러사이트들을 원천적으로 차단하는 것이 옳다.

'얘들 앞에서는 굳이 가면을 쓸 이유도 없으니까.'

리리스를 비롯한 발록, 할키온, 에키드나와 한설아는 광휘라는 가면 뒤에 가려진 본 모습에 대해 알고 있는 몇 안 되는 존재였다. 그들을 데려간다고 해서 행동에 불필요한 제약을 받을 이유도 없을 것이다.

"발록. 적당히 하고 이쪽으로 와."

콰득.

"알겠습니다."

전신이 패러사이트의 녹색 체액에 뒤덮인 발록이 씨익 웃으며 날아왔다. 거대한 박쥐의 날개를 한 번 펄럭일 때마다 끈적한 녹색 체액이 비처럼 쏟아졌다.

-발록 더러워! 등에 올라타지 마!

"……어, 어린 용이여."

-올라타면 화낼 거야!

에키드나가 사나운 눈빛으로 발록을 노려보았다.

발록은 살짝 충격을 받은 듯 어깨를 축 늘어뜨렸다.

"어쩌냐. 발록 너는 혼자 날아와야겠네."

강우는 어깨를 축 늘어뜨린 발록을 바라보며 낄낄 웃었다.

붉은 균열 속으로 홀로 들어가려고 했을 때보다 뭔가 어깨가 가벼워졌다. 배를 뒤트는 허기도, 목을 태우는 갈증도 별로 느껴지지 않았다.

"호호."

강우에게 다가온 리리스가 손으로 입을 가리며 우아하게 웃었다.

"어떠세요, 강우 님."

강우의 어깨 위에 가볍게 손을 올리며 말을 이었다.

"혼자서 짊어지시는 것보다는 가볍죠?"

강우는 굳게 입을 다물었다.

고개를 들어 붉은 균열을 올려다보며 희미하게 웃었다.

"가자."

후우우웅!

에키드나가 거대한 날개를 펼치며 붉은 균열을 향해 날아갔다.

붉은 균열 속을 지난다. 균열을 통과할 때 느끼는 묘한 이질감이 전신에 퍼진다.

'……이건.'

강우는 가늘게 눈을 떴다. 흐릿한 기억이지만, 예전에도 한번 느꼈던 기운이었다.

'언제였지?'

강우는 눈썹을 좁히며 기억을 되짚었다. 흐릿한 기억의 안개 속에서 한 기억이 떠올랐다.

"아."

가이아를 따라 신계에 갔을 때. 삼원의 세계를 잇고 있는 거대한 나무의 모습이 떠올랐다.

'환 대륙.'

그때 무슨 이유에서인지 환 대륙과 이어진 줄기가 어둠에 잠겨 있었다.

"……그렇게 된 건가."

강우는 헛웃음을 흘리며 얼굴을 찡그렸다.

환 대륙과 이어진 줄기가 어둠에 잠겨 있던 이유. 그것이 이번에 지구를 습격한 패러사이트와 연관이 있을 거란 생각이 들었다.

'그렇다면 이 붉은 균열은······.'

환 대륙과 이어져 있다는 의미.

"흠."

강우는 짧은 침음을 흘렸다.

더 이상 생각이 이어질 틈도 없이 붉은 균열 너머의 세계가 눈에 들어왔다.

"······하."

"이건······ 끔찍하네요."

"꺄악!"

리리스의 탄성과 한설아의 비명이 귓가를 울렸다.

강우는 깊게 가라앉은 눈으로 주변을 살폈다.

오염된 대지. 셀 수 없는 둥지들에게 침식당한 대지는 마치 거대한 혈관이 뒤덮은 것처럼 끔찍한 모습을 하고 있었다.

"아주 해처리가 따로 없네."

강우는 패러사이트에게 완전히 정복당한 세계를 바라보며 거칠게 표정을 일그러뜨렸다.

"아, 아아."

"아히히, 이히."

그때, 아주 희미한 목소리가 귓가에 들려왔다.

강우는 목소리가 들리는 방향으로 고개를 돌렸다.

쿠륵, 쿠륵.

대지를 뒤덮은 둥지들. 둥지에서 뻗어 나온 붉은 줄기의 끝에 사람의 모습이 보였다. 중국풍 영화에서 볼 법한 경장을 입은 사람들이었다.

"아으, 아."

"에, 헤헤헤. 헤."

그들의 뒤통수에는 둥지에서 뻗어 나온 붉은 줄기가 달라붙어 있었다. 이지(理智)를 상실한 듯, 입에서 침을 흘리며 영혼 없는 웃음을 내뱉는다.

천천히 고개를 돌린다.

수백, 수천, 수만. 세는 것이 의미 없을 정도로 아득한 숫자의 인간들이 붉은 줄기에 사로잡힌 채 둥지에 영양을 공급하는 먹이가 되어 있었다.

아득한, 그저 아득한 절망만으로 가득한 곳.

'이게……'

외계(外界)에 패배한 세계의 말로. 그 세계가 이룩해 온 역사와, 문화와, 삶과 영토를 약탈당한 채 포식자의 배를 채우는 먹잇감으로 전락한 세계.

"……에키드나. 조금 더 높게 날아올라 봐."

-알았어.

에키드나는 크게 날개를 펄럭이며 공중으로 날아올랐다.

"카르르륵!"

헤아릴 수 없는 숫자의 패러사이트들이 그들의 세계에 침입한 침입자를 죽이기 위해 날아올랐다.

서울에 있던 패러사이트들은 우습게 느껴질 정도로 끔찍한 숫자의 패러사이트의 무리가 날카로운 이빨을 드러냈다.

기생(寄生)의 왕

너무도 그 숫자가 많은 탓에 대지 자체가 떠오르는 것처럼 보이는 아득한 광경을 앞에 두고.

"쓰읍."

강우는 천천히 눈을 감았다.

오른손을 심장 가까이에 댄다.

마해를 통해 흘러들어 오는 무한한 마기를 느낀다.

아득한. 세계를 집어삼킬 것처럼 거대한 마기의 바다. 그 바다에서 불씨를 끌어 올린다.

화르르륵.

황금빛과 검은빛이 뒤섞인 불꽃이 몸을 뒤덮는다.

허리춤에서 꺼낸 마검(魔劍)을 움켜쥔다. 몸을 뒤덮고 있는 탐식의 불이 잉그리움의 검날을 타고 타올랐다.

감았던 눈을 떴다.

"아, 으아."

목소리가 들린다. 10살이나 되었을까 싶은 어린아이가 붉은 줄기에 붙잡힌 것이 보인다.

아니, 어린아이만이 아니었다. 노인도, 소년도, 소녀도, 여인도, 사내도. 이 대륙에 살고 있던 모든 이들은 패러사이트에게 잠식당해 있었다.

그들의 절망은 신경 쓰지 않는다. 그들의 고통은 생각하지 않는다. 흐느끼건, 고통에 몸부림치며 비명을 지르건 무슨 상관이란 말인가. 이름조차 모르는 이들이 수백, 수천만이 죽어간다고 해도 아무런 감흥도 없다. 동정심조차 들지 않는다. 그는 그런 인간이었고, 그렇게 살아야만 했던 인간이었다.

'와, 왕이, 시여.'

하지만.
정말 찰나의 순간. 1초도 되지 않는 짧은 시간에.

'도, 도망…….'

시야가 흔들린다. 일그러진다. 뭉개진다.
흐릿한 기억의 안개 속에서 선명한 기억의 파편이 하나 떠올랐다. 패배한 세계에, 이미 종말을 맞이한 세계에 지구의 모습이 겹쳐 보인다.
"거, 참 씨발."
낮은 욕지기를 흘렸다.
왠지 모르겠지만, 패러사이트에 잠식당한 환 대륙의 사람들을 본 순간 굉장히 불쾌해졌다. 짜증이 치밀어 올랐다.
"기분 좆 같게 만드는 벌레 새끼들이구만."
강우는 움켜쥔 검을 천천히 수평으로 그었다. 왠지 모르게 그를 굉장히 불쾌하게 만들었다. 그것만으로 패러사이트라는 종족 전체를 멸종시킬 이유는 충분했다.
화르르르륵.
탐식의 불이 타오른다.

"하아."

깊게 숨을 내뱉는다.

이곳은 서울에서처럼 '힘 조절'을 할 필요가 없는 세계. 그가 느낀 짜증을, 불쾌함을 마음껏 해소할 수 있는 세계였다.

씨익.

입가가 비틀어 올라간다.

하늘과 땅의 경계를 나누듯, 검을 수평으로 휘둘렀다. 그리고.

"황혼(黃昏)."

하늘과 땅을 잇는 경계선. 검으로 만들어진 그 선을 따라 뜨거운 불길이 파도처럼 퍼졌다.

"키에에에에엑!!"

대지가 몸을 일으키는 것처럼 아득한 숫자의 패러사이트 무리가 불길에 휩싸였다.

탐식의 불이 하늘을 뒤덮었다. 마치 노을이 진 것처럼 하늘이 주황빛으로 타올랐다.

과거, 탐욕의 대공 마몬의 권능으로 만들어낸 불길과는 그 격이 다른 힘. 세계 전체를 집어삼킬 것 같은 겁화(劫火)가 환대륙의 대지를 잠식하고 있는 패러사이트 둥지를 향해 쏟아져 내렸다.

말 그대로 종족 하나를 지워 버릴, 멸살(滅殺)의 불꽃.

"제노사이드 플레임(Genocide Flame)."

오오.

"존나 멋있어······."

이름만 들어도 팬티가 젖을 것 같아.

"앞으로는 황혼 대신 제노사이드 플레임이라고 해야지."

강우는 대지를 향해 쏟아져 내리기 시작한 불길을 보며 고개를 끄덕였다.

그때였다.

콰아아아아앙!!

대지가 뒤흔들렸다. 둥지를 불태우기 위해 쏟아지던 제노사이드 플레임(좆간지)이 거대한 힘에 반으로 갈라졌다.

반으로 갈라진 겁화 속에서, 푸른 경장을 입은 중년 사내 하나가 하늘로 날아올랐다.

"뭐야, 저놈은?"

강우는 눈살을 찌푸렸다.

"왜 인간이 여기……."

있어, 라고 말하려던 강우는 자신을 향해 가까워지는 중년 사내를 자세히 살펴보고는 입을 다물었다.

"쯧, 그럼 그렇지."

왜 패러사이트 무리 사이에서 사람이 튀어나오나 했는데, 역시나 자세히 살펴보니 사람이 아니었다.

검은자위로 가득한 눈과 그 주변에 흉측하게 돋아난 굵은 힘줄. 인간이라고는 생각할 수 없는, 성력과 마력, 마기를 모두 지니고 있는 강우조차 처음 느껴보는 이질적인 기운까지. 겉모습은 인간에 가까웠지만 그 속에 자리 잡은 존재는 외계(外界)의 괴물이라는 사실을 어렵지 않게 알 수 있었다.

'육체를 빼앗은 건가.'

중년 사내의 복장과 외모는 둥지에 사로잡힌 환 대륙의 사람들과 별반 차이가 없었다. 억지로 몸을 변형시킨 것이 아니고서야 다른 사람의 육체를 빼앗았다고 보는 게 옳다.

'여전히 기분 나쁜 벌레들이군.'

육체를 빼앗긴 이름 모를 중년 사내를 보니 왠지 질척한 불쾌함이 느껴졌다. 다른 사람 일처럼 느껴지지 않는 이유는 그의 몸에도 육체를 노리고 기생하는 몇몇 존재가 있기 때문이리라.

"쓰읍."

깊게 숨을 들이쉰다. 황혼을 사용하며 순식간에 빠져나갔던 마기가 마해를 통해 서서히 다시 차올랐다.

잉그리움을 손에 쥐며 몸을 낮췄다.

쩌적.

이쪽을 향해 날아오는 중년 사내의 등에서 반투명한 날개가 펼쳐졌다.

그와 동시에.

콰아앙!

소닉붐이 일어나며 압축된 공기의 파동이 폭풍처럼 주변을 휩쓸었다.

천둥이 치는 듯한 굉음과 함께 중년 사내가 달려들었다. 중년 사내가 옆으로 손을 뻗자 김시훈이 만들어낸 것과 같은 무형(無形)의 검이 만들어졌다.

카아아아앙!

잉그리움과 무형의 검이 격돌했다.

강우와 중년 사내의 몸이 강렬한 반탄력에 반대 방향으로 튕겨 나갔다.

"……호오."

중년 사내는 저릿저릿한 자신의 손을 내려다보며 눈을 빛냈다. 그리고 흥미롭다는 듯 강우를 응시했다.

"벌레 새끼가 검도 다룰 줄 아네."

강우는 픽 웃으며 잉그리움을 쥔 손을 가볍게 털었다. 중년 사내를 바라보는 그의 눈에 짙은 허기가 서렸다.

'나쁘지 않네.'

입가를 비틀어 올리며, 혀로 입술을 핥았다.

단 한 번의 격돌이었지만 힘의 충돌로 인해 그가 뒤로 '밀려' 났다는 점에서 저 패러사이트가 지닌 보통이 아니라는 것은 짐작할 수 있었다.

'뭐, 딱 나쁘지 않은 정도지만.'

얼마나 더 큰 힘을 숨겨뒀을지는 알 수 없었지만. 지금 당장은 딱 여흥을 즐기기 좋은 정도에 불과했다.

'더 할 수 있지? 그치?'

강우는 사납게 입가를 올리며 기대감에 찬 눈빛으로 패러사이트의 왕을 바라보았다.

문득 태무극을 상대했을 때의 기억이 떠올랐다. 아득한 경지에 도달한 강자를 마주했을 때만 느낄 수 있는 극한 쾌감.

몸을 태우는 허기와 갈증을 넘어, 사냥감을 씹어 삼켰을 때 맛볼 수 있는 전율.

"이걸로 끝나진 않겠지? 응?"

강우는 오랜만에 몸이 달아오르는 것을 느끼며 검을 움켜쥐었다.

-……삼원의 세계에 이런 강자가 있을 줄이야.

패러사이트의 왕은 짧은 탄성을 내질렀다.

-좋군.

환 대륙의 최강자라는 무인과 싸우며 느꼈던 실망감을 단번에 충족시켜 줄 수 있는 강자. 그와 마주한 왕의 몸이 흥분으로 떨리기 시작했다.

-이런 기분은 정말…… 오랜만이구나.

쿵쿵. 심장이 두근거렸다.

아득한 세월. 이제는 기억조차 희미한 기나긴 세월을 떠돌았다.

무수한 세계를 정복하고, 파괴했다. 그를 진화(進化)시켜 줄 존재를 찾기 위해. 왕의 자리에 올라선 이후, 그를 짓누르던 끝없는 무료함에서 벗어나기 위해.

-아니…… 아직 확신하기는 이른가.

패러사이트 왕은 커져가는 기대감을 지우며 고개를 저었다.

아직 자신은 본신의 힘의 반의반도 드러내지 않았다. 고작 일격을 막아내고 그를 튕겨냈다고 해서 벌써부터 무료함을 달래줄 적수를 찾았다고 환호하는 것은 섣부른 짓이다. 환 대륙의 최강자라 스스로를 칭하던 인간을 만났을 때도 기대만 잔뜩 하다가 실망하지 않았던가.

-부디 나를 즐겁게 해다오.

패러사이트 왕은 간절함까지 느껴지는 목소리로 말했다.

"하, 벌레가 검도 다루더니 말할 줄도 아네."

강우는 왕을 바라보며 피식 웃음을 흘렸다.

두 포식자의 눈이 허공에 얽혔다.

짧은 침묵이 흐른 후.

콰아앙!

강우와 패러사이트 왕이 동시에 발을 박찼다.

거대한 힘과 힘이 충돌했다. 충격파에 대지가 뒤흔들리며 찢어발겨졌다.

쾅! 콰앙! 쾅!

눈으로 좇는 것이 불가능한 속도로 두 왕이 움직였다.

-흐아아아아!

패러사이트 왕이 거친 포효를 내질렀다.

눈 주변에 돋아났던 흉측한 힘줄이 전신에 퍼졌다. 그와 동시에 그가 약탈한 육체에 담겨 있던 기억의 일부가 패러사이트 왕에게 흘러들어 왔다. 무공이라 불리는, 무기를 다루는 방법. 육체에 담긴 기억을 더듬어 검을 움직였다.

쿠웅! 쿠우웅!

검과 검이 격돌할 때마다 거대한 폭탄 수십 개가 터지는 것과 같은 굉음이 주변을 뒤흔들었다.

-하, 하하하하!

패러사이트 왕의 입에서 환희에 찬 웃음이 터져 나왔다.

손을 타고 전해지는 저릿한 감각! 그의 공격을 단 한 차례의 물러섬도 없이 받아치고 있는 인간을 바라보았다.

-기대 이상이군!

처음 격돌했을 때 직감했지만, 눈앞의 인간은 환 대륙의 최강자라 스스로를 칭하던 인간과는 전혀 달랐다.

거대한 산도 반으로 갈라 버릴 정도의 힘이 담긴 그의 공격을 가볍다는 듯이 받아내며, 역으로 날카로운 공격까지 퍼붓는다.

혹시 실망하지 않을까 싶었던 불안감이 눈이 녹듯 사그라들었다.

강우는 굳게 입을 다문 채 검을 교환했다.

환호성을 토해내는 패러사이트의 왕과 달리, 강우의 표정은 마음에 들지 않는다는 듯 살짝 일그러져 있었다.

퍼어어억!

내려 찍히는 검을 튕겨낸 후, 오른발을 뻗어 패러사이트 왕의 배를 걷어찼다. 뒤로 거칠게 튕겨 나간 패러사이트 왕의 몸이 수백 미터에 달하는 대지를 가르며 간신히 멈춰 섰다.

"야."

강우는 바닥에 나뒹굴고 있는 패러사이트 왕을 향해 나지막이 입을 열었다.

"고작 이 지랄하자고 부디 즐겁게 해달라느니 뭐니 간지 터지는 대사 날린 거 아니지?"

실망감이 가득 담긴 목소리로 물었다.

처음 일격을 교환했을 때는 그를 뒤로 밀어버릴 정도의 힘을 지닌 패러사이트 왕의 모습에 살짝 기대감을 품었으나, 전투가 이어질수록 절로 표정이 찌푸려질 수밖에 없었다.

"어디서 그런 병신 같은 무공을 배워서 나한테 써먹는 거야."

김시훈의 수련을 어울려 준 것도 수백 번. 심지어 무공이라는 부분에서 따를 자가 없는 경지를 이룩한 태무극과도 싸웠다.

그런 그에게 있어 육체의 기억을 통해 수박 겉핥기식으로 익힌 무공이 통할 리가 없었다. 급소를 노리는 공격도 어설프기 짝이 없고, 검로(劍路) 자체도 지나치게 단순했다.

애초에 전혀 어울리지 않는 옷을 입은 듯한 감각.

"벌레면 벌레답게 싸워 이 자식아."

강우는 날카로운 눈으로 패러사이트 왕을 노려보았다.

패러사이트 왕이 몸을 일으켰다.

-이거, 실례했군.

정중하게 허리를 숙이며 다시금 허공으로 날아올랐다.

강우의 앞에 선 그는 손에 쥔 무형의 검을 놓았다. 녹색 빛으로 빛나던 검이 허공에 가루가 되어 흩어졌다.

-예(例)를 갖추도록 하지.

패러사이트 왕은 검을 내려놓은 후 점잖은 목소리로 말했다.

오랜만에, 실로 아득한 시간 만에 만난 제대로 된 적수. 그를 앞에 두고 익숙하지도 않은 무공을 사용하는 것은 확실히 예의에 어긋나는 짓이었다.

그에게 가장 어울리는 싸움 방법은 무공 따위가 아니었다.

콰득, 콰드득.

뼈가 뭉그러지고, 비틀리는 소리가 들렸다.

인간에 가까웠던 패러사이트 왕의 모습이 점차 흉측한 괴물에 가까워졌다. 피부를 덮는 딱딱한 껍질이 생겨났고, 두 개에 불과했던 눈이 네 개로 늘어났다.

아니. 네 개로 늘어난 눈이 다시 여덟 개로 증식했다.

열여섯에서, 서른둘까지. 안면을 가득 채우는 눈으로 패러사이트 왕은 강우를 바라보았다.

-그럼, 본격적으로 시작하기에 앞서.

파라락. 반투명한 날개를 펄럭이며 말을 이었다.

-잠시 대화의 여흥을 즐기지 않겠느냐??

"대화?"

강우는 피식 웃었다.

"대화는 또 무슨 대화."

사납게 미소를 지으며 고개를 저었다.

이제 와서 대화라니. 말도 안 되는 소리였다.

"존 윅은 이렇게 얘기를 하는 동안 다섯 명은 더 죽일……"

"잠시만요, 마왕님."

"응?"

강우의 말을 끊으며 리리스가 다가왔다.

그녀는 강우의 귓가에 입을 가져다 댄 채 작은 목소리로 속삭였다.

"그래도 캐낼 수 있는 정보는 캐내고 싸우시는 게 좋지 않을까요?"

침착한 그녀의 목소리에 강우는 굳게 입을 다물었다.

흥분에 차 있던 그의 표정이 살짝 가라앉았다.

'캐낼 수 있는 정보라.'

몸을 달구던 열기가 조금 가라앉자 그녀가 무슨 의도로 그런 말을 했는지 어렵지 않게 깨달을 수 있었다.

'맞는 말이지.'

지구로서는 처음 겪는 '본격적인 외계의 습격'이다.

그리고.

'앞으로 얼마든지 더 벌어질 수 있는 일이지.'

강우는 가늘게 눈을 떴다.

외계의 습격은 이제 막 시작된 것에 불과했다. 별의 수호가 사라진 이상, 얼마나 더 패러사이트 같은 외계의 존재들이 지구를 습격할지 강우 자신도 예상할 수 없었다. 리리스의 말대로, 조금이라도 외계에 대한 정보가 필요한 시점이었다.

'너무 흥분했었네.'

강우는 자신의 실책을 인정하고는 패러사이트 왕을 향해 고개를 돌렸다.

"그래, 얘기를 좀 하자고."

-간단하게 소개부터 하지. 오랜만에 만난 적수의 이름조차 모른 채 싸우는 건 품위가 떨어지니까.

패러사이트 왕은 점잖은 말투로 말했다.

'품위라.'

뜬금없이 전투 전의 여흥으로 대화를 나누자고 한 이유가 짐작이 갔다.

'벌레치고는 꽤나 지성이 박힌 놈이네.'

바퀴벌레처럼 생긴 하급 개체와는 달리 상급 개체 이상부터는 인간과 비슷한, 아니, 그 이상의 지성이 있는 것 같았다.

'외계의 존재라고 해서 지성이 없는 괴물들만 있을 거라 생각하진 않았지만.'

외형만 놓고 보면 모 우주 전쟁 게임에 등장하는 괴물 종족처럼 생긴 괴물들이 멀쩡히 대화를 나누고 '품위'를 챙기는 것을 보니 위화감이 느껴졌다.

-나는 팔천(八天)의 계(界)에 기거하는 자.

'팔천?'

익숙한 그 단어에서 자연스럽게 구천지옥이 떠올랐다.

하지만 이내 강우는 고개를 저었다.

'그럴 리가.'

팔천지옥에 저런 놈은 없었다. 아니, 있었을 리가 없다.

'만약 그때 기준으로 지옥에 저놈이 있었다면……'

지옥의 왕이 되는 것은 자신이 아닌 저 벌레였으리라.

'그때는 뭐, 신격도 없고 마해도 이만큼 크지 않았으니까.'

아마 개문을 사용한다 해도 일방적으로 짓밟혔을 것이다.

물론.

'지금은 다르다만.'

강우는 여유로운 표정으로 패러사이트 왕을 응시했다.

-필멸(必滅)의 존재가 일컫기를, '기생(寄生)의 왕'이라 하노라.

패러사이트 왕의 짧은 소개와 함께.

찔, 꺼억.

그의 목덜미 피부가 갈라지며 끈적한 점성을 띈 녹색 촉수의 다발이 뿜어져 나왔다.

-자, 이제 그대의 이름을 알려다······.

퍼어어어어어어억!!

패러사이트 왕의 말이 이어지기 전에, 기습적으로 달려 나간 강우가 그의 머리를 후려쳤다.

-크윽! 뭐, 뭐 하는 짓인가!

당황에 찬 패러사이트 왕의 목소리.

"가, 강우 님?"

리리스 또한 갑작스러운 강우의 행동에 두 눈을 동그랗게 떴다.

그녀는 안절부절못하는 표정으로 패러사이트 왕을 살피며 속삭였다.

"정보를 캐내야 한다고 말씀드렸······."

"죽여."

리리스의 말을 끊어내며, 강우가 말했다. 패러사이트 왕을 내려다보는 그의 눈은 마치 썩은 생선의 눈처럼 생기가 없었다.

"······예?"

"죽여야, 해."

까드득.

강우는 거칠게 입술을 짓씹었다.

대화? 정보? 그딴 게 뭐가 중요하단 말인가.

찔걱.

패러사이트 왕의 몸에서는 녹색 촉수 다발이 흉측하게 꾸물거리고 있었다.

"아, 아아."

강우의 입에서 신음이 흘러나왔다.

창백하게 질린 표정으로 검을 쥐었다.

"씨발 저 새끼 빨리 죽여야 한다고!!!"

처절한 절규가 쩌렁쩌렁 울려 퍼졌다.

―……품위를 아는 자라 생각했건만.

패러사이트 왕은 잔뜩 일그러진 표정으로 강우를 올려다보았다.

"품위는 개뿔."

강우는 거친 욕설로 화답했다. 끈적한 점성이 가득한 녹색 촉수를 증오스럽다는 듯이 노려보았다.

"촉수한테 품위가 어딨어, 새끼야."

혐오스럽다는 듯 헛구역질을 하며 말했다.

"그, 그런 심한 말씀을……."

'아니, 넌 또 왜.'

패러사이트 왕을 향해 했던 말에 리리스가 상처받은 표정으로 눈물을 훔쳤다.

강우는 어처구니없다는 듯 그녀를 바라보았다.

"강우 님은 정말 촉수의 매력을 이해하지 못하시는 건가요?"

췌.

"대체 왜 그렇게 촉수를 싫어하시는 거죠?"

너 때문에요.

"너무하세요!"

어쩌라고요.

"흥! 앞으로 잠자리에서 제 촉수를 즐길 기대는 하지도 마세요!"

끼얏호.

'아니, 대체 악마의 미적 감각은 뭐가 어떻게 되어 있는 거야.'

자신도 인간이었던 시절보다 악마로 지낸 시절이 압도적이 길지만, 도대체 저 뒤틀린 미적 감각만큼은 익숙해지지가 않았다.

-대화는 필요치 않다 이건가.

패러사이트 왕은 노기가 서린 표정으로 강우를 올려다보았다.

-품위가 없는 자에게 예의를 챙길 이유는 없지.

그는 천천히 몸을 일으키며 녹색 촉수 다발을 넓게 펼쳤다.

-오라, 필멸(必滅)의 영웅이여.

쿠웅!

거대한 충격이 대지를 뒤흔들었다. 마력도, 마기도, 성력도 아닌 외계(外界)의 힘이 패러사이트 왕의 몸을 통해 뿜어져 나왔다.

-나, 기생(寄生)의 왕의 손에서.

오만한 목소리로 말을 잇는다.

-이 세계를 지켜내 보거라.

외계의 침략자. 셀 수 없는 별을 정복한 정복자이며, 아득한 세월을 최강(最强)의 자리에 군림한 외계의 왕이 손을 들어 올렸다.

파라라라락!

그의 손짓을 따라 등 뒤에 반투명한 날개가 달린 인간형 패러사이트들이 날아올랐다.

일반적인 패러사이트와는 다른, 왕의 힘을 짙게 이어받은 상위 개체들. 그중에는 발광하는 절제라 불린 패러사이트도 섞여 있었다.

"왕의 식사 시간이다."

강우를 향해 달려드는 상위 개체들의 앞을 발록이 막아섰다. 붉은 근육이 터질 듯이 부풀어 올랐다.

"방해하지 마라, 벌레들아."

발록은 사나운 목소리로 말하며 주먹을 들어 올렸다.

철컥, 철컥.

묵직한 쇳소리와 함께 검은 갑주가 그의 몸을 덮었다.

"왕의 여인이여, 지원을 부탁하지."

발록은 고개를 돌려 한설아를 향해 말했다.

"아, 예! 바로 버프를 준비해 드릴게요!"

한설아는 새하얀 빛으로 빛나는 열두 장의 날개를 펼치며 고개를 끄덕였다. 그러는 와중에도 '왕의 여인'이라는 호칭이 퍽 기쁜지 입가에 숨길 수 없는 미소를 지었다.

-흐응! 강우를 방해하는 놈들은 다 가만두지 않을 거야!

"여, 열심히 주, 죽여서 치, 칭찬…… 드, 들을 거예요."

에키드나와 할키온도 강우를 지키듯 달려드는 패러사이트를 향해 사나운 기세를 내뿜었다.

'데려오는 게 정답이었군.'

강우는 그의 권속들을 돌아보며 피식 웃었다. 이로써 패러사이트 왕과의 싸움에 쓸데없는 방해를 받을 걱정도 없어졌다.

"자."

사납게 입가를 비틀어 올린다.

화르르륵.

탐식의 불이 배가 고프다는 듯 거칠게 타올랐다.

"시작해 보자고."

외계(外界)의 왕을 향해 나지막이 말했다.

-그 오만함만은 마음에 드는구나!

패러사이트 왕은 반투명한 날개를 넓게 펼쳤다. 수십, 수백에 달하는 녹색 촉수가 강우를 노리고 쏘아졌다.

마치 비가 쏟아져 내리는 듯한 광경. 탐식의 불이 강우의 앞을 막았다.

콰과과과광!!

고막이 터질 듯한 굉음이 주변을 뒤흔든다. 탐식의 불이 흩어지며 촉수가 강우의 몸을 두들겼다.

촉수에 튕겨 나간 몸이 형편없이 바닥을 굴렀다.

-흐아압!

패러사이트 왕이 발을 굴렀다. 음속을 아득히 돌파한 속도로 쏘아졌다.

순식간에 강우가 튕겨 나간 곳까지 도착한 그는 오른팔을 들어 올렸다. 인간의 모습에 가까웠던 그의 오른팔은 바퀴벌레의 등껍질 같은 단단한 검은 견갑에 둘러싸여 있었다.

퍼어어어어억!!

바닥에 내동댕이쳐진 강우의 몸이 주먹에 맞고 공중으로 솟구쳤다.

패러사이트 왕은 쉴 틈을 주지 않고 공중으로 날아올라 연달아 주먹을 쏟아냈다.

-우리 패러사이트 종족은 우주에 군림하기 위해 태어난 최강의 종족이다!

일방적으로 강우를 몰아붙이며 자신에 찬 목소리로 외쳤다.

-압도적인 번식력! 몸이 반으로 갈라져도 재생하는 치유력! 무한한 진화까지!

패러사이트라는 종족은 타고난 전사이자, 포식자다. 인간과는 비교하는 것조차 무의미하다.

천사? 악마? 단일 개체로는 그들이 더 강할 수는 있었다. 하지만 종족과 종족과의 대결에서 그들은 결코 패러사이트를 따라올 수 없다.

-그중에서도 나는 왕으로서 태어난 존재이니라!

그는 태어난 그 순간부터 최강이었다. 다른 패러사이트와는 격이 다른 신체 능력과, 힘, 진화 속도. 그 모든 것이 자신이야말로 '왕'에 걸맞은 존재라는 것을 알려주었다.

타고난 왕. 지배자로서 군림할 운명을 지닌 존재. 온 세계를 발아래 둘 절대자. 그것이 '기생(寄生)의 왕'이라 불리는 존재의 본질이었다.

-자, 필멸의 영웅이여! 조금 더 발버둥치거라!

퍼억! 쿠웅! 퍼어어억!

패러사이트 왕이 본격적으로 힘을 드러낸 후, 강우는 일방적으로 밀리기만 할 뿐이었다.

아무런 반항조차 해볼 틈 없이 검은 견갑으로 뒤덮인 주먹이 탐식의 불을 뚫고 몸을 두들겼다. 살이 찢어지고, 뼈가 으스러졌다.

-고작, 고작 이것뿐이냐!!

패러사이트 왕은 답답하다는 듯 외쳤다.

-나를 실망시키지 마라, 인간의 영웅이여!

언제부터였을까. 그는 최강의 자리에 군림하는 것에 대해 무료함을 느꼈다. 별을 정복하는 것에도 더 이상 흥미를 느끼지 못했다. 마치 죽은 것처럼, 그의 세계는 정지해 있었다.

-내가 무엇을 위해 삼원의 세계까지 왔다고 생각하느냐!

자극이 필요했다. 그가 살아 있다는 것을 실감시켜 줄 수 있는 존재가 필요했다. 목숨을 건 전투를 아찔한 전율을 맛보고 싶었다.

하지만.

-일어서라, 인간!

뻐어어억!

내려찍는 주먹을 피하지 못한 강우의 몸이 바닥에 처박혔다.

패러사이트 왕은 실망스럽다는 듯 혀를 찼다.

―……여기까지인가.

본격적으로 힘을 끌어 올린 이후, 인간의 영웅은 더 이상 그의 적수가 되지 못했다.

-그래도 1형태로 변한 것은 실로 오랜만이었군.

패러사이트 왕은 씁쓸한 표정으로 몸을 돌렸다.

그때.

"벌레 새끼 참 말 한번 많네."

나지막한 목소리가 들려왔다.

―……!

바닥에 쓰러졌던 강우가 천천히 몸을 일으켰다.

"아가리로 싸우냐?"

몸을 일으킨 강우에게는 조금의 상처도 찾아볼 수 없었다.

"뭐, 이제 대충 파악도 끝났고."

강우는 통찰의 권능을 사용해 패러사이트 왕의 움직임을 분석하는 것을 멈췄다. 태무극처럼 경이로운 움직임은 아니었지만, 확실히 패러사이트라는 종적인 특성을 잘 살린 몸놀림이었다.

"슬슬 제대로 가보자고."

화르륵.

가볍게 몸을 숙여 천천히 오른 주먹을 들어 올린다.

오른 주먹에 탐식의 불이 맺힌다. 아니, 주먹 자체가 불로 뒤바뀐다.

"하늘."

숙였던 몸을 튕기듯 펴며.

"부수기."

콰아아아아아앙!!

거칠게 발을 박찼다. 마치 공간 자체를 뛰어넘어 이동한 것처럼, 눈 깜짝할 사이에 패러사이트 왕의 앞에 도달했다.

탐식의 불이 맺힌 주먹을 내질렀다.

퍼어어어어어억!!

패러사이트 왕의 몸을 보호하고 있는 수백 다발의 촉수를 불태우며, 강우의 주먹이 패러사이트 왕의 배를 정확히 후려쳤다.

-커헉!!

패러사이트 왕의 몸이 반으로 찢어졌다. 허리 아래로 남은 몸이 바닥에 쓰러지며 상반신이 거칠게 튕겨 나갔다.

-쿨럭! 쿨럭!

상반신만 남은 패러사이트 왕이 거칠게 녹색 피를 토했다.

-크으으으.

그것도 잠시. 반으로 찢어진 그의 상반신에서 끈적한 체액이 흘러나왔다.

부글부글 끓는 것처럼 갈라진 살점이 꿈틀거리더니, 이내 그의 몸이 원상태로 돌아왔다.

-하.

패러사이트 왕은 경악스럽다는 듯 강우를 바라보았다.

단 일격에 그의 몸을 반으로 찢어버리다니. 상식을 초월한 힘이었다.

-하, 하하.

그는 입가를 비틀어 올리며 부르르 몸을 떨었다.

-크흐, 크하하하하하!!

호쾌한 웃음이 터져 나왔다.

-그래! 이래야지!

실망감에 차올랐던 표정이 순식간에 밝아졌다.

-이토록 즐거웠던 것은 정복을 시작한 이래 처음이로구나!

패러사이트 왕은 거칠게 주먹을 쥔 채 다시금 힘을 끌어 올렸다.

까득, 까드득.

전신을 뒤덮은 검은 견갑이 벌어졌다. 벌어진 견갑 사이로 날카로운 톱날이 달린 여덟 개의 갈고리가 빠져나왔다. 검은색이었던 몸이 점차 녹색으로 변하기 시작했다.

-크르르르.

가래를 끓는 것과 같은 소리가 흘러나왔다.

여덟 개의 갈고리를 통해 몸을 일으킨 패러사이트 왕의 모습에는 더 이상 인간의 모습이 남아 있지 않았다.

-내게 2형태를 사용하게 만든 적은 네가 두 번째이니라.

그리고 그 첫 번째 적은, 2형태를 사용하자마자 전신이 찢어발겨져 죽었다.

-영광스러워해도 좋다! 네놈은 분명 인간 중에 최강…….

"아니, 씨바 진짜 더럽게 말 많네."

패러사이트 왕의 말을 자르며, 강우는 여덟 개의 갈고리 중 두 개의 갈고리를 붙잡았다.

"너도 영광스러워해도 좋다 이 새끼야."

콰드드득!

두 개의 갈고리를 비틀어 뽑았다.

"이제까지 나랑 싸운 새끼들 중에 너만큼 대사 많이 친 새끼도 없을 거다."

뻐억!

갈고리를 비틀어 뽑으며 그 탄력을 이용해 발을 걷어차 올렸다. 패러사이트 왕의 턱이 박살 나며 몸이 뒤집혔다.

가볍게 땅을 박차고 날아올라, 위로 쳐올린 발을 도끼처럼 내려찍었다. 발뒤꿈치에 찍힌 패러사이트 왕이 대지에 거대한 크레이터를 만들며 깊게 처박혔다.

-크아아아아!!

고통에 찬 괴성이 흘러나왔다. 패러사이트 왕은 억지로 잡아 뽑힌 갈고리를 부여잡으며 몸을 비틀었다.

-크흐, 크흐흐.

그러나 고통에 몸부림치던 것도 잠시.

-크하하하하하하!!

패러사이트 왕은 바닥에 처박힌 채 폭소를 터뜨렸다.

-아, 아아!! 그래, 이거였구나! 이거였어!

감격한 목소리로 외쳤다.

고개를 들어 올려 강우를 응시했다.

-이것이 바로 살아 있다는 감각이로구나!!

환희에 떨리는 목소리. 아득한 세월 동안 느껴보지 못했던 '공포'가 그의 몸을 전율시켰다.

공포야말로 살아 있다는 것을 실감케 만드는 감정. 그가 그토록 갈망하던 감정이었다.

-인정하겠다, 필멸의 영웅이여!

패러사이트 왕은 비틀거리며 몸을 일으켰다.

-너야말로 진정한 나의 대적자(對敵者)이니라!!

쿠구구구구궁!!

지진이 난 듯 대지가 요동쳤다.

-보여주마!

패러사이트 왕이 두 팔을 높게 들어 올렸다. 수천, 수만 가닥의 녹색 촉수가 그의 몸에서 뿜어져 나왔다.

기포가 끓듯 살점이 끓어오르더니.

-이것이 진정한 왕의 모습이니라!

그의 몸에서 뿜어져 나왔던 녹색 촉수가 한 곳에 뭉치기 시작했다.

몇 미터에 불과했던 패러사이트 왕의 크기가 수백 미터 가까이 커졌다.

산을 짓밟으며 포효하는 패러사이트 왕의 모습은 마치 신화에 등장하는 거인을 보는 것 같았다.

-오라! 내게 진정한 '공포'를 느끼게 만들어라!

패러사이트 왕은 환희에 찬 목소리로 거대한 팔을 들어 올렸다.

강우는 어처구니없다는 표정으로 거대해진 패러사이트 왕을 바라보았다.

'아니, 뭐 하는 새끼야 저거?'

3단 변신에 거대화까지.

"열혈물 주인공이니?"

아주 그냥 드릴이 우주를 뚫겠어.

"공포를 느끼고 싶다고?"

강우는 낄낄 웃음을 터뜨렸다.

확실히, 거대화한 패러사이트 왕에게서는 그런 오만한 말을 내뱉을 정도의 힘이 느껴졌다. 하지만.

"그래."

강우는 입가를 비틀어 올렸다.

"질릴 정도로 느끼게 해줄게."

오른손을 왼쪽 심장에 가져다 대었다. 그리고.

"개문(開門)."

절망의 문이, 열렸다.

……무, 슨.

패러사이트 왕의 눈이 떨렸다.

쿵, 쿵.

산을 짓밟을 정도로 거대한 몸집을 지닌 괴물이 뒷걸음쳤다. 그의 본능이 경고하고 있었다.

'저것'은. 위험하다고.

-네, 놈…… 인간이, 맞는, 거냐?

겉으로 변한 것은 없었다. 어딜 어떻게 보더라도, 눈앞에 있는 적은 인간이었다.

하지만. 무언가 달랐다.

환 대륙을 정복하며 무수한 인간의 육체를 집어삼켰지만, 이런 느낌을 받은 것은 처음이었다. 저것은 인간이라기보다, 인간의 껍데기를 쓴…….

-흐, 흐흐흐.

패러사이트 왕은 낮은 웃음을 흘렸다.

가늘게 떨리는 자신의 몸을 내려다보았다. 그의 본능이 절규하듯 외치고 있었다. 당장 저 '괴물'을 피해서 도망치라고.

-……재미있군.

불가해(不可解)의 적을 마주한 패러사이트 왕의 몸에 짜릿한 전율이 퍼졌다.

자신이, 셀 수 없는 우주를 정복한 기생의 왕이 다른 누군가를 '괴물'로서 인식하다니. 이제까지 경험해 보지 못한 감각에 그는 더없는 환희를 느꼈다.

쿠웅!

-실로 재미있구나!!

패러사이트 왕은 몸을 잠식하는 공포를 억지로 지우며 큰 소리로 외쳤다.

-더, 더, 더!

거대한 팔을 들어 올렸다.

-나를 두려움에 떨게 만들어보거라!!

수십 미터에 달하는 거인의 팔이 내려쳐졌다. 거대한 패러사이트 왕의 앞에 선 강우의 몸은 작은 파리 정도에 불과했다.

콰아아앙!!

무시무시한 충격이 대지를 뒤흔들었다. 패러사이트 왕의 팔에 짓눌린 강우의 몸이 처참하게 박살 났다.

하지만 그것도 잠시. 거대한 팔에 짓눌려 터져 나간 살점들이 순식간에 원상태로 되돌아왔다.

-크흐흐, 그렇지! 이래야지!

눈 깜짝할 사이에 원래의 모습으로 재생한 강우를 내려다보며 패러사이트 왕은 폭소를 내뱉었다. 처음으로 자신에게 '공포'라는 감정을 느끼게 만들어준 존재를 만났는데 고작 한 방에 끝나서는 안 될 일이었다.

-드디어 내 모든 것을 쏟아부을 수 있는 적수를 만나게 되었구나!

더 이상 바알을 찾아 헤맬 필요조차 없어졌다.

눈앞의 괴물이야말로 그가 차원을 넘어서까지 찾아 헤매던 '대적자'였다.

-크라라라라락!

형언하기 힘든 괴성과 함께 패러사이트 왕의 녹색 견갑이 벌어졌다.

치이이이익!

강력한 산성을 띠는 녹색 체액이 비처럼 쏟아졌다.

살이 타들어 가는 냄새가 풍긴다.

강우의 피부가 녹아 흘러내렸고, 살점이 떨어져 나갔다.

전신이 녹아내리는 와중, 강우는 거칠게 발을 박차고 패러사이트 왕을 향해 달려들었다. 비처럼 쏟아지는 산성 체액을 가르며 패러사이트 왕의 몸에 달라붙었다.

콰득!

크게 입을 벌려 한 점. 패러사이트 왕의 살점을 뜯는다.

-…….

사람 주먹 하나 크기 정도로 떨어져 나간 자신의 살점을 내려다보며.

-푸흡.

패러사이트 왕은 참지 못하고 실소를 터뜨렸다.

-푸하하하하하하하!!!

그의 육체는 수백여 미터에 달할 정도로 거대했다.

그런데 고작 주먹 하나 크기 정도의 살점이라니? 인간으로 치면 각질이 떨어져 나간 것이나 다름없는 상황이었다.

-지금 그것을 공격이라고 한 것이냐?

패러사이트 왕은 웃음을 참기 힘들다는 듯 부르르 몸을 떨며 물었다.

그의 눈빛에는 더 이상 공포의 감정은 남아 있지 않았다. 기생의 왕의 눈빛에 남아 있는 것은 짙은 조롱의 감정뿐.

-흐음. 이거…… 착각을 한 건지도 모르겠군.

패러사이트 왕은 절레절레 고개를 저었다. 대적자를 발견했다며 흥분에 달아올랐던 몸이 싸늘히 식는 것이 느껴졌다.

하긴. 전신이 녹아내리는 것을 감수하고 산성 체액의 비를 뚫고 한 짓이 고작 주먹 하나 크기의 살점을 베어낸 것이었으니 실망감이 드는 것도 어찌 보면 당연한 일이었다.

-흐흐흐.

패러사이트 왕의 입에서 나지막한 조소가 흘러나왔다.

태어난 이래 처음으로 마주한 대적자에 달아올랐던 몸이 싸늘히 식었지만, 어째서인지 그다지 기분이 나쁘지 않았다. 실망스럽다는 감정보다, 오히려 별것 아닌 적이었다는 '안도'감이 크게 밀려왔다.

콰득.

그때. 그의 몸에 달라붙은 강우가 다시금 입을 벌려 살점을 씹어 먹는 것이 보였다.

-크하하하하! 아직 포기하지 않은 것이냐!

패러사이트 왕은 다시금 폭소를 터뜨렸다. 그의 육체의 크기를 생각했을 때, 이 정도 살점이 떨어져 나간 것은 공포스럽기보다 가소로운 일이었다.

-아주 귀여운 발악이구나, 나의 대적자…… 아니, 하찮은 존재여.

어느새 강우를 칭하는 호칭도 변해 있었다.

-아까 질릴 정도로 공포를 느끼게 해준다 하지 않았더냐?

기생(寄生)의 왕

이게 그 공포인가? 응? 크흐흐. 이거 어떻게 한다. 조금도 두렵게 느껴지지 않는구나.

패러사이트 왕은 한껏 그를 비웃었다.

콰득.

다시 한번. 강우는 그의 살점을 베어 물었다.

-어디 마음껏 발버둥 쳐보거라.

패러사이트 왕은 느긋한 표정으로 강우를 내려다보았다.

콰득, 콰득.

강우는 멈추지 않고 그의 몸에 달라붙어 살점을 씹었다.

-흐음.

패러사이트 왕의 표정이 아주 살짝 일그러졌다. 차곡차곡 떨어져 나간 살점에서 무언가 이질감이 느껴졌다.

-……재생이 되지 않는군.

패러사이트 종족의 재생력은 상상을 초월한다.

그중에서도 왕의 재생력은 말 그대로 괴이에 가까운 수준. 전신이 갈기갈기 찢어지더라도 순식간에 육체가 재생되었다.

하지만. 어째서인지 그의 몸에 달라붙은 인간에게 씹어 삼켜진 살점만큼은 재생이 되지 않았다.

-거슬리는군.

아무리 그라고 해도 통증이 없는 것은 아니었다. 재생되지 않는 상처에서 희미하지만 계속해서 통증이 느껴지자 슬슬 짜증이 밀려왔다.

-죽어라, 하찮은 존재여.

패러사이트 왕은 거대한 팔을 들어 자신의 몸에 달라붙은 강우를 내려쳤다.

퍼석!

거대한 팔에 짓눌린 강우의 몸이 압력을 견디지 못하고 터졌다.

귀찮게 몸에 달라붙어 피를 빠는 모기를 치워낸 듯, 패러사이트 왕은 한결 홀가분한 표정으로 몸을 돌렸다.

그의 시선이 향한 곳은 자신의 수하들과 치열하게 싸우고 있는 강우의 동료들이었다. 그중에서도 발록을 유심히 살피며 패러사이트 왕은 입가를 올렸다.

-하찮은 존재의 수하여.

"……음?"

이제 막 발광하는 절제의 머리통을 후려쳐 터뜨린 발록은 패러사이트 왕의 부름에 고개를 돌렸다.

"뭐냐. 벌레의 왕."

-네 주인은 죽었다.

패러사이트 왕은 납작하게 터져 몸에 눌어붙은 강우를 보여주며 말을 이었다.

-이 하찮은 자를 대신하여 나를 섬길 생각은 없느냐?

갑작스러운 스카웃 제안에 발록은 굳게 입을 다물었다.

천천히 고개를 돌려 강우의 시체를 바라보더니.

"크흐흐."

어깨를 들썩이며 웃음을 터뜨렸다.

그는 조롱의 빛이 담긴 눈빛으로 패러사이트 왕을 응시했다.

"덩치만 커졌지 뇌는 커지지 않은 모양이군."

-……뭐라?

패러사이트 왕의 표정이 딱딱하게 굳었다.

발록은 느긋한 표정으로 산산이 박살 난 강우의 몸을 내려다보았다.

"네놈은……."

꿈틀.

생물이라면, 살아 움직이는 존재라면 필시 죽음에 도달했을 상처를 입었음에도. 그는, 마해(魔海)를 몸 안에 품은 괴물은.

"아무것도, 모르는구나."

죽지 않는다.

콰, 득.

-……뭐?

패러사이트 왕의 입에서 당황에 찬 목소리가 흘러나왔다.

희미하게. 거의 느껴지지도 않을 정도로. 그의 살점이 씹어 삼켜졌다.

-왜…….

덜덜 떨리는 눈으로 고개를 내렸다. 그곳에는.

콰득.

입이. 곤죽이 된 육체에서 떨어져 나온 입 하나가. 그의 살점을 씹어 삼키고 있었다.

-죽지, 않는…… 거냐.

불가해(不可解)를 마주한 공포. 끝없는 무저갱에 빨려 들어가는 듯 몸이 무겁다.

-이익!

패러사이트 왕은 거칠게 손을 들어 올렸다. 몸에 달라붙은 '입'이 있는 부위 자체를 큼지막하게 움켜쥐어 뜯어냈다.

뚜두두둑!

살점이 큼지막하게 뜯겨 나가며 녹색 체액이 분수처럼 솟구쳤다.

-후우, 후우.

강우가 달라붙어 씹어 먹었을 때보다 오히려 더 큰 상처를 입었지만, 패러사이트 왕의 표정은 훨씬 밝아져 있었다.

그는 강우의 입이 달라붙었던 살점을 바닥에 내동댕이쳤다.

-대체 네놈은 뭐…….

콰득.

그의 말이 채 끝나기도 전에. 살점이 뜯겨 나가는 소리가 들려왔다.

패러사이트 왕은 창백하게 질린 표정으로 고개를 돌렸다.

그가 움켜쥐어 뜯어버린 살점의 아래, 녹색 체액이 흘러넘치고 있는 곳에. 입이 있었다.

-뭐, 야.

분명 저 입이 있는 부위를 통째로 잡아 뜯어냈다. 그런데.

-왜…… 아직, 남아 있는…… 거, 냐.

덜덜덜.

패러사이트 왕의 거대한 몸이 가늘게 떨렸다.

본능적으로 깨달았다. 알고 싶지 않아도, 알게 되었다.

무언가. 잘못되어 가고 있다는 것을.

-왜, 아직 남아 있냐는 말이다!!!

패러사이트 왕은 발작을 일으키듯 소리치며 '입'이 달라붙어 있는 살점을 다시금 움켜쥐었다.

뚜둑, 뚜두둑!

상처 따위는 생각지도 않고, 거칠게 살점을 뜯어낸다.

-허억, 허억, 허억.

거칠어진 숨이 흘러나왔다.

더러운 오물을 버리듯 뜯어낸 살점을 멀리 집어 던졌다.

그리고. 그리고. 그리고.

콰, 득.

어느새 나타난 또 다른 입이 그의 살점을 물어뜯었다.

-아, 아아.

패러사이트 왕의 입에서 나지막한 신음 흘러나왔다.

한번 입이 움직일 때마다 떨어져 나가는 살점은 고작 인간의 주먹 하나 크기. 패러사이트 왕의 입장에서는 상처라고 부르기조차 민망한 피해였다. 하지만.

-그, 그만.

그렇기에. 알 수 있다. 이 작디작은 상처가 멈추지 않고 쌓일 것이라는 사실을. 죽음에 이르지도 못한 채, 떼어낼 수 없는 저주에 사로잡힌 것처럼 서서히 뜯어 먹힐 것이라는 사실을. 그리고 언젠가. 아득한 시간이 흐른 후에. 의식이 생생히 남아 있는 채로 죽음에 이르리라는 사실을.

-그만하라고 했다아아아!!

패러사이트 왕은 절규가 울려 퍼졌다.

공포에 휩싸인 채, 그는 미친 듯이 몸을 긁었다.

쩌적, 쩍!

피부가 갈라진다. 살점이 뜯겨 나간다. 찢어진 혈관에서 녹색 체액이 흐른다. 손톱으로 피부를 벅벅 긁어내는 것과 같다. 강우의 입이 씹어 삼키는 살점의 양보다, 스스로 자해를 하며 긁어내는 살점의 양이 훨씬 더 많다.

그럼에도.

콰득.

-떠, 떨어져!! 내게서 떨어지란 말이다아아아!!

멈추지 않았다.

패러사이트 왕은 처절한 절규를 내뱉으며 몸을 비틀었다.

지금 그의 상태를 비유하자면 손톱깎이를 통해 사람의 살점을 뜯어내는 것과 같다. 무슨 짓을 해도 떨어지지 않는 손톱깎이로.

-아, 아아아.

거대한 칼로 목을 내려쳐 단번에 목숨을 앗아가는 것과.

-제, 제발.

손톱깎이를 통해 손끝에서부터 천천히, 전신의 살점을 조금씩 뜯어내며 죽음에 이르게 만드는 것.

-그, 그만, 둬.

과연.

-이, 이런 걸…… 바랐던 게, 아니야.

무엇이 더.

-이건…… 내가, 바란, 전투가…… 아니라고.

두려울까?

콰득.

패러사이트 왕의 살점이 뜯겨 나갔다.

입만이 달라붙어 있던 그의 몸에서, 검은 점액질이 한곳에 뭉치기 시작했다. 한곳에 뭉친 검은 점액질은 곧 인간의 형상으로 변했다.

강우는 창백하게 질린 표정으로 자신을 내려다보는 기생(寄生)의 왕을 바라보며.

"자."

나지막이 입을 열었다.

"이제 내가 두렵니?"

· 4장 ·
멸망한 세계에 희망을

콰, 득.

살점을 씹어 삼킨다.

-아, 아아.

끊어질 듯한 신음 소리가 귓가에 들린다.

천천히 고개를 들어 몸을 일으켰다.

패러사이트 왕의 모습을 내려다보았다. 투기에 불타던 그의 눈은 썩은 생선을 보는 듯 싸늘히 식어 있었다.

"뭐야, 벌써 끝이야?"

강우는 시큰둥한 표정으로 패러사이트 왕을 내려다보았다.

그의 몸은 걸레짝처럼 처참하게 망가져 있었다. 그 대부분은 강우가 입힌 상처가 아닌, 달라붙은 그를 떼어내기 위해 패러사이트 왕이 자해를 하며 생긴 상처였다.

"후우."

강우는 깊게 숨을 들이쉬었다.

쯧, 아쉽다는 듯 혀를 찼다.

'조금 더 특성의 효과를 확인해 보고 싶었는데.'

11차 각성을 하면서 터득한 특성. '마해(魔海)를 다스리는 자'의 효과를 떠올렸다.

"어느 정도 효과는 확인했으니 괜찮나."

마해를 다스리는 자의 효과는 개문의 사용 도중 의식을 유지시켜 주는 것. 단순히 그 효과를 확인하기 위해 '개문'이라는 기술을 사용하기엔 너무 리스크가 컸기 때문에 이제까지 확인하지 못했던 효과를 이번 기회에 확인할 수 있었다.

'엄청나.'

괜히 EX등급이 아니라는 것일까. 11차 각성을 하며 새롭게 획득한 특성은 그의 기대 이상의 성능을 지니고 있었다.

'어디 보자. 육체 재생만 20번? 30번 정도는 견딘 것 같은데.'

개문을 사용한 그는 그 어떠한 물리적, 마법적, 영적인 타격에도 '죽지 않는'다. 마해가 지닌 힘이 만마전을 통해 빠져나오며 그의 육체를 완전한 상태로 순식간에 복구해 버리기 때문이었다.

'그렇다고 해서 무적이라고 할 건 아니지만.'

불사(不死)라는 점은 사실이지만, 아무런 제약이 없는 건 아니었다. 육체의 상처가 커지면 커질수록, 육체를 복구하는 데 마해의 힘이 많이 사용되면 사용될수록 그의 의식은 마해에 잠식되어 버린다. 이성이 옅어지며, 지성이 증발한다.

종국에는.

'폭주해 버리지.'

폭주하게 되면 피아를 가리지 않고 막무가내로 주변의 모든 것을 먹어치우는 괴물로 전락한다.

'마해를 다스리는 자' 특성은 그러한 마해의 침식 속에서 의식을 유지시켜 주는 것을 도와주었다. 버섯을 먹고 자라는 배관공이 등장하는 게임으로 비유하자면, 별을 먹은 후의 무적 시간을 늘려주는 사기적인 효과의 특성인 셈.

'이건 좀 큰 변수가 되겠지.'

아무리 개문의 리스크가 크다고 해도, 바알과의 싸움에서 개문을 사용하지 않은 채로 넘어갈 생각은 없었다. 바알과의 전투는 필연이라고 불러도 좋을 정도로 개문의 사용을 강요할 것이다.

'그때, 이 특성이 빛을 발하겠지.'

강우는 만족스럽다는 표정으로 고개를 끄덕였다.

"이제 슬슬 끝내볼까."

고개를 내려 완전히 전의를 상실한 패러사이트 왕을 내려다보았다. 아직 목숨이 붙어 있기는 했지만, 사실상 죽은 것이나 다름없는 상태였다.

-너, 는.

패러사이트 왕의 입에서 낮은 목소리가 흘러나왔다.

공포에 질린 그의 목소리에는 처음에 느꼈던 오만함은 조금도 느껴지지 않았다.

-그래, 그렇구나…….

패러사이트 왕은 이해했다는 듯, 힘없이 고개를 끄덕였다.

-바알이 아니었어.

짙게 드리워진 공포 속에서 그는 말을 이었다.

-네가…… 이 세계의 종말(終末)이었구나.

끊어질 듯 희미한 그의 목소리에 강우는 눈살을 찌푸렸다.

"종말은 개뿔."

오히려 그는 패러사이트 왕을 죽임으로써 종말로 치닫는 미래를 막아내지 않았던가.

"정작 본인은 생각도 없는데 자꾸 멸망이니 종말이니 헛소리 좀 그만해라 이것들아."

질린다는 표정으로 발걸음을 옮겼다.

천천히 손을 들어 올렸다. 손바닥이 갈라지며 검은 점액질이 뚝뚝 쏟아졌다.

패러사이트 왕의 몸에 닿은 검은 점액질이 빠른 속도로 그의 육체를 씹어 삼키기 시작했다.

-흐, 흐흐.

패러사이트 왕은 포식의 권능에 전신이 뜯어 먹히고 있는 도중, 낮은 웃음을 흘렸다.

-발버둥 친다, 해도. 소용, 없을…… 것이다.

더듬거리며 말을 이었다.

-운명은…… 거스를 수 없는…….

"지랄하네."

강우는 피식 웃음을 흘렸다.

"뭐, 아까 전에는 왕이 되실 운명을 타고나셨다면서요? 태어나면서부터 지배자셨다면서요?"

그런데.

"나한테 뒤지셨네? 응? 이것도 왕이 될 운명이니? 태어나면서부터 정해진 거야?"

-…….

"괜히 의미심장한 대사 싸면서 똥폼 잡지 말고 얌전히 뒈져 인마."

같잖다는 표정으로 패러사이트 왕을 내려다보며 강우는 주먹을 움켜쥐었다. 검은 늪처럼 퍼진 포식의 기운이 수백 미터에 달하는 패러사이트 왕의 거체를 뒤덮었다.

우드득, 우득!

뼈가 씹어 삼켜지는 소리가 들렸다.

-아, 아아.

패러사이트 왕의 입에서 나지막한 신음이 흘러나왔다.

늪에 빠지듯 서서히 마기의 바닷속에 가라앉은 육체를 느끼며, 고개를 들어 올렸다.

-나, 는.

한평생을 포식자로써 살아왔다.

태어난 그 순간부터 그는 왕이었고, 최강이었다. 수많은 별을 정복하면서도 그에게 잡아먹히는 먹잇감만 있을 뿐, 감히 그를 잡아먹으려는 존재는 없었다.

오늘. 저 괴물을 만나기 전까진.

-먹잇감에…… 불과했던 건가.

포식자들의 포식자. 먹이 사슬의 최정점에 군림하는 괴물. 그 괴물 앞에서 그는, 그저 한 마리의 사냥감에 불과했다.

패러사이트 왕은 천천히 눈을 감았다.

그토록 갈망했던 공포는, 기대했던 것과는 달리 전혀 즐겁지 않았다.

[‘기생(寄生)의 왕’을 포식하는 데 성공했습니다!]

[패러사이트의 제어권이 기생의 왕에서 플레이어 오강우에게 이관됩니다.]

[특수 스킬 ‘촉수 소환(Rank: SS)’과 ‘산성 체액(Rank: S)’을 습득하였습니다.]

‘뭔데 씨발.’

존나 필요 없어.

포식이 끝난 후, 눈앞에 떠오르는 푸른 메시지창을 확인하며 강우는 거친 욕지기를 내뱉었다. 산성 체액은 그렇다 치고 촉수 소환이라니.

‘절대 안 써.’

아무리 사기적인 성능을 지녔다고 해도 저딴 개 같은 스킬을 사용할 일은 영영 없을 것이다.

"설마 이게 끝이야?"

강우는 잔뜩 일그러진 표정으로 메시지창을 노려보았다.

그에게 '개문'까지 사용하게 만들었던 패러사이트 왕을 포식하고 얻은 것이 고작 쓸데없는 스킬 두 개뿐이라니. 말도 안 되는 소리였다.

'더, 더 토해내 시바.'

강우는 이글거리는 눈빛으로 메시지창을 바라보았다.

그런 그의 바람에 응답하듯 또 다른 메시지가 떠올랐다.

[활력(活力) 스탯이 신규로 추가되었습니다.]
[외계(外界) 영역의 힘을 습득함에 따라 혼돈(混沌)계열 스킬에 사용할 수 있는 힘의 종류가 늘어났습니다!]
[혼돈(混沌)계열 스킬의 성취가 상승합니다!]
[혼돈(混沌)계열 스킬의 성취가 상승함에 따라 '탐식(貪食)의 불'과 통합됩니다.]

"……뭐?"

강우의 입에서 다급한 목소리가 흘러나왔다.

'스킬이 통합되다니?'

왜 갑자기 혼돈 계열 스킬과 탐식의 불이 통합된단 말인가.

"이런 씨바."

강우의 표정이 사정없이 일그러졌다.

탐식의 불을 각성하게 된 후, 그는 일부러 혼돈 계열 스킬의 사용을 피해왔다. 위력 자체만 놓고 보면 탐식의 불보다 조금 강한 정도에 불과했지만 제어하는 난이도는 많게는 10배 이상 차이가 났기 때문이었다.

'아니, 사실 위력이 더 뛰어난 것도 아니지.'

혼돈 계열 스킬이 그가 아직 도달해 보지 못한 미지의 영역이라면, 탐식의 불은 그의 본질에 가까운 힘이었다. 당연히 숙련도면에서 차이가 심할 수밖에 없었다.

'혼돈 제어 특성이 있어도 그 모양이었어.'

비효율적이라도 지나치게 비효율적이다.

"제기랄."

그런데 그 두 개의 스킬이 합쳐졌다니. 기대감보다 멀쩡하게 잘 사용하고 있던 탐식의 불을 사용하지 못하게 될지도 모른다는 걱정이 앞섰다.

'이건 바로 확인해 봐야겠네.'

강우는 천천히 고개를 들었다.

환 대륙의 대지에는 아직 수백, 수천 개에 달하는 패러사이트의 둥지들이 남아 있었다. 그가 사용한 '황혼(黃昏)'을 패러사이트 왕이 반으로 갈라 버렸기 때문.

'제어권이 나한테 있는 이상 명령만 하면 다 쓸어버릴 수 있긴 하지만.'

서로 통합된 탐식의 불과 혼돈 계열 스킬의 위력을 시험하기에 딱 좋은 대상이었다.

"……잠깐."

탐식의 불을 일으키려던 강우의 두 눈이 부릅떠졌다.

'탐식의 불이 혼돈 스킬과 통합됐다면……'

설마, 하는 생각이 그의 머리를 스쳤다.

"제, 제길!"

강우는 다급한 표정으로 주먹을 쥐었다.

찌익.

몸을 숙이고 정신을 집중하자 등 피부가 갈라졌다.

갈라진 피부에서 거대한 날개가 나타났다. 검은 점액질로 이루어진, 끈적한 점성이 섞인 날개.

화르륵.

검은 점액질로 이루어진 날개에 불이 타올랐다. 황금빛과 검은빛이 뒤섞인, 검은 태양을 연상시키는 듯한 날개가 그의 등 뒤에서 펄럭였다.

"휴우."

강우의 입에서 안도의 한숨이 흘러나왔다.

"날개를 만드는 건 딱히 별 상관없나 보네."

그의 등 뒤에 타오르는 날개도 어찌 보면 탐식의 불에서 파생된 기술 중 하나. 혼돈 스킬과 통합됐다고 해서 사용하지 못하면 어쩌나 걱정했는데 별다른 문제 없이 만들어졌다.

"날개…… 날개만큼은 나 못 잃어."

처절함이 담긴 목소리로 입술을 짓씹었다.

맨날 검은 점액질로 바뀌고, 입만 남은 괴물로 변하고, 나중에는 그냥 시바 불덩어리가 되어버리는데.

"내…… 내 유일한 간지 스킬이란 말이야."

강우는 굳게 주먹을 쥐었다. 무슨 일이 있더라도 날개만큼은 포기할 수 없었다.

"후우."

강우는 날개를 펄럭이며 공중으로 날아올랐다.

-흐응! 가, 강우!

그때, 에키드나가 흥분에 찬 표정으로 강우에게 날아왔다.

패러사이트 왕이 죽으면서 상위 개체들의 활동이 정지된 탓인지 격전을 치렀음에도 큰 상처는 보이지 않았다.

-강우! 그 날개 뭐야? 엄청 멋있어!

"후훗."

강우는 으스대듯 어깨를 으쓱였다.

자랑스럽게 날개를 펄럭였다.

"하아. 강우 님은 묘한 부분에서 어린아이 같으시단 말이죠."

리리스가 한숨을 내쉬며 강우에게 다가왔다.

그녀는 패러사이트의 둥지에 침식당한 환 대륙을 내려다보며 말을 이었다.

"그나저나 저 둥지들은 어떻게 처리하실 생각이신가요?"

"쓸어버려야지."

"……하긴, 별다른 방법이 없네요."

리리스는 대지를 잠식한 수천 개의 둥지를 내려다보며 고개를 끄덕였다.

"언젠가 시간이 지나면…… 이 대지도 원래대로 돌아올 수 있을까요?"

어딘가 아련하게 느껴지는 목소리. 그녀 또한 멸망한 세계를 눈앞에 두고 숙연해진 것이리라.

강우는 픽 웃었다.

"악마답지 않은 감성이네."

"호호. 그러네요."

리리스는 입가를 가리며 우아하게 웃었다.

옆에서 날고 있던 한설아의 손을 가볍게 잡으며 자신 쪽으로 끌어당겼다.

"리, 리리스 씨?"

"후훗. 설아 씨나 다른 분들과 함께 지내다 보니 저도 좀 변한 것 같네요."

그녀는 한설아를 가볍게 끌어안으며 말했다.

강우는 그런 리리스의 모습을 바라보며 희미한 미소를 지었다. 나쁜 변화는 아니라는, 그런 생각이 들었다.

"걱정하지 마."

강우는 환 대륙의 대지를 내려다보며 말을 이었다.

"둥지만 처리한다면…… 저 멸망한 세계가 원래대로 돌아올 희망은 있으니까."

아마 실현 가능성은 높지 않을 것이다. 이미 환 대륙의 모든 생명체들은 패러사이트에게 잠식되어 사실상 죽었다고 해도 과언이 아니니까.

'하지만.'

희망은. 한 줌의 희망만큼은. 남아 있을 것이다.

"강우 님……"

"내가 그 희망을 이곳에 만들어줄게."

그것이. 멸망한 세계를 향한 최소한의 예의일 것이다.

화르르륵!

강우는 지그시 눈을 감은 채, 탐식의 불을 일으켰다.

허리춤에 찬 잉그리움을 꺼내 들었다.

"……아."

짧은 탄성이 흘러나왔다.

원래는 신성(神聖)을 섞은 마기의 힘으로만 타오르던 탐식의 불에 마력과 성력, 활력이라고 불리는 외계(外界)의 힘까지 뒤섞이는 것이 느껴졌다.

'이게…… 혼돈과 통합됐다는 의미였구나.'

단순히 마기의 힘으로만 타오르던 탐식의 불이 이제는 '혼돈(混沌)'을 태우며 타오르고 있었다.

'아니.'

혼돈을 탐욕스럽게 먹어치우며, 그 어떤 순간보다 맹렬하게 타오르고 있었다.

'나쁘지 않아.'

탐식의 불은 그의 본질에 닿아 있는 힘. 혼돈과 뒤섞이며 제어하는 것이 어려워지긴 했지만, 이 정도라면 충분히 다룰 수 있다는 생각이 들었다. 적어도 혼돈 스킬을 따로 나눠서 사용했을 때보다 몇 배는 제어하기가 수월했다.

"······멸망한 세계에."

강우는 천천히 눈을 뜨며 패러사이트에게 잠식당한 환 대륙을 내려다보았다.

"희망을."

화르르르르륵!!!

혼돈을 집어삼킨 탐식의 불이 거칠게 타올랐다.

하늘과 땅의 경계를 나누듯. 수평으로 검을 휘둘렀다.

"황혼(黃昏)."

그리고······.

쿠궁!! 쿠과가가가가강!!! 쿠르르르릉!!

검에서 뿜어져 나온 탐식의 불은 대지를 뒤덮고 있는 패러사이트 둥지를 불태우는 것도 모자라 환 대륙 전체를 붕괴시키기 시작했다.

거대한 불길에 대지가 녹아내리며 처참히 무너져 내렸다.

"어?"

강우가 다급히 공격을 거둬들였지만, 이미 손을 쓰기에는 늦었다.

"야, 잠깐만."

멸망한 세계에 희망은 씨발 희미하게 붙어 있던 숨통까지 끊어버렸잖아.

'아니, 뭐 이렇게 위력이 쎈 거야?'

자신의 예상을 한창 웃도는 위력. 혼돈의 힘으로 타오른 탐식의 불은 말 그대로 하나의 별을 잿더미로 만들어 버릴 만큼 강력했다.

마치 수백 개의 핵폭탄을 동시에 터뜨린 듯 증발해 사라져 가는 환 대륙을 내려다보며.

"어, 음."

그러니까. 내가 하고 싶은 말이 뭐냐면.

"내 잘못 아니야."

혼돈 스킬과 탐식의 불을 멋대로 통합시킨 시스템이 잘못한 거야.

'그러고 보니 티탄의 율법의 권한이 대부분 바알에게 넘어갔다고 했던가.'

그렇다면 이 모든 것이 바알의 계획일 가능성도 있다.

"이 쓰레기 자식……!"

강우는 치밀어 오르는 분노에 치를 떨었다.

"한 세계를…… 어쩌면 다시 원래대로 돌아올 희망이 남아 있던 별을 이렇게 처참하게 멸망시켜 버리다니!"

강우는 소멸해 가는 환 대륙을 내려다보며 눈물을 훔쳤다.

이런 상황에서 아무것도 할 수 없는 자신이 더없이 무력하게만 느껴졌다.

"이 별의 원한은 반드시…… 반드시 내가 되갚아주마."

강우는 굳은 결의를 하며 몸을 돌렸다.

[세상에 뭐 이런 개쓰레기 새끼가 다 있…….]

눈앞에 떠오른 메시지창을 읽지도 않고 옆으로 치웠다.

"……강우 님?"

무너져 내리는 세계를 내려다보며, 리리스는 아연한 표정으로 강우를 바라보았다.

움찔.

강우의 어깨가 떨렸다.

"그러니까…… 이게 말이지."

더듬거리는 목소리로 변명을 쥐어짜 냈다.

"갑자기 스킬 통합이…… 바알이 쓰레기……."

어떻게든 변명을 이어갔지만. 눈앞에서 강우가 쏘아낸 탐식의 불로 환 대륙이 잿더미가 되는 모습을 본 이상 이런 구차한 변명이 통할 리가 만무했다.

"……하아."

리리스는 어처구니없다는 표정으로 강우를 바라보더니, 이내 깊은 한숨을 내쉬었다.

"우선 빨리 지구로 돌아가죠. 여기에 있으면 위험해요."

탐식의 불길이 환 대륙의 내핵(內核)까지 도달하게 되면 초신성 폭발과 같은 거대한 폭발이 일어날 것이 틀림없다.

개문을 사용한 강우라면 몰라도 발록이나 에키드나, 할키온과 같은 그의 권속들은 초신성 폭발의 위력에 살아남을 방법이 없다.

"……예."

환 대륙의 숨통을 끊어버린 당사자는 더 이상 구차하게 반론을 늘어놓지 않고 순순히 고개를 끄덕였다.

"돌아가자."

강우는 등 뒤의 날개를 펄럭이며 지구로 통하는 붉은 균열을 바라보았다.

환 대륙이 완전히 멸망했기 때문일까. 수 킬로미터에 달했던 붉은 균열의 크기는 점차 줄어들고 있었다.

강우 일행은 멸망하는 환 대륙을 뒤로하고 붉은 균열 안으로 몸을 던졌다.

화악!

"으……."

가벼운 현기증과 함께 연기가 피어오르는 서울의 모습이 발아래 보였다.

"빛을 위해!!"

"광휘의 신께서 우리를 구원해 주실 겁니다!!"

"하나 되어 싸웁시다!"

패러사이트에게 습격당한 서울에서 가장 눈에 띄는 것은 차연주를 필두로 한 에르노어 대륙의 광휘교도였다.

"오메에에에에에에엔!!!"

선두에선 차연주는 광휘교의 기도문을 부르짖으며 도심에 난입한 패러사이트를 향해 붉은 쇠사슬을 뿌렸다.

날카로운 가시가 돋은 붉은 쇠사슬은 예전의 그녀에게는 볼 수 없었던 찬란한 황금빛에 둘러싸여 있었다.

콰득! 콰드득!!

신성의 힘이 담긴 쇠사슬이 건물 곳곳에 숨어 있던 패러사이트를 꿰뚫었다.

'잘하고 있네.'

강우는 흡족한 표정으로 차연주를 내려다보았다.

처음에는 죽어도 오멘이라 부르짖지 않겠다고 으름장을 놓던 그녀였지만, 강우의 진심 어린 설득(스마트폰 지참)을 통해 그 누구보다 열렬한 광휘교의 신도가 되어주었다.

쇠사슬이라는 무기의 특성을 활용해서 일대일로 상위 개체를 처리하는 것보다 민간인을 습격하는 패러사이트를 대량으로 쓸어버리는 그녀의 모습은 말 그대로 광휘의 신의 화신이라 불러도 부족함이 없었다.

'어디 보자. 시훈이랑 태현이는······.'

그 둘에게는 패러사이트의 상위 개체들을 정리해 달라는 지시를 내렸었다.

주시자의 권능을 통해 주변을 살피니 강력한 두 기운이 도심 곳곳을 빠른 속도로 움직이는 것이 느껴졌다. 그 광경을 바라보던 강우는 이해했다는 듯 고개를 끄덕였다.

"패러사이트 쪽에서 전략을 바꾼 건가."

붉은 균열을 통해 더 이상 지원 병력이 오는 것이 끊기자 도심 속에 흩어져서 게릴라전으로 시간을 끄는 전략을 사용한 것 같았다.

'벌레치고는 머리 좀 썼네.'

정면으로는 김시훈과 김태현의 쌍두마차 주인공을 이길 방법이 없으니 어찌 보면 당연한 선택이었다.

'덕분에 시훈이랑 태현이도 좀 고생하는 것 같고.'

서울 도심 속에 패러사이트가 숨을 만한 장소가 한두 개겠는가. 그렇다고 해서 건물들을 싹 다 박살 내면서 패러사이트를 찾을 수도 없는 노릇일 테니 무작정 두 발로 뛰어다니며 그들을 찾을 수밖에 없었을 것이다.

"제어권을 얻어둔 게 다행이네."

강우는 일행에게서 잠시 떨어져 혼자서 서울 상공을 가로질렀다.

한강이 한눈에 내려다보이는 곳까지 이동한 그는 천천히 팔을 들어 올렸다. 당연한 말이지만. 이 좋은 기회를 그냥 날려 버릴 생각은 없었다.

-들어라, 악(惡)에 물든 기생의 무리들이여.

강우의 입을 통해 육성이 아닌, 머릿속에 직접 울려퍼지는 중후한 목소리가 흘러나왔다.

우우우우웅!!

그와 동시에 찬란한 황금빛이 사방으로 퍼져 나갔다. 등 뒤에 펼친 날개 또한 탐식의 불이 아닌 황금빛으로 물들었다.

-나, 광휘의 신의 이름으로 명하노니.

패러사이트 왕에게 넘겨받은 제어권을 사용했다.

아주 잠깐 패러사이트 종족을 하수인으로 부릴까도 고민했지만.

'괜한 짓이지.'

패러사이트 종족을 부리며 얻을 수 있는 이득과, 그들을 조종한다는 것이 들켰을 때의 리스크를 생각한다면 그냥 깔끔하게 손절하는 것이 맞다.

강우는 서울 곳곳에 숨어들어 있는 패러사이트들을 향해 명했다.

-죽어라.

"캬하하하하악!"

"카르르륵!!"

나지막한 명령과 함께, 서울 곳곳에서 패러사이트의 끔찍한 괴성이 터져 나왔다.

그들은 낫을 연상시키는 날카로운 앞발로 자신의 몸을 난자하기 시작했다.

'그리고 여기서.'

시각적인 효과를 더해주기 위해 몸 주위에 두른 황금빛을 도심 전체에 흩뿌렸다.

사실 그냥 황금색으로 빛난다는 것을 제외하고는 어떤 효과도 없는 빛무리였지만.

"아, 아아."

"광휘의 신이시여……."

"구, 구원! 구원의 빛이다!"

사람들의 눈에는 광휘의 신이 내뿜은 황금빛에 패러사이트들이 집단으로 죽은 것처럼 보였다.

"그렇지."

강우는 씨익 입가를 올렸다.

그냥 단순하게 제어권을 사용해 패러사이트 자살시키는 것보다 이편이 훨씬 더 그럴싸한 그림이 나오지 않는가.

'질퍽이가 좋아하는 소리가 여기까지 들리네.'

이것으로 광휘교의 위상이 몇 배는 커지게 될 것은 생각할 것도 없는 일이었다.

그에 따라 빵빵한 신성 수급처가 생기는 것 또한 당연한 수순.

"형님!"

강우를 발견한 김시훈이 허공답보(虛空踏步)를 사용해 날아오르며 빠르게 다가왔다.

"사람들 피해는 어때?"

"가디언즈랑 에르노어 파병군이 도와서 대부분 잘 대피했습니다. 하지만 그전에 습격당한 사람들은……."

김시훈은 어둡게 가라앉은 표정으로 고개를 숙였다.

강우는 씁쓸한 미소를 지으며 고개를 끄덕였다.

'이건 기습을 당한 입장에선 어쩔 수가 없지.'

갑작스럽게 이뤄진 대규모 침공에서 이 정도만의 피해로 끝났다는 것이 오히려 기적 같은 일이었다.

만약 강우가 균열 속으로 몸을 던지지 않았다면.

'태현이가 본 미래가 실현됐겠지.'

서울은 말 그대로 지옥이 됐을 것이 틀림없다. 시체로 이루어진 산과, 피로 이루어진 강이 흐르는 끔찍한 지옥이.

'그래도 막았어.'

환 대륙까지는 어떻게 구원을 할 방법이 없었지만, 지구를 지키는 것에는 성공했다. 외계의 첫 침공을 성공적으로 막아 낸 것이다.

"형님. 저는 레이라 씨랑 같이 사람들이 대피한 장소에 먼저 가보겠습니다."

"그래. 아마 아수라장이 되어 있을 테니 네가 잘 통제해 주고."

검룡의 이름값이라면 그래도 이런 아수라장 속에서도 어느 정도 통솔력을 발휘할 것이다.

김시훈은 고개를 끄덕이고는 바로 몸을 돌려 발을 박찼.

강우는 천천히 건물 옥상 위로 내려왔다.

"후우."

아무리 경지에 올라섰다고 하더라도 이 정도의 격전을 치르 니 피로가 몰려왔다.

'개문을 사용한 것도 있고.'

고개를 내려 자신의 심장 쪽을 바라보았다. 마해를 가둔 만 마전의 문은 굳게 닫혀 있었다.

'이번에도…… 후유증이 없었어.'

개문을 사용하면 필연적으로 따라와야 할 끔찍한 통증이 조금도 느껴지지 않았다.

강우의 표정이 딱딱하게 굳었다.

이것이 좋은 소식이 아니라는 것 정도는, 어렵지 않게 알 수 있었다. 비유하자면 팔다리가 잘렸음에도 아무런 통증이 느껴지지 않는다는 것과 같은 상황이었으니까.

'암 중에서도 가장 무서운 건 고통이 없는 암이라고 했던가.'

씁쓸한 표정으로 고개를 돌렸다.

직감적으로 위험하다는 사실을 알고 있음에도, 다른 방법이 없었다. 개문을 대체할 수 있는 방법은 존재하지 않았으니까.

"그나저나 올림푸스 새끼들은 뭐 하고 있는 거야?"

강우는 도시를 내려다보며 눈살을 찌푸렸다. 아무리 신계를 관리하는 데 바쁘다고 해도, 지구에 외계 세력이 습격한 상황에서 현신조차 하지 않았다는 것은 납득하기 어려운 일이었다.

'이건 가이아 그년한테 제대로 한번 따져야지.'

마음속으로 이를 갈고 있을 무렵.

"가, 강우 형!"

김태현의 목소리가 들려왔다.

강우는 목소리가 들린 방향으로 고개를 돌렸다. 잔뜩 흥분한 상태로 그를 찾아온 김태현의 얼굴에는 희미한 눈물 자국이 남아 있었다.

"성공한…… 건가요?"

김태현이 무엇을 묻는지는 생각할 필요도 없었다.

"그래."

강우는 작게 고개를 끄덕였다.

"네가 본 종말의 미래를…… 우리의 힘으로 막은 거야."

김태현의 눈가에 눈물이 맺혔다.

"흐윽."

그는 고개를 떨구며, 가늘게 어깨를 떨었다.

"정말…… 정말 다행입니다."

미래시(未來視)를 통해 종말을 마주한 후, 얼마나 큰 충격에 휩싸였던가. 붉게 타오르는 하늘과, 대지에 쌓인 셀 수 없는 시체들. 악몽을 형상화한 것 같은 종말의 모습에 절망하는 것 외에 아무것도 할 수 없었다.

'막은 거야.'

종말을, 이 세계의 멸망을. 영웅들의 힘을 합쳐 막아낸 것이다.

"강우 형이 아니었다면…… 불가능한 일이었을 거예요."

김태현은 눈물을 훔치며 강우의 손을 붙잡았다. 그의 입가에는 더없이 환한 미소가 지어져 있었다.

"모두의 힘을 모아서 막은 거지."

강우는 김태현의 어깨를 가볍게 두드렸다.

'얘도 보면 볼수록 참 주인공 같은 놈이란 말이지.'

미래의 위기를 막아냈다면서 꺼이꺼이 우는 모습을 보니 그런 생각들이 더더욱 짙어졌다. 단순한 느낌으로는 김시훈은 한국산 판타지의 주인공, 김태현은 일본산 라이트 노벨의 주인공 같았다.

둘 다 그림으로 그린 듯한 영웅이라는 점에서는 같았지만.

'태현이가 조금 더 호구스럽다고 해야 하나, 감정적이라고 해야 하나.'

김시훈은 그래도 어느 정도 냉철한 판단을 통해 움직인다면, 김태현은 확실히 감정적으로 행동하는 경우가 많았다.

전형적인 갓세계물 중2병 주인공이랄까.

지금만 봐도 김시훈은 패러사이트의 습격을 막아내자마자 자신의 할 일을 찾아 대피소로 향한 것과 달리 김태현은 종말을 막아냈다는 감격에 차서 꺼이꺼이 눈물을 흘리고 있지 않은가.

'뭐, 사실 이쪽이 다루기는 더 쉽지.'

강우는 씨익 미소를 지으며 눈물을 흘리고 있는 김태현을 바라보았다.

'시훈이랑 같이 주인공 듀오로 키우면 쓸 만하겠어.'

이번 습격만 해도 김태현은 꽤나 쏠쏠한 전력이 되어주었다.

"이제 슬슬 우리도 시훈이랑 합류하러······."

그때였다.

"아윽!"

김태현이 갑자기 머리를 부여잡으며 몸을 웅크렸다.

"아아아아악!!"

김태현의 두 눈 주변에 흉측한 힘줄이 돋아났다. 핏물이 섞인 눈물이 뺨을 타고 흘러내렸다.

'뭐야, 얘 또 왜 이래.'

강우는 당황스러운 표정으로 김태현을 바라보았다.

"아, 아아."

김태현은 덜덜 떨리는 눈빛으로 강우에게서 뒷걸음질 쳤다.

"아니, 야."

'뭐가 아닌데.'

"그럴, 리가, 없, 어."

어, 씨바. 잠깐만 이 패턴은.

"왜, 왜…… 형이…… 아, 아냐. 형이…… 그럴, 리가."

내가 생각하는 거 아니지? 응?

"형이, 왜, 거기에…… 거기에 있는 거야."

태현아. 네가 본 미래가 패러사이트의 습격을 막아내지 못한 서울 맞지? 그치? 거기에 나 있는 거 아니지?

"패러사이트가…… 아니, 었어?"

아냐, 태현아. 네가 본 거 패러사이트가 멸망시킨 미래 맞아. 그거 내가 한 거 아니야.

"크, 크윽!! 아아아아악!!"

왜 그러는 거야, 태현아. 나 되게 착하게 살고 있어. 봐봐, 오늘도 패러사이트의 손에서 지구를 지켜냈잖아.

"……."

내가 너 얼마나 신경 써주는지 알지? 응? 진짜 동생들 많이 챙겨주잖아. 그치? 형 믿지? 형이 인마, 널 얼마나 사랑하는데 짜식아. 말로 표현을 안 해서 그렇지 태현이 네가 형이라고 해줬을 때 얼마나 내가 감동을…….

"마, 왕……? 탐식의 신? 뭐, 뭐야. 대체 뭐냐고!!!"

"……."

"형이…… 예언의 악마, 였어……?"

으음.

'그래, 나도 좀 그렇다고 생각했어.'

이 시국에 라이트 노벨은 아니지.

· 5장 ·
대체 이 소설은 장르가 뭔가요

치지지직!

시야에 노이즈가 낀다. 회색빛으로 점멸하는 세계.

흐릿해진 의식의 틈으로 하나의 장면이 떠오른다. 붉게 타오르는 하늘. 찢어발겨진 대지와 폐허가 된 건물들. 그리고.

"아, 아아."

시체들. 대지를 뒤덮고 있는, 셀 수 없는 숫자의 시체들.

그것은 시체의 산. 그것은 피의 바다.

코를 비트는 악취가 속을 뒤집었다. 입을 막고, 속을 게워낸다.

"우웨에에에에엑!!"

목구멍을 통해 쏟아지는 토사물과, 바닥에 나뒹굴고 있는 눈알이 뒤섞인다.

"아, 아으."

덜덜 떨리는 몸으로 뒷걸음질 친다.

천천히 고개를 들어 올린다.

그곳에는. 시체로 이루어진 거대한 산 위에는.

"······강우, 형?"

악마가. 있었다.

검은자위에 노란 눈동자, 가로로 찢어진 검은 동공. 이마에 돋은 산양의 뿔과 등 뒤에 펼쳐진 불꽃의 날개. 어딜 어떻게 보아도 인간이 아닌 악마의 모습이었지만. 그것은 분명.

"형이, 왜······?"

그가 마음속 깊이 동경하던 형의 모습이었다.

화르륵.

황금빛과 검은빛이 뒤섞인, 검은 태양이 일렁인다.

날개를 펼친 강우가 천천히 몸을 돌렸다. 그리고.

우적, 우드득.

몸을 숙여 시체를 씹어 먹기 시작했다.

"뭐, 뭐 하는 짓이야 형!!"

다급히 그를 불렀다. 하지만 자신의 목소리는 그에게 닿지 않았다.

닿을 리가 없었다. 지금 그가 보고 있는 광경은, '미래'의 광경이었으니까.

"하아, 하아."

그때, 시체의 산 아래서 거친 숨소리가 들렸다. 어쩐지 굉장히 익숙하게 느껴지는 숨소리였다.

다급히 고개를 돌리자.

'……나?'

자신의 모습이 보였다.

"강우, 형……?"

강우의 모습을 본 미래의 자신은 충격을 받은 듯, 몸을 덜덜 떨고 있었다.

시체를 뜯어 먹던 강우는 천천히 몸을 일으켰다.

"살았…… 구나?"

메마른 목소리. 어딘가 중요한 무언가가 망가진 듯한, 공허함이 담긴 목소리였다.

"혀, 형…… 이게, 어떻게?"

미래의 자신은 당황스러운 표정으로 고개를 두리번거리더니.

"아, 아아."

이내, 모든 것을 이해했다는 듯 두 눈을 부릅떴다.

"형이…… 었어? 바알이 아니라…… 형이, 한 짓이었어?"

강우는 대답하지 않았다. 그저 공허한 눈빛으로 미래의 자신을 응시했다.

"대답해!!!"

처절한 절규가 울려 퍼졌다.

"이게 모두 형이 한 짓이었냐고!!"

자리에 주저앉은 채, 주변을 돌아보았다.

시체로 뒤덮인 도시. 그 끔찍한 종말 속에서 미래의 자신은 검을 뽑아 들었다. 평소 자신이 사용하던 단검과는 다른, 새하얀 서리가 칼날에 맺혀 있는 검이었다.

강우는 검을 빼 든 자신을 바라보며 천천히 발걸음을 옮겼다.

저벅, 저벅.

그가 한 걸음 옮길 때마다 검은 태양을 연상시키는 화염이 주변에 흩뿌려졌다.

쩌적.

강우의 입가가 올라갔다. 볼을 지나 귀 아래까지 찢어진 입 사이로 날카로운 이빨이 보였다.

"그래."

강우는 활짝 미소를 지으며, 고개를 끄덕였다.

"내가 했어."

미래의 자신은 경악에 찬 표정으로 몸을 떨었다. 눈가에 투명한 눈물이 맺히더니, 뺨을 타고 흐르는 것이 보였다.

"역, 시…… 형이었구나."

딱딱딱.

이를 부딪치며 주저앉았다.

"형이…… 예언의 악마였어."

강우는 침묵했다.

미래의 자신이 울부짖듯 외쳤다.

"왜, 왜……!! 왜 그랬던 거야 형!! 왜 이런 끔찍한 짓을 한 거냐고!!"

뚝뚝. 턱에 고인 투명한 눈물방울이 떨어졌다. 시체 위에 떨어진 눈물방울이 붉게 핏물과 섞였다.

"대체, 왜……."

무릎을 꿇고 주저앉은 채, 증오에 찬 눈으로 그를 노려보았다.

강우가 천천히 손을 들어 올려 오른손으로 얼굴을 덮었다.

그의 어깨가 들썩이는 것이 보였다.

"그야……."

낄낄낄. 악마의 웃음소리가 울려 퍼졌다.

"배가, 고팠으니까."

혀를 길게 내뺀 채, 입술을 핥았다.

"……뭐?"

미래의 자신은 이해할 수 없다는 표정으로 그를 바라보았다.

"배가 고팠다니…… 그게…… 그게 무슨 말이야 형."

"나는……."

비틀비틀. 흔들리는 발걸음으로 걸음을 옮긴다.

"이겨야, 해."

"……."

"응? 이겨야 한다고."

"……형."

"키힉, 키히히히."

일그러진 웃음소리. 망가진 기계에서 흘러나오는 듯한 소리가 강우의 입에서 흘러나왔다.

"그렇지, 발록?"

고개를 들어 하늘을 올려다보았다.

무언가를 움켜쥐듯, 손을 뻗는다.

"앞으로, 앞으로, 앞으로, 앞으로, 앞으로, 앞으로, 앞으로, 앞으로."

마치 노랫소리처럼 공허한 웅얼거림이 울려 퍼진다.

"푸흡, 하, 하하하! 그래, 발록. 네 말이 맞아. 앞으로, 앞으로, 앞으로, 앞으로, 앞으로, 앞으로, 앞으로!!"

쿠웅!

"더 높은 곳으로! 더 아득한 곳으로!"

하늘을 향해 손을 뻗은 채, 광기에 찬 목소리로 울부짖었다.

"그렇지? 응? 이렇게 하면 되지?"

강우의 뺨을 타고 검은색 눈물이 흘러내렸다.

"응? 발록…… 이러면 되는 거 맞지? 응? 히, 히히. 뭐야. 왜 대답을 안 해 이 새끼야."

화르륵.

검은 태양이 타올랐다.

"왜 대답을 안 하냐고!!!"

쿠우우우웅!

대지가 뒤흔들렸다.

"헤, 헤헤."

나사가 빠진듯한, 일그러진 듯한 웃음소리가 흘러나왔다.

"설아야…… 설아야. 내 말 좀 들어줘. 응? 어디 갔어, 리리스. 말려주겠다고 했잖아. 응? 무슨 일이 있으면, 날 말려주겠다고 했었잖아. 히, 히히. 시훈아, 연주야……. 다, 다 어디 간 거야. 응? 대답 좀 해보라니까?"

"혀, 형……."

"푸흡. 히, 히히히히히!"

강우는 자신의 몸을 끌어안으며, 일그러진 웃음을 흘렸다.

뿌드득.

기형적으로 고개가 돌아간다. 망가진 목각 인형처럼 흉측하게 돌아간 고개를 천천히 기울인다.

"어?"

광기에 찬 시선이 미래의 자신을 향한다.

"살았…… 구나?"

날카로운 이빨이 번뜩인다.

굶주린 짐승이 그를 향해 입을 벌렸다.

"아, 아아……."

미래의 자신은 절망에 찬 표정으로 머리를 움켜쥐었다.

전신을 짓누르는 공포와 그 공포의 대상이 다름 아닌 강우라는 사실에 대한 절망감이 그를 잠식했다.

"……흐윽, 흑."

뺨을 타고 흐르는 눈물이 멈추지 않았다.

직감적으로 깨달았다. 형은. 자신이 그토록 동경하던 영웅은. 더 이상 이곳에 없다는 것을.

"믿었, 는데."

검을 움켜쥔 채 입술을 짓씹었다.

"형이 마왕이라는 사실을 알았을 때도, 탐식의 신이라는 사실을 알았을 때도…… 믿었었는데."

새하얀 서리가 휘감긴 검을 들어 올렸다.

"왜, 왜…… 이렇게 돼버린 거냐고!!!"

쫘자자자작!!

힘을 주어 마력을 불어넣자 주변 대지가 순식간에 얼어붙었다. '세계를 얼리는 자'의 힘이 담긴 검이 새하얀 서리를 피어 올리기 시작했다.

"흐아."

깊게 숨을 들이쉰다.

김태현의 두 눈에서 반투명한 빛무리가 흘러나왔다.

새하얀 서리가 피어오르는 검을 움켜쥔 채.

"얼어붙어라."

나지막이 명했다.

콰자자자자자작!!

신격(神格)을 지닌 존재조차 버티지 못할 강력한 서리의 돌풍이 강우를 향해 쏘아졌다.

하지만.

"헤."

목덜미부터 사타구니까지. 강우의 몸이 반으로 갈라졌다.

그 안에서 나온 것은.

"……어?"

콰드득.

검을 쥔 손이 잘려 나갔다. 아니, '뜯어 먹'혔다.

"아, 으."

비틀거리며 뒤로 물러선다.
뜯겨 나간 손에서 붉은 피가 솟구쳤다.
"아아아아악!!"
끔찍한 통증에 비명을 터뜨렸다.
바닥에 주저앉은 채 온몸을 비틀었다.
"음음. 입안 전체가 시원해지는 게 아주 별미네."
팔과 함께 검까지 통째로 집어삼킨 강우는 만족스럽다는 듯이 고개를 끄덕였다.
반으로 갈라진 몸으로, 천천히 발걸음을 옮겼다.
"아, 아아."
김태현은 고개를 들어 올렸다.
반으로 갈라진 강우의 몸. 그 안에는…….
"강우…… 형."
검은 바다가 있었다. 그 끝을 알 수 없는, 모든 세계를 씹어 삼킬 듯 끝없는 무저갱(無低坑)의 바다가.
콰득.
김태현의 몸을 들어 올린 강우가 머리를 뜯어 먹었다.
잘그락.
잘려진 목에서 목걸이가 떨어졌다.
기하학적인 문양으로 만들어진 목걸이가 땅에 닿자, 어마어마한 빛을 뿜어내기 시작했다.
"응?"
강우는 고개를 갸웃거렸다.

그가 손을 뻗어 목걸이를 움켜쥐기도 전에.

우우우웅!

목걸이에서 흘러나온 빛무리가 목이 잘린 김태현의 몸을 휘감았다. 그와 동시에.

치지지지지직!!!

세계가 일그러졌다.

노이즈가 낀 듯 회색빛 일그러짐이 시야에 퍼졌다. 끔찍한 두통이 느껴졌다.

"아, 아아아악!!"

김태현은 두 눈을 부여잡았다. 그의 뺨을 타고 붉은 피눈물이 흘러내렸다. 얼굴을 덮은 손가락 사이로 흉측하게 돋아난 힘줄이 보였다.

"태현아?"

목소리가 들렸다. 이제는 익숙해진, 그가 동경하는 영웅의 목소리.

"무슨 일이야, 태현아."

천천히 고개를 들어 올리자, 강우의 얼굴이 보였다.

"아, 아니야."

고개를 저었다. 방금 전에 본 악몽을, 그 끔찍한 종말을 부정했다.

"형이…… 그럴 리 없어."

말할 가치도 없는 일이다. 강우가, 이번만 해도 패러사이트의 습격에서 지구를 지켜낸 영웅이 왜 세계를 멸망시킨단 말인가?

"그럴 리……."

하지만.

"없다……고."

마음속 깊은 곳에서는.

"뭐야, 대체…… 이게, 뭐, 냐고."

깨닫고 있다.

알고 있다. 이해하고 있다.

"태현아. 왜 그래? 또 무슨 장면을 본 거야?"

지금 자신이 본 광경은 '미래'에 필연적으로 일어날 일이라는 것을.

강우는. 영웅의 가면을 쓴 괴물의 정체는.

"형이…… 예언의 악마, 였어……?"

이 세계에 종말을 가져올 존재라는 사실을.

무거운 침묵이 내려앉았다.

강우는 깊게 가라앉은 눈으로 김태현을 응시했다.

"무슨 말도 안 되는 소리를 하는 거야? 예언의 악마는 바알이라고 전에 말해줬잖아."

"……."

"방금 전에 네 능력으로 뭘 본 모양인데, 너무 그 능력을 믿어서는……."

"날, 개."

"뭐?"

김태현의 눈이 강우의 등 뒤를 향했다.

찬란한 황금빛으로 빛나는, 성스럽게까지 느껴지는 광휘의 날개. 하지만.

"형태가…… 똑같아."

뿜어져 나오는 빛의 색은 다르지만, 마치 액체가 눌어붙은 듯한 독특한 형태는 그가 본 '미래'의 모습과 똑같았다.

"아, 아아."

비틀거리며 뒷걸음질 친다.

머리를 움켜쥐며 눈물을 흘린다.

"아아아아아아아아!!!"

기억이, '미래'의 자신의 기억이 머릿속에 흘러들어 오기 시작했다.

미래의 기억과 현재의 기억이 뒤섞인다. 머지않아 김태현의 의식은 '미래'의 자신의 의식에 잠식되어 버렸다.

"뭐, 야."

머리를 움켜쥐던 김태현은 고개를 돌려 주변을 둘러보았다.

믿을 수 없다는 듯 중얼거렸다.

"왜, 왜 서울이…… 사, 사람들도 살아 있어!"

"……"

"잠깐…… 그래. 패, 패러사이트! 패러사이트가 습격했을 때잖아!"

김태현은 환희에 찬 표정으로 외쳤다. 그러고는 강우를 돌아보며 흠칫 몸을 떨었다.

"형…… 아니, 이 빌어먹을 악마 새끼."

까드득.

이를 악물며 단도를 뽑아 들었다.

거칠게 입술을 깨물며 몸을 낮췄다.

"지금 여기서…… 널 죽여주마."

증오에 찬 눈빛으로 강우를 노려보았다.

강우는 머리가 아프다는 듯, 손을 들어 이마를 덮었다.

"아니."

씨바 이번에는 뭐 회귀야?

'가지가지 한다 진짜.'

대체 이 소설은 장르가 뭔가요.

"태현아."

"그 더러운 입으로 내 이름을 부르지 마!!"

처절한 울부짖음이 빌딩 옥상 위에 울려 퍼졌다.

강우는 눈살을 찌푸린 채 김태현을 바라보았다.

'뭐가 어떻게 된 거지?'

지금 그의 모습은 단순히 미래의 광경을 봤다고는 생각할 수 없는 모습이었다.

'진짜 회귀한 거야?'

정확히는 회귀가 아닌, 미래의 의식이 과거로 넘어온 것. 모종의 이유로 힘이 폭주한 미래시(未來視)가 단순히 미래를 보여주는 것을 넘어 그때의 의식까지 불러온 것이다.

'대체 뭘 본 거야.'

대충 예상은 할 수 있었다.

붉게 타오르는 하늘과, 뒤틀린 대지. 아득한 시체의 산 위에 올라서 있던 존재.

'패러사이트 왕이 아니라……'

자신이었다.

그가. 마해에 의식이 완전히 빼앗긴 자신이 세계를 멸망시킨 것이다.

강우는 지그시 눈을 감았다.

각오를 다졌음에도, 예상하고 있었음에도.

'결국…… 이기지 못했다는 건가.'

아득한 감각이 밀려 들어왔다.

초조하게 입술을 짓씹었다.

'……아니.'

천천히 고개를 젓는다.

'정해진 미래일 리가 없어.'

김태현은 미래시를 통해 본 공격을 바탕으로 자신이 공격에 맞은 미래를 바꾼다. 즉, 그의 능력을 통해 본 미래는 얼마든지 바뀔 수 있다는 것.

'동요하지 마.'

자기 자신을 향해 되뇌었다. 아직 오지도 않은 미래에 세계가 종말한다고 해서 병신처럼 몸을 웅크리고 있을 생각은 없다.

'우선 태현이부터 진정시켜야 해.'

고개를 들어 김태현을 바라보았다.

"하아, 하아, 하아,"

김태현의 입에서 거친 숨소리가 흘러나왔다.

"오, 강우……!"

김태현의 두 눈에서 반투명한 빛이 쏟아졌다.

흉측한 혈관이 눈 주위에 뿌리처럼 돋아났다.

"더 이상…… 더 이상 속지 않아!!"

"태현아. 그러니까 지금 넌 착각을……."

"개소리하지 마!!!"

울부짖듯 소리친다.

김태현은 투명한 눈물을 쏟아내며 말을 이었다.

"내가 예전처럼 멍청하게 속을 것 같아? 어? 네 그 뻔뻔한 가면에 속을 것 같냐고!!"

'내가 언제 널 속였다고 그러니.'

아직 일어나지도 않은 미래의 일에 대해서 추궁을 들으니 반응하기가 난감했다.

"네 상황이 무슨 상황인지는 알겠어."

"크윽……."

"우선 진정해. 넌 그냥 지금 수많은 미래 중 하나의 미래의 모습을 본 것뿐이야."

"닥, 쳐."

"지금이라면 바꿀 수 있……."

"닥치라고!!"

김태현이 절규했다. 짙은 증오가 담긴 눈으로 그를 노려보았다.

"그래…… 바꿀 수 있지. 지금 널 여기서 죽인다면, 바꿀 수 있어."

"그러면 그 시체의 산 위에 올라탄 놈이 바알로 바뀔 뿐이야."

"시끄러워!"

더 이상 얘기하기 싫다는 듯 발작하듯 외쳤다.

강우는 쯧, 혀를 찼다.

'말이 안 통하는군.'

완전히 미래의 의식에 잠식된 모양. 더 이상 대화가 의미 없다는 것을 깨닫기는 어렵지 않았다.

"죽여, 버리겠어."

김태현은 단검을 움켜쥔 손에 힘을 더했다.

그의 눈에서 반투명한 빛이 뿜어져 나왔다.

"……하아."

강우는 깊은 한숨을 내뱉었다.

'어쩔 수 없나.'

일단 대화라는 것을 해보기 위해서는 김태현을 제압할 필요가 있다.

'젠장 힘 조절하기 힘든데.'

방금 전만 해도 힘 조절에 실패해서 세계 하나를 날려 버리지 않았던가. 혼돈 스킬과 통합된 탐식의 불을 제대로 다루기 위해서는 아직 시간이 더 필요했다.

'그렇다고 죽일 수도 없는 노릇이고.'

김태현에게 정이 든 것은 아니다. 그가 자신을 형, 형 부르면서 따른 것은 사실이나, 아직 정이 들었다는 표현을 사용하기에는 만난 시간도 짧았고 같이 해온 일도 없었다. 기르던 사냥개가 주인을 보며 이를 드러내는 데 자비를 베풀어줄 만큼 속 편한 성격도 아니었다.

하지만.

'김태현이 겪은 미래의 기억이 필요해.'

미래의 의식이 몸을 지배하고 있다면, 당연히 지금과 종말 사이에 있었던 일들에 대한 기억을 가지고 있을 것이다. 그 기억을 미리 알 수 있다면, 다가올 종말을 막을 단서를 얻을 수 있을 것이다.

'지쳐 나가떨어질 때까지 적당히 상대해 줘야 하나.'

이쪽에서 제압하기는 힘 조절이 문제고, 그렇다고 해서 피할 수도 없으니 다른 방법이 없었다.

'뭐, 어차피 김태현 정도라면.'

저쪽이 지쳐 나가떨어질 때까지 버티는 것은 일도 아니었다.

"쓰읍, 후우."

김태현은 단검을 들어 올린 채 깊게 숨을 들이쉬었다.

반투명한 빛으로 빛나는 두 눈을 강우에게 향했다.

우우우웅!

목걸이를 통해 강렬한 빛무리가 퍼져 나갔다.

"개안(開眼)."

나지막한 중얼거림과 함께, 김태현의 얼굴 전체가 나무뿌리 같은 혈관에 뒤덮였다.

그리고.

콰앙!

김태현이 거칠게 발을 박찼다.

몸을 낮게 숙인 채, 바닥을 미끄러지듯 움직였다. 물가에서 튀어나오는 맹수처럼 허리에 탄력을 주며 검을 위로 쳐올렸다.

강우는 눈살을 찌푸리며 뒤로 몸을 젖혔다.

김태현은 그가 그렇게 움직일 것을 미리 알고 있다는 듯 위로 쳐올리던 단검을 급격히 내려찍었다.

촤악!!

김태현의 단검이 강우의 신격의 보호를 '찢으며' 살을 베었다.

'뭐야.'

강우의 표정에 당혹감이 서렸다.

김태현은 강우의 몸을 베어내자마자 가볍게 발을 박찼다.

뜬금없이 허공에 되돌려 차기를 하는 듯하더니.

퍼억!

"이런 씨……."

김태현의 몸이 순식간에 공간 자체를 이동해서 강우의 뒤에 나타났다. 되돌려 차기에 정확히 등을 가격당한 강우의 몸이 휘청거렸다.

'이 새끼가.'

강우의 이마에 굵은 힘줄이 돋았다.

'뭔데 이렇게 노련해진 거야.'

김태현의 가장 큰 단점이라고 할 수 있었던 전투 경험의 부족이 완전히 보완된 모습. 미래시를 통해 얻은 정보를 토대로 날카롭게 파고드는 공격은 강우로서도 피하기 어려운 공격들이었다.

"……짜증 나네."

강우는 가늘게 눈을 떴다. 파리처럼 귀찮게 주위를 맴도는 김태현의 움직임은 조금씩 짜증을 불러일으켰다.

"죽어, 이 악마 새……!"

"야."

강우는 그의 왼쪽에서 파고드는 김태현을 향해 손을 뻗었다. 미래를 예지한 김태현이 다급히 몸을 뒤로 빼내려고 했지만.

콰앙!

"으윽!"

강우의 손에서 뻗어 나온 파동의 권능이 김태현의 주변 전체를 휩쓸었다.

김태현은 다급히 공간을 이동해서 가까스로 공격을 피했다.

"이 건방진 새끼가 어디 형한테 대드는 거냐?"

강우는 짜증 섞인 목소리로 발을 굴렀다.

투웅!

발을 구른 지점에서 황금빛 파동이 원형으로 솟구쳤다.

김태현은 입술을 짓씹으며 단검을 들어 올렸다. 목걸이가 빛나더니 반투명한 막이 그의 몸 앞에 만들어졌다.

콰아앙!

"커헉!"

수많은 우주를 정복했던 외계의 존재조차 상대가 되지 않았던 강우에게 김태현이 상대가 될 리가 없었다.

김태현은 거칠게 바닥을 나뒹굴며 뒤로 밀려났다.

"하아, 하아."

공격을 막을 수 없다는 사실을 알고 있었던 듯, 완벽한 낙법을 취해서 바닥에 착지했다.

단검을 쥔 손이 가늘게 떨리는 것이 보였다.

"태현아."

"……."

"너도 알고 있잖아?"

강우는 깊게 가라앉은 눈빛을 그에게 향했다.

"넌 나 못 이겨, 인마."

아무리 미래를 알고 있다고 해도, 전투 경험이 부족하다는 단점을 보완했다고 해도. 김태현이 강우를 상대한다는 것은 말이 되지 않는 소리였다.

김태현은 굳게 입을 다문 채 단검을 움켜쥐었다. 검을 쥔 그의 다리가 후들후들 떨리고 있는 것이 보였다.

김태현이라고 해서 모를 리가 없었다. 지금 자신은, 무슨 수를 써도 강우에게 닿을 수 없다는 사실을.

"그만 포기하고 항복……."

"나는."

강우의 말을 자르며, 김태현은 나지막이 입을 열었다.

강렬한 의지가 담긴 눈을 강우에게 향했다.

"막을 거야."

뿌드득.

검 자루를 쥔 손에 힘을 더했다.

"네놈의 손에서…… 이 세계를 지킬 거라고."

"……"

"빌어먹을 위선자 새끼."

역겹다는 듯 강우를 노려보았다.

"너를…… 너를 믿고 따르던 사람들이 그렇게 많았었는데! 너만이 우리의 희망이었는데!"

김태현은 분노에 찬 눈빛으로 이를 드러냈다.

"네가 모두를…… 배신했어."

포기할 생각은 조금도 없다는 듯, 나지막한 목소리로 말했다.

"……하."

강우는 헛웃음을 흘렸다.

"태현아, 태현아, 우리 태현아."

차갑게 식은 눈으로 그를 응시했다.

"왜 자꾸 그래, 태현아. 내가 좋게 말해주잖아? 응? 미래를 바꿔보자고 하고 있잖아?"

그런데 왜.

"씨발 왜 그렇게 말을 쳐 안 듣는 거야, 태현아. 응?"

강우의 입가가 사납게 올라갔다.

"내가 미래를 바꾸는 더 간단한 방법을 하나 알려줄까?"

혀를 길게 내밀어 입술을 핥았다.

쿠구구궁!!

거대한 기운이 강우의 몸에서 뿜어져 나왔다.

압도적인 힘이 김태현의 몸을 짓눌렀다.

"너, 그 세계에서 마지막까지 살아남았지? 응? 내가 뭐 세계를 멸망시키는 모습을 봤다며."

"……크, 크읏."

"그렇다면, 말이야."

내가 지금 널 여기서 죽여 버린다면.

"미래는 바뀌지 않을까?"

"……!"

딱딱딱.

김태현의 얼굴이 창백하게 질렸다. 전신을 짓누르는 공포에 후들후들 다리가 떨렸다.

"왜, 그 나비 효과라는 말도 있잖아. 그치? 내가 널 죽여 버리면…… 혹시 모든 게 변하지 않을까?"

"아, 아으."

"응? 뭐해, 태현아."

강우는 딱딱하게 굳어 있는 김태현의 어깨를 잡았다.

고개를 기울여, 귓가에 입가를 가까이 가져다 댔다.

"어서 대답해 봐, 이 새끼야."

사나운 목소리가 흘러나왔다.

"으, 아으."

김태현은 숨이 막히는 듯 꺼억, 꺼억 신음을 흘렸다.

강우는 방긋 웃었다.

"하하. 농담이야, 태현아. 내가 그럴 리 없잖아."

툭. 가볍게 어깨를 밀었다.

"……허억! 허억!"

김태현은 목을 부여잡으며 거칠게 숨을 토해냈다.

'이 정도 겁줬으면 됐겠지?'

강우는 느긋한 표정으로 김태현을 바라보았다.

하지만.

"……않아."

"응?"

김태현은 강우를 향해 검을 들어 올리며 외쳤다.

"나는, 포기하지 않아!!"

이런 씨발.

"아니, 포기할 수 없어!!"

아니, 어디까지 주인공인 척할 생각인 거야.

"나는…… 나는!!"

그만 좀 해 이 새끼야.

"내 손으로! 이 세계를 지켜내겠어!!"

우우우우웅!!

김태현의 목에 걸린 목걸이에서 강렬한 빛이 뿜어져 나왔.

크리스탈 가루가 휘날리는 듯 반투명한 빛이 폭발하듯 뿜어져 나왔다. 마치 위기에 빠진 영웅이 각성하는 듯한 장면.

강우는 거대한 빛무리에 휩싸인 김태현을 바라보며 머리를 쥐어뜯었다.

'아니 왜 그러는 거야 진짜.'
자꾸 이러면 내가 진짜 최종보스처럼 느껴지잖아.

· 6장 ·
노스트리안의 눈

쿠구구구궁!!

폭발하듯 치솟는 반투명한 빛무리. 거대한 굉음과 함께 발을 딛고 있던 고층 빌딩 전체가 뒤흔들렸다.

단검을 쥔 김태현의 외투가 펄럭이며 머리칼이 솟는 것이 보였다.

'아니.'

강우는 빛무리에 휩싸인 김태현을 바라보며 억울하다는 표정을 지었다.

'왜 내가 악역이 된 기분인데.'

기필코 세계를 지켜내겠다며 검을 쥔 김태현의 모습은 말 그대로 소년 만화의 주인공 그 자체.

그의 앞에 대치한 자신의 모습은 어딜 어떻게 보나 주인공을 깔보며 '하하하, 어디 마음껏 발버둥 쳐보거라!'라는 싸구려 대사를 날리는 흑막 같아 보였다.

'씨바 내가 뭘 잘못했다고.'

잘못은커녕 고작 몇 시간 전에 패러사이트의 습격을 받은 세계를 자신의 손으로 지켜내지 않았던가. 아직 일어나지도 않은 미래의 일을 자신의 죄로 무작정 단정을 지어버리니 뒷골이 당기는 것도 어쩔 수가 없었다.

강우의 인내심도 슬슬 바닥이 가까워지고 있었다.

"하아."

굳게 입을 다문 채 깊은 한숨을 내쉬었다.

'짜증 나네.'

예언의 악마라는 꼬리표로 인해 몇 번이나 개고생을 한 기억들이 밀려왔다.

'지랄.'

참 웃기지 않은가? 아직 일어나지도 않은 미래에, 심지어 얼마든지 바뀌고 변할 수도 있는 미래에 대해 종말의 악마니 뭐니를 운운하며 무작정 죄인으로 몰고 가려는 모습이.

'그렇게 꼬우시면 나 대신 지들이 지키던가요.'

억눌러 왔던 울분과 짜증이 치밀어 올랐다. 과정이야 어떻건 이 세계 하나 지켜보자고 발버둥을 치고 있는데 주변에서 쌍욕을 들으며 비난을 받으니 짜증이 치밀어 오르지 않는 것이 오히려 이상했다.

물론 온갖 비난 속에서도 묵묵히 세상을 수호하는 것이야

말로 참된 영웅의 모습이라고 할 수도 있겠지만.

'엿 같은 소리하네.'

적어도 그는 억울한 누명을 쓴 채 가만히 당하고만 있을 성격은 아니었다.

표정을 팍 일그러뜨리며 천천히 팔을 들어 올렸다.

"나는!"

김태현은 전신에서 터질 듯이 부풀어 오르는 힘을 느끼며, 굳은 의지가 담긴 목소리로 외쳤다. 목걸이에서 뿜어져 나온 투명한 빛무리가 칼날에 맺혔다.

"이 세계를 지키겠어!"

고개를 들어 눈앞의 적을 응시한다. 미래의 기억과는 달리, 찬란한 황금빛에 휩싸인 형의 모습.

'거짓말이야.'

성스러움까지 느껴지는 저 황금빛이 주변을 속이기 위한 가면이라는 사실은 이미 알고 있었다.

'용서할 수 없어.'

까드득.

과거, 그 누구보다 동경하고 존경했던 형을 향해 검을 들어 올렸다. 목걸이를 통해 흘러들어 온 폭발적인 힘이 그의 마음속 깊이 자리 잡은 분노에 불을 지폈다. 막대한 힘은 자신감이 되었고, 자신감은 굳은 의지로 이어졌다.

"죽었……!"

검을 움켜쥔 채 발을 박차려고 했을 때였다.

터엉!

강우의 몸이 길게 늘어나듯 앞으로 쏘아졌다.

목걸이의 힘으로 각성한 김태현의 얼굴을 손으로 움켜쥐고.

콰앙!

거칠게 바닥에 내려찍었다.

"커헉!"

마기를 뒤덮어 단단해진 빌딩 옥상의 바닥에 김태현의 머리가 부딪친다.

당황스러운 표정으로 자신을 올려다보는 김태현의 눈빛이 느껴졌다.

"왜?"

강우는 가소롭다는 듯 입가를 올렸다.

"대충 꽥꽥 소리 지르면서 각성하면 뭐가 바뀔 줄 알았냐?"

소설 속에 뻔하게 등장하는 클리셰처럼, 위기의 상황에서 대충 몇 번 소리 지르면 해결될 거라 생각했냐?

"미안한데 소설을 잘못 찾았어, 이 새끼야."

이 소설이 좀 장르가 독특해서요.

"커헉, 쿨럭!"

김태현이 거칠게 기침을 하는 것이 느껴진다.

그의 뒤통수를 잡고, 다시 한번 바닥에 내려찍는다.

쿵!

"태현아."

쿠웅!

"사랑하는 내 동생아."

콰앙!

"크헉! 커허억!"

김태현의 코에서 피가 흘러나왔다. 바닥에 찧은 얼굴에 퍼렇게 멍이 든다.

강우는 고개를 숙여 김태현의 귀에 입을 가까이 가져다 대었다.

"왜 그랬어?"

"아, 아으."

김태현은 피범벅이 된 얼굴로 자신을 올려다보았다.

창백하게 질린 그의 얼굴은 숨길 수 없는 공포에 잠식되어 있었다.

"응? 대답해 봐. 왜 그랬던 거야?"

강우는 나지막한 목소리로 말을 이었다.

부르르. 김태현의 몸이 덜덜 떨렸다.

"혀, 형……."

자연스럽게, 애원이 섞인 목소리가 흘러나왔다.

"푸흡! 하하하하!!"

강우는 환하게 미소를 지으며 웃었다.

"형? 이제 와서 형?"

깊게 가라앉은 눈으로 김태현의 뒤통수를 잡았다.

"태현아, 내가 처음에 좋게 말해줬잖아. 응? 너도 인정하지?"

김태현은 고개를 돌려 덜덜 떨리는 눈으로 그를 올려다보았다. 그곳에는 다정했던 형의 모습은 더 이상 남아 있지 않았다.

치직.

시야가 어지럽게 일그러졌다. 노이즈가 낀 듯 시야가 회색빛으로 물들었다.

"하, 하지만…… 형은……."

쥐어짜 내는 듯한 목소리로 말을 이었다.

미래의 의식과 현재의 의식이 계속해서 뒤섞였다.

혼탁하게 어그러지는 기억 속에서도 하나의 기억만은 선명했다. 아득한 시체의 산 위에 오롯이 선 채. 몸을 웅크려 시체를 뜯어 먹고 있던 악마의 모습만은.

"예언의 악……."

"그래, 그래. 무슨 말 하려는지 알겠어."

강우는 짙게 웃으며 말을 이었다.

"혼란스럽겠지. 갑자기 미래의 기억이 머릿속에 들어왔던 거 아냐?"

"……."

"근데 너도 알고 있잖아? 아니, 네가 가장 잘 알고 있을 거 아냐. 그 미래는 바꿀 수 있는 미래라는 걸."

김태현은 미래시를 통해 본 '자신이 공격당하는 미래'를 토대로 공격을 예측한다. 그리고 그가 공격을 피하는 순간, 미래는 뒤바뀐다. 만약 정해진 운명처럼 미래가 바뀌지 않는다면 김태현이 공격을 피하려 하건 어쩌건 그가 본 미래 그대로 흘러가야 했을 것이다.

"그러니까, 내가 바꿔보자고 말했잖아. 그치? 넌 수많은 미래 중 하나의 가능성을 본 것뿐이니까, 지금이라면 바꿀 수 있다고 했잖아."

"혀, 형. 그, 그게……."

"근데."

왜 그렇게.

"내 말을 안 쳐 듣는 거야, 태현아?"

뿌드득.

김태현의 목덜미를 쥔 손에 힘을 더했다.

"왜, 운 좋게 아이템 하나 주웠다고 해서."

설사 그 아이템이 강우조차 파악하지 못하는 미지의 존재의 힘이 담긴 물건이라고 해도.

"날 넘을 수 있을 거라 생각했어?"

그래 봤자 아이템에 불과하다. 처절하게 노력한 것도, 수많은 역경을 헤쳐온 끝에 손에 넣은 것도 아니다.

그딴 것으로. 그가 헤쳐온 아득한 세월을, 그 비참하고 처절한 발버둥을 넘을 수 있을 리가 없다.

"바랄 걸 바라야지."

퍼억!

"커헉!"

바닥에 내려찍은 김태현의 배를 거칠게 걷어찼다.

김태현은 배를 움켜쥐며 뒤로 팅겨 나갔다.

"크윽……."

김태현의 입에서 고통에 찬 신음이 흘러나왔다.

강우는 차갑게 식은 눈빛으로 그를 내려다보며 발걸음을 옮겼다.

"걱정하지 마, 죽일 생각은 없으니까."

김태현에게는 얻어낼 정보가 있었다. 그가 미래시를 통해 본 종말을 바꾸기 위해서는, 그 정보가 필요했다.

'뭐, 깔끔하게 죽여서 미래를 바꾸는 것도 방법이겠지만.'

김태현이 본 미래에서 그는 마해의 잠식된 자신이 폭주에 세계를 멸망시킨 이후까지 살아남았다.

김태현을 지금 여기서 죽이게 된다면, 확실히 미래는 바뀌게 될 것이다.

'문제는.'

어떤 방식으로 바뀔지 예상할 수 없다는 것.

'오히려 더 최악이 될 수도 있지.'

단순하게 미래를 바꾸는 것이 중요한 것이 아니다. '종말'로 향하는 미래를 바꾸는 것이 중요했다.

'그걸 위해서는.'

김태현이 미래시를 통해 얻은 정보를 토대로 공격을 피하듯. 자신이 그 미래로 향하는 과정까지를 미리 알고 대처해야 한다.

'태현이를 죽이면 안 되지.'

강우는 자신을 올려다보며 벌벌 떨고 있는 김태현을 내려다보았다.

쯧, 혀를 찼다.

'그리고.'

설사 알아낼 정보가 없다고 하더라도.

'아무리 그래도 죽이는 건 좀 그렇지.'

강우는 씁쓸한 표정으로 혀를 찼다.

탐식의 신격이 자신을 잠식하려고 했을 때처럼 피아(彼我)를 가리지 않고 날뛸 생각은 없었다. 그가 잡아먹는 대상은, 어디까지나 그 향해 이빨을 드러낸 존재뿐이다.

'지금 태현이가 나한테 이빨을 드러냈다고 하긴 좀 그러니까.'

자신을 향해 검을 겨눈 것은 사실이다.

하지만 그것은 어디까지나 '미래의 의식'에 잠식당했기 때문. 온전한 김태현의 의지라고는 생각할 수 없었다. 김태현의 입장에서는 갑자기 미래의 자신에게 몸의 제어권을 빼앗긴 셈이니 억울하다면 억울한 상황이리라.

'햐, 오강우. 진짜 많이 착해졌다.'

음음. 강우는 흡족한 미소를 지으며 고개를 끄덕였다.

'아무리 자신의 의지가 아니라고 해도, 나한테 칼 들이민 놈을 살려줄 생각을 하다니.'

지옥에서였다면 상상조차 하기 어려운 일이었다.

'역시 괜히 광휘의 신격을 얻은 게 아니라니까?'

자신을 죽여 버린다고 고래고래 소리치며 달려든 개자식조차 너그러운 마음으로 이해해 주고, 보듬어주니 자연스럽게 빛이 따라오는 것이리라.

"그럼…… 절 어떻게 하실 생각이십니까?"

"응? 그야 뭐……."

강우는 뭘 그런 걸 묻냐는 듯 태연히 말을 이었다.

"대충 미래에 대한 정보를 얻고 나면 바알과 전투가 끝날 때까지 의식 불명 상태로 만들거나, 아예 기억 자체를 날려 버리든가 해야지."

"……예?"

"걱정하지 마, 인마. 환 대륙처럼 힘 조절 실패해서 잿더미로 만들거나 하지 않을 테니까."

"저, 저…… 화, 환 대륙이란 건……."

"응? 아, 그건 모르나? 뭐, 어쨌든."

강우는 탁, 김태현의 어깨에 손을 올렸다.

세상 진지한 표정으로 말을 이었다.

"진짜 안 죽일게. 내가 그래도 식물인간 만드는 건 개잘하거든?"

강우는 자랑하듯 허공에 손을 훙훙 휘둘렀다.

"정확히 뒤통수를 빠악! 그러면 바로 침대에서 편하게 쉴 수 있어."

"저기……."

"아, 깨어나는 건 걱정할 필요 없어. 내가 진짜 일 다 끝나면 무슨 수를 써서라도 깨워줄게."

"가, 강우 형?"

"그 뭐냐. SF영화에서 냉동 인간 상태로 잤다가 깨는 거 알지? 그거랑 비슷하다고 생각하면 돼."

"아뇨, 하나도 안 비슷……."

"아니, 이렇게까지 해주는데 뭐가 불만이 그렇게 많아!"

강우는 답답하다는 듯 가슴을 쿵쿵 쳤다.

"그러면 그냥 머가리 터뜨려서 죽여주리? 그건 너도 싫을 거 아냐?"

"……형이 예언의 악마라는 사실은 저만 알고 있을게요."

김태현은 진지한 눈빛으로 강우를 바라보았다.

강우의 말대로 미래를 바꿀 수 있다면, 설사 그가 예언의 악마라고 해도 협력하는 것이 옳았다.

아니, 옳고 자시고를 따지기 전에 다른 선택의 여지가 없었다. 협력하지 않으면 강우의 손에 죽게 되리란 것은 김태현 자신이 가장 잘 알고 있었으니까.

"에이, 나만 알고 있는 일이 너만 알고 있는 일 되는 건 순식간이지."

강우는 피식 웃으며 김태현의 제안을 단번에 거절했다.

"자, 그럼 일단 미래에 대한 얘기를 다 들으려면 시간이 좀 걸릴 것 같으니까 가볍게 며칠만 누워 있자, 태현아. 안 그래도 지금 막 패러사이트 놈들 막고 난 이후라서 태평하게 얘기하고 있을 시간이 없거든."

강우는 팔을 걷어 올리며 말했다.

아까 전에 힘 조절에 실패해 죽이진 않을까 걱정했지만 그건 어디까지나 전투 상황의 이야기. 전투 상황도 아닌 지금 딱 며칠 기절시킬 정도로 뒤통수를 후려치는 것은 일도 아니었다.

"저, 혀, 형! 자, 잠깐만요!"

"어허. 뒤통수 딱 대라, 태현아. 날뛰면 더 아파."

"아, 아니……."

"괜찮아, 인마. 살짝 따끔하고 끝날 거야."

"무슨 치과 진료도 아니고 그게 무슨 개소……."

퍼억!

"커헉!"

김태현이 계속 발버둥 치자 강우는 어쩔 수 없이 그의 배를 주먹으로 후려쳤다.

배를 끌어안은 채 몸을 웅크린 김태현의 뒤로 돌아갔다.

"하아, 하아."

손바닥에 입김을 불며 연습 삼아 옥상에 둘러진 펜스를 후려쳤다.

콰작!

손바닥에 맞은 펜스가 처참하게 우그러졌다.

"좋아, 여기서 신성을 좀 담으면 딱 알맞게 기절하겠네."

강우는 흡족한 미소를 지으며 고개를 끄덕였다. 힘 조절만 확실히 한다면 고통도 거의 없을 것 같았다.

"크으."

형에게 검을 들이민 몹쓸 동생을 위해 이 정도까지 세심한 배려를 해주다니!

"아아, 씨바……."

주먹을 불끈 쥐며 가늘게 어깨를 떨었다.

"진짜 내가 생각해도 너무 착해……."

이젠 누군갈 속이기 위해 빛빛거리는 것이 아닌. 진짜 빛이 되지 않았나 의심스러울 정도였다.

"자. 그럼 간다, 태현아."

"쿠, 쿨럭! 자, 잠……!"

김태현이 무언가를 다급히 말하기도 전에, 강우의 손이 움직였다.

그 순간.

콰자자작!!

김태현의 목에 걸린 노스트리안의 눈에서 무언가 박살 나는 소리가 들렸다.

"어?"

강우는 당황스러운 표정으로 김태현을 내려다보았다.

"뭐야, 이건 또."

아직 안 때렸는데?

콰득, 콰지직!

노스트리안의 눈을 감싸고 있던 기하학적인 문양의 틀이 쩌적 갈라졌다. 그 안에서 나온 것은 엄지손가락 한 마디 크기의 투명한 크리스탈. 현재 강우로서도 그 안에 담긴 힘이 무엇이고, 어디서 온 건지 알 수 없는 미지의 힘이 담긴 보석이었다.

'뭔데 갑자기.'

강우는 당황스럽다는 듯 반투명한 빛을 뿜어내고 있는 크리스탈을 내려다보았다.

'설마 또 각성이냐?'

순간적으로 든 생각은 방금 전과 같은 김태현의 각성이었지만, 멍청한 표정으로 자신의 목걸이를 내려다보고 있는 김태현의 모습을 보니 각성처럼 보이지는 않았다.

"뭐야, 무슨 일이야."

"저, 저도 잘 모르겠습니다."

김태현은 떨리는 목소리로 답했다.

그는 빛을 뿜어내는 목걸이를 손에 쥔 채 어버버한 표정으로 강우를 올려다보았다.

"아니, 거기서 날 봐도······."

난처한 것은 강우 또한 마찬가지.

강우는 점점 더 강렬해지는 빛무리를 바라보며 눈살을 찌푸렸다.

그때.

"아."

김태현의 두 눈이 부릅뜨였다.

"아, 아으."

덜덜덜 몸을 떨며, 머리칼을 움켜쥐었다.

쩍 벌어진 입 사이로 침이 질질 흘러내렸다. 눈을 뒤집어 흰자를 드러내더니, 간질에 걸린 것처럼 사지를 바들바들 떨며 발작을 일으켰다.

"커헉! 컥! 커허허억!"

"야, 시바. 뭐야? 야! 태현아!"

강우는 김태현의 어깨를 붙잡으며 다급한 목소리로 소리쳤다. 딱 봐도 지금 김태현의 상태는 정상이 아니었다.

'제기랄.'

강우는 거칠게 입술을 깨물었다.

'아직 미래에 대한 정보도 못 들었는데!'

초조한 눈빛으로 김태현을 내려다보았다.

"크헉! 쿨럭! 쿨럭!"

발작을 일으키듯 온몸을 부르르 떨던 김태현은 이내 입에서 붉은 핏물을 토해냈다. 그의 두 눈 주위의 혈관이 도드라지며 붉은 피눈물이 흘렀다.

"커허억!"

"야, 야, 뭐야. 뒤지는 거 아니지? 어? 뒤지면 안 된다 시바."

강우는 다급히 엄지손가락을 깨물었다.

찢겨진 피부 사이로 핏물이 맺혔다. 피가 맺힌 손가락을 김태현의 입안에 넣고, 전력으로 재생의 권능을 발동시켰다.

"커헉! 크으으윽!"

"제길."

강우의 입에서 거친 욕설이 흘러나왔다.

재생의 권능을 사용했음에도 김태현의 상태는 별로 나아지지 않았다.

'어떻게 하지? 임자라도 불러와야 하나?'

적어도 치료에 있어서는 자신보다 한설아가 몇 수는 높은 경지에 있었다.

강우는 스마트폰을 꺼내 바로 한설아에게 연락했다.

[강우 씨? 무슨 일이세요?]

한설아는 패러사이트의 습격으로 부상당한 사람들을 치료하던 중이었는지 스마트폰을 통해 주변의 소음이 섞여 들어왔다.

"임자, 지금 바로 여기로 와줄 수 있어?"

[네. 바로 갈게요.]

딱히 이유를 말하지 않았는데도 한설아는 일 초의 망설임도 없이 답했다.

강우는 고개를 두리번거리며 주변을 살폈다.

"그러니까, 여기가……."

대충 고층 빌딩을 하나 잡아 내려온 탓에 이곳이 어디인지 알 수 없었다.

'아파트 같긴 한데.'

생긴 것으로 봐서는 상가나 회사 건물이 아닌 주상 복합형 고급 아파트처럼 보였다.

강우는 지도 어플을 켜서 위치를 검색하려고 했다.

[목동에 있는 하이페리온 옥상에 계시죠? 지금 바로 그쪽으로 갈게요, 강우 씨.]

뭐야. 난 여기가 어딘지 말도 안 했는데.

"어떻게 내가 있는 곳을……."

[전에 강우 씨 스마트폰에 위치 추적 어플을 설…….]

헛.

한설아가 다급히 숨을 들이켜는 소리가 들렸다.

[크, 크흠.]

괜스레 헛기침을 몇 번 하더니.

[사랑의 힘이에요.]

진지한 말투로 말을 이었다.

강우는 굳게 입을 다물었다.

'사랑의 힘이 언제부터 위치 추적 어플이 된 거야.'

떨떠름한 표정으로 스마트폰을 바라보고 있자니.

[어, 어쨌든! 금방 강우 씨가 있는 곳으로 갈게요!]

한설아의 허둥지둥거리는 목소리가 들리더니 이내 통화가 끊겼다.

"음……."

강우는 침음을 흘리며 통화가 끊어진 자신의 스마트폰을 내려다보았다. 스마트폰의 화면을 돌려 자기도 모르는 사이에 설치된 위치 추적 어플을 찾아봤지만 대체 어디에 숨겨졌는지 보이지 않았다.

'아니, 이럴 때가 아니지.'

지금은 자신의 스마트폰에 설치된 위치 추적 어플에 대해 신경 쓸 때가 아니었다.

"아으, 아아아악!!"

강우는 비명을 지르며 몸을 떨고 있는 김태현의 상태를 살폈다. 그의 몸 전체에 혈관들이 나무뿌리처럼 흉측하게 돋아나 있었다. 평소 미래시를 과도하게 사용했을 때 나오는 증상이 몸 전체로 퍼진 것.

'각성했던 게 아니라 힘을 과도하게 끌어 쓴 거였나.'

지금 김태현의 상태는 무협으로 비유하면 주화입마와 비슷한 상태. 자신의 '격'에 걸맞지 않은 힘을 끌어다 쓴 탓에 그 부작용이 온 상황이었다.

"제길, 이러다 진짜 죽는 거 아니지?"

강우는 입술을 깨문 채 김태현의 목에 걸려 있던 투명한 크리스탈을 향해 손을 뻗었다.

파지지직!!

"크읙!"

강우의 손이 가까이 다가오자 투명한 크리스탈에서 강력한 반발력이 뿜어져 나왔다.

강력한 반발력에 닿은 손가락이 거멓게 타버리며 재가 되었다.

"이런 미친……."

강우는 경악스럽다는 듯 입을 쩍 벌렸다.

김태현이 사용하던 목걸이에 담긴 힘이 어마어마하다는 것은 익히 알고 있었지만. 설마설마 최상급 신격에 도달한 그의 신격의 보호를 가볍게 찢어버리고 몸을 태워 버릴 줄은 상상조차 하지 못했다.

'대체 뭐야 이거?'

처음 김태현을 만난 순간부터 들었던 의문이 다시금 머릿속을 채웠다.

대체 노스트리안이 누구기에 미래를 볼 수 있는 힘을 부여하고, 미래의 의식을 현재로 불러들이고, 마왕의 육체를 불태워 버린단 말인가. 심지어 본체도 아닌, 고작해야 힘의 일부가 담긴 아이템만으로.

"······티탄."

강우의 눈이 가늘어졌다. 아무리 생각해 봐도, 이런 일을 할 수 있는 존재는 티탄 외에는 생각나지 않았다.

'티탄이야 말로 우리가 알고 있는 진짜 신에 가까운 존재니까.'

가이아나 제우스, 오딘은 신이라기보다 초인에 가까운 존재였다.

"제길."

강우는 낮게 욕설을 흘렸다.

'티탄이라면 지금 무슨 수를 써도 간섭할 수가 없는데.'

바울리야 물리적인 공간이 아닌 의식의 영역에서, 그것도 자신의 홈그라운드라고 할 수 있는 마해(魔海)에서 상대했기에 압도할 수 있었다고 해도 지금 이건 경우가 다르다.

'개문을 사용한다고 해서 해결될 일도 아니고.'

강우는 답답하다는 듯 김태현을 내려다보았다.

"강우 씨!"

그때, 멀찍이서 한설아의 목소리가 들려왔다.

고개를 돌리자 천사의 날개를 펼친 한설아가 이쪽을 향해 빠른 속도로 날아오고 있는 것이 보였다.

그녀는 건물 옥상에 도착하자마자 발작을 일으키고 있는 김태현을 보더니 딱딱하게 표정을 굳혔다.

"강우 씨, 이건······."

"나도 정확히 어떤 상태인지는 몰라."

"……잠시만요."

한설아는 발작을 일으키는 김태현에게 다가가 그 이마에 손을 올렸다. 눈을 감고 정신을 집중하자 새하얀 빛이 그녀의 등 뒤에 돋아난 날개에서 뿜어져 나왔다.

"……굉장히 거대한 힘이, 몸을 휘젓고 있어요."

김태현의 상태를 살피던 한설아는 어두운 표정으로 말을 이었다.

"이대로라면…… 태현 씨의 몸이 견디지 못하고 터져 버릴 거예요."

"하아."

예상했던 대답에 강우는 깊게 한숨을 내쉬었다.

"치료할 방법은 없어?"

한설아는 눈을 지그시 감은 채 생각에 빠졌다.

"조금이라면, 날뛰는 기운들을 진정시킬 수 있을 것 같아요."

"……임자한테 위험한 거 아니지?"

강우는 가늘게 눈을 뜨며 물었다.

미래에 대한 정보가 필요하다고 하나, 그로 인해 한설아가 위험에 빠진다면 의미가 없다.

"차라리 내가 할게."

치료가 아닌, 단순히 날뛰는 기운을 진정시키는 것이라면 자신도 할 수 있는 일이었다.

강우는 김태현의 몸을 향해 손을 뻗었다. 하지만.

파지지직!

"크윽!"

크리스탈에 손을 대려고 했을 때와 같이 강력한 반발력이 그를 밀어냈다.

"제기랄."

강우가 거칠게 표정을 일그러뜨리고 있자, 한설아는 상냥한 미소를 입가에 지으며 말을 이었다.

"괜찮아요, 강우 씨. 힘이 많이 소모되긴 하겠지만 제가 위험한 건 아니에요."

강우는 한설아를 가만히 바라보다 이내 한숨을 내쉬며 고개를 끄덕였다.

"잠시 떨어져 주세요, 강우 씨."

그녀는 그렇게 말한 후 김태현의 이마와 명치 쪽에 각각 손을 올렸다.

우우우웅!!

열두 장의 날개가 찬란하게 빛나며 강렬한 빛이 뿜어져 나왔다.

"읏……."

한설아의 눈썹이 살짝 일그러졌다. 김태현의 몸속은 말 그대로 폭풍이 휩쓸기라도 한 것처럼 난잡했다.

'우선 날뛰고 있는 기운을 진정시켜야 해.'

과부하 된 엔진에 냉각수를 넣듯, 그녀는 성력을 김태현의 몸속에 흘려 넣었다.

"크윽! 카학!"

김태현은 피를 토하며 몸을 비틀었다.

한설아의 이마에 송골송골 땀이 맺히기 시작했다.

"하아, 하아."

이내 그녀의 숨이 거칠어졌다. 한계 이상의 성력과 신성을 사용한 탓에 일시적으로 탈진 상태가 온 것이다.

'아직 부족해.'

김태현의 몸속에 날뛰고 있는 힘은 이제껏 경험하지 못했을 정도로 난폭하고, 강력했다. 원래라면 어쩔 수 없다며 치료를 포기를 했겠지만.

'……조금씩 진정되고 있어.'

어째서인지 그 강대한 기운은 자신의 성력에 반응하여 조금씩 진정되고 있었다.

날뛰는 야수를 조금씩 길들이듯, 그녀는 천천히 김태현의 몸 안에서 날뛰는 기운을 진정시켰다. 그리고.

파각!!

김태현의 목에 걸려 있던 노스트리안의 눈이 산산이 박살 났다.

우우우우웅!!

"꺄악!"

"임자!"

눈을 뜨기 힘들 정도의 빛이 주변을 휩쓸었다.

강우는 다급히 몸을 움직여 한설아와 김태현을 떼어놓았다.

"크윽······."

강우에게 밀쳐져 바닥을 뒹굴던 김태현은 비틀거리며 자리에서 일어섰다.

"······여긴."

어리둥절한 표정으로 고개를 두리번거리던 김태현은 한설아를 끌어안고 있는 강우를 바라보며 조심스럽게 말을 이었다.

"저기······ 그, 누, 누구세요? 여긴 어디예요?"

"······뭐?"

강우의 얼굴이 거칠게 일그러졌다.

"김태현, 그게 뭔 헛소······."

"김태······ 현? 제, 제 이름을 어떻게 알고 계시는 거예요?"

공포에 질린 표정으로 이쪽을 바라보는 김태현의 모습을 바라보며 강우는 머리칼을 쥐어뜯었다.

"이런 씨발······."

지금 김태현의 반응만으로도, 그가 무슨 상황인지 유추하는 것은 어렵지 않았다.

'나를 기억하지 못하는 걸 보면······.'

김태현과 D급 게이트에서 처음 만났던 기억까지 날아갔다는 것.

"하아."

깊은 한숨이 흘러나왔다. 미래에 대한 정보를 알기 위해 그렇게 발버둥을 쳤건만, 결국 손에 남은 것은 아무것도 없었다.

"하, 으."

"괜찮아, 임자?"

"아…… 예. 괜찮아요, 강우 씨."

반투명한 빛무리에 휩쓸려 나갔던 한설아가 낮은 신음을 흘리며 몸을 일으켰다.

강우는 걱정스러운 표정으로 그녀를 살폈다.

"어디 아픈 곳은 없고?"

"조금…… 졸음이 밀려오는 것 말고는 괜찮아요."

한설아는 당장에라도 쓰러질 것처럼 끔뻑끔뻑 눈을 감으며 말했다.

강우의 입에서 안도의 한숨이 흘러나왔다.

"우선 누워서 쉬고 있어. 뒷정리는 내가 할 테니까."

"죄송, 해요…… 강우 씨. 태현 씨는…….."

"뭐, 목숨이라도 건진 게 어디야."

강우는 쯧, 혀를 찼다. 사실 김태현의 목숨 이상으로 값진 것을 잃어버렸지만, 그렇다고 해서 한설아를 탓할 수는 없었다.

"죄송해요…… 강우 씨. 너무 졸…….."

한설아는 비몽사몽 한 표정으로 눈을 감았다.

강우는 한설아를 바닥에 눕히고는 몸을 돌려 김태현에게 다가갔다. 그렇기에.

['노스트리안의 눈'이 세라핌의 영혼에 흡수됩니다.]
[초월 스킬, '기적(Rank: EX)'의 일부 조건이 해금되었습니다.]

반투명한 빛의 가루가 그녀의 몸속에 조금씩 흡수되어 가는 모습은 본 사람은 아무도 없었다.

"후우."

서울 근교에 위치한 플레이어 전용 병원. 의자에 앉은 강우의 입에서 깊은 한숨이 흘러나왔다.

"진짜 아무 기억도 안 나?"

"……예."

침대에 누워 있던 김태현은 조심스러운 표정으로 고개를 끄덕였다.

"아무리 생각해도…… 기억이 나지 않아요."

현재 김태현은 플레이어로 각성한 이후의 모든 기억이 사라진 상태. 아니, 정확히 말하면.

'더 이상 플레이어조차 아니게 됐지.'

그에게 내려진 시스템의 축복은 모조리 사라진 상황이었다. 레벨도, 스탯도, 스킬도 없었다. 완전히 일반인이 되어버린 것이다.

"끄응."

강우는 골치 아프다는 듯 침음을 흘렸다.

'이건 답이 없네.'

권능까지 사용해 가며 김태현의 기억을 불러일으키기 위해 온갖 애를 썼지만, 결국에는 김태현의 기억을 불러일으키는

데 실패했다.

'일단 미래에 대한 정보를 얻는 건 포기해야 하나.'

지금 당장에 할 수 있는 일이라고는 기적적으로 김태현의 기억이 되돌아오길 바라는 것 외에는 없었다.

드륵.

"알았다. 난 이만 가볼 테니 혹시라도 기억이 돌아오면 이 번호로 연락해 줘."

강우는 자신의 번호가 적힌 쪽지를 테이블 위에 올렸다.

"저……."

김태현이 조심스럽게 그를 불렀다.

"저는 이제…… 뭘 해야……."

"가디언즈 측에서 치료비랑 지원금이 지급될 거야. 당분간 여기서 지내면서 회복에 집중해."

김태현은 어두운 표정으로 고개를 숙였다. 지난 몇 년에 달하는 기억이 통째로 사라졌으니 저런 표정을 짓는 것도 당연했다.

"……그럼."

강우는 아무런 위로도 하지 않은 채 고개를 돌렸다.

지금 상황에서 언젠가 기억이 돌아올 거라느니, 예전처럼 지낼 수 있을 거라느니 헛된 희망을 불어넣기는 싫었다.

'이뤄지지 않을 희망만큼 절망스러운 건 없으니까.'

냉정한 말이지만, 김태현의 기억은 앞으로 돌아오지 않을 가능성이 높았다.

'살아남은 것만으로 기적이지.'

플레이어로서의 재능조차 비참했던 그가 티탄의 힘을 몸에 받아들였다. 티탄의 힘을 사용한 대가가 기억을 잃는 것 정도라면, 솔직히 헛웃음이 나올 정도로 가벼운 대가였다.

"쯧."

강우는 씁쓸한 표정으로 혀를 찼다.

'이, 이렇게 강우 씨를 다시 만나게 되다니…… 정말 영광입니다!'

문뜩, 처음 김태현을 만났을 때가 떠올랐다.

"……씨발."

왠지 입맛이 썼다.

강우는 병실의 문을 열고 밖으로 나갔다.

천천히 계단을 올라가 병원 옥상의 문을 열었다.

"얘기는 끝나셨나요?"

옥상 난간에는 리리스가 걸터앉아 있었다.

강우는 고개를 까딱였다.

"마왕님 얼굴을 보니 기억은 돌아오지 않은 것 같네요."

"뭐…… 어느 정도는 예상했으니까."

강우는 한숨을 내쉬며 리리스의 옆에 앉았다.

"서울 상황은 좀 어때?"

"레이라 씨의 눈부신 활약으로 한숨 돌렸어요."

패러사이트의 습격 이후 일주일. 거대한 화마(火魔)에 휩싸였던 서울은 빠른 속도로 복구되고 있었다.

물론 도시 전체를 휩쓸었던 피해가 단시간에 복구되기는 어려웠지만, 레이라가 가디언즈의 권력을 통해 세계 각지에서 구호물자를 보내도록 압박했기에 당장에 큰 혼란은 잠재울 수 있었다.

"다행이네."

강우는 나중에 레이라에게 뭐라도 선물을 사 가야겠다고 생각하며 고개를 끄덕였다.

"……평화롭네."

난간에 걸터앉은 채 고개를 들어 올렸다.

수 킬로미터에 달하는 거대한 붉은 균열이 생겼던 서울의 상공은, 언제 그랬냐는 듯이 푸른빛으로 빛나고 있었다.

"마왕님이 지키신 거예요."

강우는 굳게 입을 다물었다.

그녀의 말대로, 자신이 지키지 않았다면 지구에 이런 푸른 하늘이 되돌아올 일은 없었을 것이다.

'하지만…….'

강우는 지그시 눈을 감았다.

김태현이 봤다고 하는 종말의 미래가 계속해서 머릿속에 남았다. 마해에 잠식된 채, 자신의 손으로 세계를 멸망시켜 버리는 최악의 미래. 불길한 감각이 끈적하게 전신에 퍼졌다.

"호호, 너무 걱정하지 마세요."

리리스는 살며시 웃으며 강우의 어깨에 머리를 기댔다.

"만약…… 만약 마왕님에게 무슨 일이 생긴다면."

속삭이듯 말을 이었다.

"제가 마왕님을 말려 드릴게요."

강우는 피식 웃음을 흘렸다.

"무슨 수로?"

"흐음. 글쎄요. 사랑의 힘이라면 가능하지 않을까요?"

리리스는 그렇게 말하며 머리카락 끝을 녹색 촉수로 바꿨다. 끈적한 점액에 휩싸인 촉수가 강우의 뺨에 슬며시 달라붙었다.

"아니."

그거 사랑의 힘 아니야.

강우는 창백하게 질린 표정으로 고개를 붕붕 저었다.

'뭐, 진짜 효과가 있을지도 모르겠네.'

우스운 상황이긴 하지만, 마해에 잠식되는 순간에도 그녀의 촉수를 본다면 정신이 번쩍 들 것만 같았다.

강우는 리리스의 촉수에서 거리를 벌리며 물었다.

"그나저나 노스트리안에 대해서는 좀 알아봤어?"

"음……. 저도 에르노어까지 오가면서 조사를 해봤는데요, 딱히 유용한 정보는 얻지 못했어요."

리리스는 죄송하다는 듯 고개를 숙이며 말했다.

강우는 쯧, 혀를 찼다.

"뭐, 어쩔 수 없지. 티탄에 대한 정보는 거의 남아 있지 않으니까."

"하지만 이번 일은……."

리리스가 우려 섞인 목소리로 말을 이었다.

그녀가 무슨 말을 하려는지 예상하는 것은 어렵지 않았다.

강우는 나지막이 고개를 끄덕였다.

"노스트리안이라는 놈이 계획한 일이겠지."

밑바닥 직업을 가지고 있던 플레이어가 '우연히' 티탄의 힘이 담긴 목걸이를 획득하고. 그 목걸이의 힘으로 '우연히' 미래를 볼 가능성이 얼마나 된다고 생각하는가.

"태현이에게 일부러 보여준 거야."

김태현은 자신의 의지로 미래를 본 것이 아니다.

마치 폭주하듯, 미래시가 멋대로 그에게 '종말'의 모습을 보여준 것이다.

'김태현이 어떻게 행동할지까지 알고 있었던 거야.'

문제는.

"……왜 그런 짓을 했냐는 건데."

이 점에 대해서는 도저히 짐작 가는 부분이 없었다. 예측을 해보려고 해도 정보가 너무 부족했다.

"일단 노스트리안의 조사는 계속해 줘."

"예, 마왕님."

리리스는 공손하게 허리를 숙이며 답했다.

그녀의 발밑에서 검은 어둠이 부글부글 끓어오르더니, 이내 리리스의 몸이 어둠 속에 빨려들 듯 사라졌다.

'나도 그럼 임자 상태 좀 보러 가볼까.'

김태현의 기억을 돌아오게 만드는 방법을 찾느라 한동안 한설아의 얼굴조차 보지 못했다.

'임자가 괜찮다고 하긴 했지만.'

그래도 역시 직접 만나서 확인하는 것이 더 좋으리라.

"가볼까."

강우는 오랜만에 집으로 향했다.

달칵.

"임자아~"

밝은 목소리로 그녀를 불렀다.

그러자.

쿠당탕!

"꺄악!"

한설아의 침실 안에서 무언가 넘어지는 소리가 들려왔다.

"임자?"

강우는 눈살을 찌푸리며 한설아의 방 쪽으로 걸어갔다.

방문이 살짝 열리며 한설아가 빼꼼 얼굴만 내미는 것이 보였다. 그녀의 얼굴은 왠지 붉게 달아올라 있었고, 숨소리는 거칠어져 있었다.

"하아, 하아. 가, 강우 씨? 태, 태현 씨 일은 끄, 끝나신 거예요?"

"어, 응. 뭐 이대로 계속 매달려도 얻을 게 없을 것 같아서. 그보다 무슨 일이야 임자? 몸이라도 아파?"

혹시 김태현의 내부의 기운을 치료하는 도중에 무슨 일이 생겼을 수도 있었다. 그녀가 억누른 것은, 다른 것도 아닌 무려 티탄의 기운이었으니까.

"지금 바로 갈······."

"아, 아뇨! 꽤, 꽤, 괜찮아요! 이쪽으로 오지 마세요!!"

한설아가 다급히 외쳤다. 절실함까지 느껴지는 그녀의 목소리에 강우는 방문을 열어젖히지 못하고 멈춰 섰다.

"크, 크흠. 조, 조금만 기다려 주세요. 금방 나갈게요."

한설아는 거칠어진 숨을 고르며 쾅, 방문을 닫았다.

몇 분 정도 기다리자 그녀가 방문을 열고 나왔다.

"이, 이렇게 갑자기 오실지 몰랐어요."

"무슨 일인데 그래?"

"그…… 자, 잠깐 운동을 좀 하고 있었어요. 요즘 배, 뱃살이 붙은 것 같아서요."

한설아는 얼굴을 새빨갛게 붉히며 말했다.

강우는 고개를 갸웃거렸다.

'땀이 날 정도의 운동을 집에서 할 수 있다고?'

겉으로는 가녀려 보여도 그녀 또한 몸 안에 신격을 받아들인 플레이어. 육체 스펙만 놓고 보면 수 톤에 달하는 트럭을 공깃돌처럼 집어 들어서 던져 버릴 수 있는 수준이었다. 이런 좁은 방 안에서 맨손 운동만으로 호흡이 거칠어지고, 땀이 흐를 정도로 운동을 하기란 사실상 불가능에 가까웠다.

'뭐, 내부의 기운을 다루는 수련을 하다 보면 그럴 수도 있나.'

김시훈이 하는 심법이나 강우가 마해의 제어력을 높이는 수련을 할 때처럼 육체적인 운동이 아닌, 내부의 기운을 다스리는 수련을 하다 보면 이런 좁은 방 안에서도 호흡이 거칠어지는 경우가 있긴 했다.

'음……. 그래도 임자가 내부의 기운을 다스리는 수련을 하는 건 한 번도 못 봤는데.'

강우가 계속해서 의아하다는 표정으로 한설아를 바라보고 있자 한설아가 빠른 걸음으로 강우에게 다가와 팔을 잡아끌었다.

"우, 우선 오랜만에 집에 오셨는데 샤워하고 편한 옷으로 갈아입고 오세요. 그동안 김치찌개 만들어 드릴게요."

"오."

강우의 눈이 반짝였다.

입가에 함박웃음을 지으며 고개를 끄덕였다.

"그나저나 에키드나랑 할키온은?"

"리리스씨를 도와주러 나갔어요. 그…… 누구에 대한 정보를 모으고 있다고 했었는데."

"아아."

강우는 이해했다는 듯 고개를 끄덕였다.

'노스트리안인가.'

확실히 리리스 혼자서 하기에는 너무 벅찬 일인 건 사실이다.

'지옥에 있을 때처럼 수하가 많은 것도 아니고.'

강우는 외투를 벗어 옷걸이에 걸며 말했다.

"그럼 씻고 올게, 임자."

"예, 강우 씨."

강우는 오래간만에 느긋한 샤워를 즐긴 후, 편한 추리닝으로 갈아입었다.

'내일부터는 또 바빠질 테니까.'

김태현에 대한 일이 일단락되었으니 내일부터는 가디언즈 쪽의 일을 도와줘야 했다.

'아주 죽어 나가고 있겠지.'

레이라를 비롯한 김시훈은 지금 이 순간에도 패러사이트 습격의 뒷수습을 하느라 정신이 없을 것이다. 서류의 산에 파묻혀 있을 그들을 떠올리며 쓴웃음을 짓고 있을 때.

"오, 냄새 좋네."

코를 자극하는 김치찌개의 냄새가 풍겼다.

강우는 헤실헤실 웃으며 주방으로 걸어갔다.

"식사 준비 끝났어요, 강우 씨."

"흐으. 이게 얼마만의 김치찌개냐!"

패러사이트의 습격부터 김태현의 일까지. 김치찌개는커녕 제대로 된 식사조차 하지 못한 지 일주일이 넘었다.

강우는 허겁지겁 김치찌개를 입에 넣으며 한설아가 차려준 식사를 마쳤다.

"후우."

"조금 양이 부족하셨나요?"

"아니, 괜찮아."

어차피 식사란 행위 자체가 생존이 아닌 유흥에 가까운 신체. 굳이 더 먹고 싶다고 말해서 한설아의 수고를 늘려주고 싶지 않았다.

'솔직히 좀 아쉽긴 하지만.'

강우는 입맛을 다시며 김치찌개를 끓였던 대형 냄비를 들어 올렸다.

"뒷정리는 내가 할게. 임자는 앉아 있어."

"아뇨, 제가……."

"어차피 금방 끝나."

강우는 고무장갑을 끼며 고개를 저었다. 권능을 사용하면 몇 초도 걸리지 않고 씻을 수 있었지만, 지금은 직접 손으로 닦으며 이 편안한 분위기를 즐기고 싶었다.

한설아는 식탁 의자에 앉아 그릇을 씻고 있는 강우를 빤히 바라보았다. 두 사람 다 말이 없었지만, 어색하지는 않은 분위기였다.

"이러고 있으니 진짜 결혼한 것 같네."

"예, 예?"

한설아는 두 눈을 크게 뜨며 흠칫 몸을 떨었다.

"뭐, 같이 밥 먹고 치우고 이러는 거."

강우는 피식 웃으며 말했다.

한설아는 굳게 입을 다물었다.

왠지 모르게 그녀의 숨결이 거칠어진 것처럼 느껴졌다.

"나중에…… 모든 일이 끝나면, 계속 이렇게 있을 수 있으면 좋겠네."

강우는 그렇게 말하고는 답지 않은 대사였다며 실소를 흘렸다.

'김태현이 본 미래 때문에 좀 감성적이 됐나.'

솔직히, 걱정되지 않는다면 거짓말이었다.

아무리 바꿀 수 있는 미래라고 해도. 김태현의 입을 통해 들은 종말의 광경은 너무도 끔찍했으니까.

"뭐, 그때가 되면 임자랑 결혼식도 올리고……."

"……"

"집도 좀 더 넓은 곳으로 이사할까?"

"하아, 하아."

"연주나 시훈이, 레이라 씨가 찾아와도 괜찮게 큰 집으로 가자."

"저, 저…… 강우, 씨."

"아, 발록. 그 새끼가 문제네. 인간의 모습으로 있으면 좀 답답해하는 것 같더라고. 그렇다고 그놈 사이즈에 맞추면 너무……."

"강우, 씨."

응?

강우는 한설아의 부름에 고개를 돌렸다.

"하아, 하아."

그녀는 거칠게 숨을 몰아쉬며 빨갛게 충혈된 눈으로 그를 바라보고 있었다.

강우의 표정이 딱딱하게 굳었다.

"뭐야, 임자. 왜……."

"저…… 더 이상, 못 참을 것, 같아요."

"뭐?"

뭘 못 참아?

"안 그래도 요즘…… 이, 이상하더라고요. 성력도 훨씬 더 짙어지고…… 날개도 엄청 선명하게 변했고…… 몸도 막……
뜨겁고."

한설아의 등 뒤에 열두 장의 날개가 펼쳐졌다. 등 뒤에 펼쳐진 날개는 전과는 비교할 수도 없을 정도로 선명하게 빛나고 있었다.

"그래서 아까도 방에서 혼자…… 후우. 후후. 강우 씨, 강우 씨, 강우 씨, 강우 씨, 강우 씨……."

저기요? 한설아 씨? 왜 그렇게 무서운 표정을 지으세요? 눈에 초점이 뭔가 사라지신 것 같은데요.

"후우, 후우."

한설아는 가슴에 손을 올리며 깊게 심호흡했다.

"잠깐만 기다리세요, 강우 씨. 금방 씻고 올게요."

"어?"

임자 그게 무슨 말이야.

"……씻다니, 왜?"

아까 내가 우리 결혼한 것 같다고 했잖아. 결혼하면 가족이잖아.

'가족끼리 그러는 거 아닌데.'

· 7장 ·
예언의 악마

"끄응."

다음 날.

강우는 아침 일찍 집 밖으로 나섰다.

기지개를 켜며 가볍게 몸을 풀었다.

"……결국 한 시간도 못 잤네."

새벽 내내 있었던 일들이 머릿속을 가득 채웠다.

크흠.

가볍게 헛기침을 흘렸다.

슬쩍 고개를 내렸다.

'프랑소와…… 이 자식, 힘냈구나.'

함께 전장을 헤쳐온 전우를 내려다보며 뿌듯한 미소를 지었다. 괜히 어깨에 힘이 들어가며 발걸음이 가벼워졌다.

강우는 근처 편의점에서 에너지 드링크를 한 박스 구입한 뒤, 수호의 전당으로 향하는 게이트를 열었다.

게이트를 지나자 새하얀 복도가 보였다.

'웬일로 시훈이가 마중을 안 나오네.'

수호의 전당에 갈 때면 귀신같이 기척을 감지한 김시훈이 쪼르르 달려왔었는데, 오늘은 어째서인지 김시훈이 보이지 않았다.

'자리를 비웠나?'

에키드나와 할키온처럼 노스트리안에 대한 정보를 모으는 일에 동원된 것일 수도 있었다.

"흠."

강우는 고개를 두리번거리며 레이라의 집무실이 있는 곳으로 발걸음을 향했다.

똑똑.

가볍게 문을 두들긴 후.

"레이라ㅆ…… 크윽."

집무실에서 흘러나오는 어두운 기운에 강우는 표정을 일그러뜨렸다.

'이게 뭔 냄새야…….'

왜 방에서 시체 썩은 냄새가 나는 거지?

눈살을 찌푸리며 고개를 돌리자.

"아…… 강우, 씨…… 왔, 나요?"

눈두덩에 짙게 다크서클이 깔린 레이라가 고개를 들어 올렸다.

탕, 탕, 탕.

그녀의 옆에는 김시훈이 앉아 기계처럼 서류를 읽고, 결재 도장을 찍고 있었다. 서류를 내려다보는 김시훈의 눈에서는 평소의 총명한 빛은 찾아볼 수가 없었다.

집무실에서 흘러나오는 시큼한 땀 냄새와 우중충한 분위기. 대체 어떻게 쌓았는지 신기할 정도로 높게 쌓아 올려진 서류의 산.

강우는 어색한 미소를 지으며 입을 열었다.

"음…… 아침 일찍부터 일하고 계셨네요."

"……예? 아침? 지금이 아침인가요?"

레이라는 초점이 흐려진 눈빛으로 강우를 바라보았다.

"후, 후후. 일주일 전부터 계속, 계속…… 이곳에 있느라 아침인 줄도 몰랐네요."

그녀는 가늘게 어깨를 들썩이며 웃음 섞인 목소리로 말했다.

"어, 음."

망가진 건가?

'뭐, 리리스에게 들었을 때부터 대충 이럴 것 같다는 예상은 했지만.'

서울 복구 작업이 이토록 빠르게 진행될 수 있었던 이유는 아마 지금 여기서 반쯤 죽어 나가고 있는 레이라와 김시훈의 공이 가장 컸을 것이다.

'뭔가 미안해지는데.'

자신 또한 지난 일주일간 김태현의 기억을 되찾을 수 있는 방법을 찾느라 정신없이 바쁜 시간을 보냈지만, 레이라와 김시훈은 정신없이 바쁘다는 표현조차 모자랄 정도의 격무에 시달린 것 같았다.

'게임 개발 날짜가 갑자기 석 달 앞으로 당겨진 개발자들을 보는 느낌인데.'

강우는 고개를 절레절레 저으며 사 가지고 온 에너지 드링크를 레이라와 김시훈에게 내밀었다.

"괜찮으십니까?"

"괜찮…… 예, 괜찮죠. 제가 하지 않으면…… 안 될 일, 이니까요."

레이라는 퀭한 눈빛으로 강우가 건네준 에너지 드링크를 벌컥벌컥 들이켰다.

"푸하! 으…… 그래도 좀 살 것 같네요."

"좀 쉬면서 하세요."

"……쉴 시간이 어디 있겠어요."

레이라는 깊은 한숨을 내쉬었다.

이번 패러사이트 습격 사건에서 가장 큰 문제는 다른 도시도 아닌 '서울'이 습격당했다는 점이었다.

격변의 날 이전이나, 그 이후나 서울은 인구 밀집도에서 손가락 안에 꼽히는 도시. 민간인 피해가 대량으로 발생할 수밖에 없었다. 사상자 자체는 습격 규모에 비해 굉장히 적었지만, 그만큼 부상자가 많았다.

"각국의 정치가들은 뭐 하고 있답니까?"

"그분들도 정신없이 일하고 있죠. 그래서 더 문제지만."

레이라는 깊은 한숨을 내쉬었다.

이번 참사를 겪었던 한국이나, 참사를 겪지 않았던 다른 나라나 열심히 일하는 것은 마찬가지였다.

문제의 핵심이 되는 것은 구호물자. 받아야 할 사람은 어떻게든 더 받아내려고 하고 줘야 할 사람은 무슨 수를 써도 적게 주려 하니, 그사이에 끼어 중재자 역할을 해야 하는 가디언즈의 입장이 곤란해질 수밖에 없었다.

'이건 무작정 힘으로 해결할 수 있는 문제가 아니니까.'

어느 한쪽 편을 들어주게 된다면 나중에 가서 문제가 커지게 될 것이다. 강우에게 있어 어느 한쪽을 일방적으로 잡아먹는 것이 아닌, 양쪽의 중재자 역할을 하는 것은 아득하게 느껴지는 일이었다.

"그나저나 강우 씨는 무슨 일로 오신 건가요? 하시던 일은 끝나셨나요?"

레이라는 초롱초롱 희망에 불타는 눈빛으로 강우를 바라보았다.

이런 지옥 같은 격무의 상황에서 강우가 가세해 준다면 업무량을 큰 폭으로 줄이는 것이 가능했다.

'저, 적어도 샤워만이라도……!'

레이라는 꿀꺽 침을 삼키며 강우를 바라보았다.

"음……."

그녀의 시선을 받은 강우는 고개를 가볍게 저으며 말을 이었다.

"죄송합니다. 아직은 태현이의 기억을 되찾는 데 집중해야 할 것 같습니다."

"그, 그런……."

레이라의 표정이 처참히 일그러졌다. 강우를 바라보는 그녀의 눈빛에 절망이 서렸다.

강우는 담담한 표정으로 고개를 숙였다.

'어쩔 수 없어.'

사실 김태현의 기억을 되찾는 것은 이미 포기한 상황. 원래 이곳에 온 목적 또한 고생하고 있을 레이라와 김시훈을 도와주기 위함이었다. 하지만 그럼에도 하던 일이 끝나지 않았다 말한 이유는 극히 단순했다.

'존나 하기 싫거든.'

차라리 악마가 우글거리는 것이 낫지 저러한 서류 지옥은 사양이었다. 초췌해진 레이라를 볼 때마다 마음속 한편에 자리 잡은 양심이 굉장히 찔렸으나.

'오늘 난 다른 이유가 있어서 여기에 온 거야.'

자기 최면에 가까운 말로 움찔거리는 양심을 보호했다.

마침 안 그래도 레이라의 업무를 도와준다는 목적 말고도 그녀를 찾아온 이유가 하나 더 있었다.

'응응, 좋아. 그걸로 가자.'

강우는 만족스럽다는 듯 연신 고개를 끄덕이며 말을 이었다.

"오늘 레이라 씨를 찾아온 이유는 신계에 대한 일 때문입니다."

"……신계요?"

"예."

강우는 나지막이 고개를 끄덕였다.

이내, 사나운 목소리로 말을 이었다.

"대체 뭘 하고 있길래 코빼기도 보이지 않나 해서요."

"아……."

레이라의 입에서 침음이 흘러나왔다.

"그러고 보니…… 생각을 못 했었네요."

신들을 속박하고 있던 율법의 제약은 이미 풀린 상황. 패러사이트의 습격에서 신들이 아무런 행동을 보이지 않았던 것은 확실히 이상한 일이었다.

'아무리 악신들의 현신을 통제하는 데 일손이 부족하다고는 해도.'

이건 상식적으로 말이 되지 않는 일이었다.

'만약 정말 일손이 부족하다는 이유로 오지 않았다면 다행이지만.'

강우는 눈썹을 좁혔다.

'최악의 경우에는…….'

신계에 무슨 일이 생겼다고 판단하는 것이 옳다. 패러사이트가 지구를 습격하고 있는 와중에도 코빼기도 비치지 못했을 정도로 큰일이.

"잠시만요. 가이아 님에게 연락을 시도해 보겠습니다."

레이라도 가벼운 사항이 아니라고 생각했는지, 하던 일을 멈추고 자리에서 일어섰다.

그녀는 지그시 눈을 감았다.

그렇게 몇 분이 흐르자.

"……어째서."

레이라는 떨리는 목소리로 중얼거렸다.

강우는 쯧, 혀를 찼다.

'역시.'

올림푸스 신들이 아무런 이유도 없이 패러사이트의 습격을 방관하고 있었을 리가 없었다.

"가이아 님과…… 연락이 닿지 않아요."

레이라는 창백하게 질린 표정으로 말했다.

강우는 지그시 눈을 감았다.

'씨발.'

패러사이트에게 정신이 팔린 사이, 무언가 다른 일이 벌어지고 있었다.

세계를 지탱하고 있는 거대한 나무. 여러 갈래로 뻗어 있는 굵은 가지에서 검은 연기가 피어오르고 있었다.

"크윽!"

"저, 저 괴물을 막앗!!"

여러 갈래로 뻗어 나간 굵은 가지 위에 거대한 궁전이 있었다.

궁전의 이름은 올림푸스. 지구의 인간들에게 그리스 로마 신화라고 알려진 신화의 존재들이 있는 장소였다.

화르르륵!

경외감이 들 정도로 아름다웠던 올림푸스 궁전은 지금은 화마에 집어삼켜져 무너져 내리고 있었다.

무너진 궁전의 잔해 위에.

"헤헤."

한 소년이 서 있었다.

어딘가 멍하게 느껴지는 눈빛을 지닌 소년은 해맑은 웃음을 흘리며 올림푸스의 신들을 내려다보았다.

탁.

소년이 가볍게 발을 구르자, 허공에 녹아들 듯 몸이 사라졌다.

순식간에 공간을 이동한 소년이 우라노스의 앞에 나타났다.

"크윽!"

우라노스가 다급히 몸을 뒤로 빼냈다. 하지만 그보다 빨리, 소년의 손이 움직였다.

"얌전히 있어."

"커헉!"

우라노스의 배를 거칠게 후려쳤다. 단 한방에, 우라노스의 신격의 보호가 찢어발겨졌다. 강렬한 충격을 받은 우라노스의 몸이 시체처럼 축 늘어졌다.

"히히. 그럼, 잘 먹겠습니다~"

소년은 쩌억 입을 벌렸다.

뱀의 그것처럼 흉측하게 벌어진 입이 우라노스의 머리를 씹어 삼키려고 할 때.

"그 더러운 손을 치우거라!!"

갈색 머리칼을 지닌 여신의 호통이 쩌렁쩌렁 울려 퍼졌다.

거대한 충격파가 소년의 몸을 후려치고 소년의 몸이 형편없이 바닥을 굴렀다.

"끄응, 뭐 하는 거야, 아줌마. 밥 먹을 때는 개도 건들지 않는다는 말 못 들어봤어?"

소년은 짜증스럽다는 듯 여신을 향해 고개를 돌렸다.

갈색 머리칼의 여신, 가이아는 사나운 눈빛으로 소년을 노려보았다.

"바알. 네놈이 감히······."

"히히히."

바알은 어깨를 들썩이며 천진난만하게 웃었다.

"너무 화내면 이마에 주름 잡혀, 아줌마."

"······."

"그리고 사실 짜증 나는 건 이쪽도 마찬가지라고?"

소녀는 쩝쩝 입맛을 다시며 입술을 핥았다.

"외계(外界)의 존재가 어떤 맛인지 어엄~청 궁금했는데 그걸 양보하고 여기에 온 거니까."

"그게 무슨 말······."

"헤헤헤. 무슨 말인지 궁금해?"

소년은 씨익 입가를 비틀어 올렸다.

"너희들이 그놈에게 속고 있는 꼬라지가 너무 웃겨서 먹을 걸 포기하고 여기로 온 거라고."

가이아는 굳게 입을 다문 채 눈살을 찌푸렸다.

"속았다고……?"

"헤헤. 웅! 속아도 아주 제대로 속았지!"

바알은 해맑게 웃으며 손뼉을 쳤다.

"언제까지 속나 궁금해서 지켜보고 있었는데, 생각해 보니 가만히 지켜보고 있는 것보다."

활짝 웃으며 두 눈을 크게 떴다.

어딘가 멍하게 느껴졌던 눈빛에 광기가 맴돌기 시작했다.

"진실을 알려주는 게 더 재밌을 것 같아서 말이야."

그는 상상하는 것만으로도 즐겁다는 듯, 발을 동동 굴렀다.

"히히, 모든 진실이 다 까발려지면 그놈은 어떻게 나올까? 웅? 또 무슨 방법으로 속이려고 할까?"

광기에 찬 소년의 눈이 위아래로 흔들렸다.

"한 번은 어떻게 넘어가겠지? 하지만 두 번째는? 세 번째는? 무슨 수로 넘어갈까? 웅?"

"아까부터 무슨 말을……."

"히, 히히히!! 상상해 봐! 기대되지 않아? 그 거만하고 싸가지 없는 놈이 모든 진실이 까발려진 채 좌절하는 모습이!!"

바알은 양팔을 활짝 벌리며 큰 소리로 웃음을 터뜨렸다.

"그게…… 내가 널 찾아온 이유야."

가이아는 어처구니없다는 표정으로 바알을 바라보았다.

"……제정신이 아니구나."

말의 맥락도 없고, 논리도 없다. 그저 자신의 머릿속에 떠오르는 말을 필터 없이 주절거리는 느낌. 가이아는 바알이 완전히 미쳤다고 생각하며 고개를 저었다.

"제정신이 아니라니? 응? 내가 제정신이 아닌 것처럼 보여?"

바알은 귀 아래까지 입가를 찢으며, 낄낄 웃음을 터뜨렸다.

가이아는 대답할 가치도 없다는 듯 전신에서 신성을 뿜으며 전투를 준비했다.

"과연 이걸 보고도…… 제정신이 아닌 게 나라고 할 수 있을까?"

딱.

바알은 가볍게 손가락을 튕겼다.

그와 동시에 푸른 창이 가이아의 눈앞에 떠올랐다. 플레이어들이 '시스템'이라 부르는 존재. 티탄의 율법으로 만들어진 화면이었다.

-공포를 느끼고 싶다고?

화면에 보이는 것은. 그녀가 마음속 깊이 신뢰하고 있는 권속의 모습.

"나, 나의 아이야!"

자신의 권속은 외계에서 습격한 기생(寄生)의 왕과 대치하고 있었다.

"크읏."

그를 도와주지는 못할망정 일방적으로 바알에게 당하고 있다는 사실이 떠오른 그녀는 초조한 표정으로 입술을 깨물었다.

그때.

-그래, 질릴 정도로 느끼게 해줄게.

화면 너머로 보이는 강우의 입가에. 이제까지 한 번도 본 적 없던 광기에 가득 찬 미소가 지어진 것이 보였다. '악마'라는 표현이 가장 잘 어울리는 비틀린 미소가.

"……나의, 아이야?"

가이아는 떨리는 눈으로 화면을 바라보았다.

그녀가 익히 알고 있는 광휘(光輝)의 모습은, 조금도 남아 있지 않았다. 그리고.

-개문(開門).

마해의 문이. 열렸다.

"……아."

가이아의 두 눈이 부릅뜨인다.

쿵쿵. 심장이 맥동한다. 오싹한 감각이 등골을 타고 흐른다. 호흡이 거칠다. 시야가 일그러진다.

풀썩. 다리에 힘이 풀린다.

"왜, 왜……."

의문을 쏟아냈으나 돌아오는 대답은 없었다.

푸른색 화면을 통해 보이는 강우의 모습. 검은 어둠에 잠식된, 아니, 어둠 그 자체로 이루어진 괴물.

셀 수 없는 입과, 날카로운 이빨들.

그리고. 그리고. 그리고.

"왜…… 나의, 아이의 몸속에…… 마, 마해가, 들어 있는 것이냐."

떨리는 눈빛으로 중얼거렸다.

전신이 검은 점액질로 변한 채, 육체가 짓이겨져도 죽지 않으며, 무한히 살아남아 기생의 왕을 씹어 삼키는 괴물. 포식자(捕食者)를 잡아먹는 포식자. 먹이 사슬의 정점에 군림하는 존재.

단순히 영상 너머로 보는 것에 불과하지만, 저 모습을 보고 괴물의 정체를 깨닫는 것은 어렵지 않았다.

"예언의 악마……."

마기의 바다를 몸 안에 품은, 삼원(三元)의 세계에 종말을 가져올 존재.

"흐으음."

바알은 불쾌하다는 듯 눈살을 찌푸렸다.

"뭐…… 이번에는 넘어가 줄까. '지금'은 저놈이 마해를 가지고 있는 건 사실이니까."

입술을 삐쭉 내밀며 마음에 들지 않는다는 듯 콧방귀를 뀌었다. 마해의 주인은, 종말을 가져올 예언의 악마는 마왕이 아닌 자신이었지만 지금 굳이 가이아에게 진실을 알려줄 필요는 없었다.

'그편이 더 재밌을 것 같으니까 말이야.'

바알은 씨익 입가를 비틀어 올리며 어깨를 들썩였다.

"왜, 놀랐어? 하긴, 놀랐겠지. 아주 까무러쳤겠지. 히히. 그렇게 아끼고 아끼던 권속의 정체가…… 예언의 악마였으니 말이야."

실실 웃음을 흘리며 가이아를 조롱했다.

"허, 헛소리하지 마라! 나의 아이가 예언의 악마일 리가 없다!!"

가이아는 바알의 말을 거칠게 부정하며 주먹을 움켜쥐었다.

"그래?"

바알은 참을 수 없이 즐겁다는 듯 발을 동동 구르며 말을 이었다.

"그럼 이건 어때?"

딱.

가볍게 손가락을 튕긴다.

그러자 가이아의 눈앞에 떠올랐던 푸른색 창이 바뀌었다.

쿠구구구궁!!

"아, 아."

바뀐 화면 속에서 보이는 것은 무너져 가는 세계. 하늘을 뒤덮은 거대한 불길에 타들어 가, 한 줌의 잿더미가 되어간다.

삼원의 세계 중 하나의 종말(終末). 그리고 그 세계에 종말을 불러온 존재는.

"나, 나의, 아이, 야……."

멸망하는 세계를 오롯하게 내려다보는 악마의 모습. 등 뒤에 돋아난 검은빛과 황금빛이 뒤섞인 불꽃의 날개는.

마치. 예언에 나온 '검은 태양'처럼 보였다.

"아니야……. 그, 그럴 리가 없다."

가이아는 새파랗게 질린 표정으로 고개를 저었다.

있을 수 없는 일이다. 있어서는 안 되는 일이다. 그녀는 바닥에 주저앉은 채, 몸을 웅크렸다. 마주하고 싶지 않은 진실에서 고개를 돌리듯.

"히, 히히히히히!"

바알의 해맑은 웃음소리가 귓가에 들렸다.

"아~ 솔직히 이건 나도 좀 놀랐어. 설마 마해를 완성하기도 전에 하나의 세계를 통째로 멸망시킬 줄은 누가 알았겠어?"

바알은 광기에 일그러진 눈으로 시스템창 너머로 보이는 강우를 노려보았다.

"자, 그럼."

발끝을 세워 빙글 몸을 돌려 가이아를 바라보며 물었다.

"이젠 알았겠지?"

가이아는 거칠게 입술을 짓씹었다.

부르르 떨리는 주먹으로 바닥을 짚으며 자리에서 일어섰다.

"나, 나는…… 나의 아이를 믿……."

"헤에. 아직도?"

바알은 혀를 길게 내밀어 입술을 핥았다.

"그럼 이건 어때?"

딱. 다시 한번 바알의 손가락이 튕겼다.

-형이…… 예언의 악마, 였어……?

순박한 인상의 청년.
"저 아이는……."
레이라를 통해 들은 기억이 있었다.

얼마 전에 가디언즈에 새롭게 합류하게 된, 김시훈과 대련에서 승리했다는 플레이어. 미래(未來)를 엿볼 수 있는 힘을 지닌 인간. 안 그래도 조만간 물질계에 현신해서 직접 만나 얘기를 해보려고 했던 청년이 강우를 경악에 찬 표정으로 바라보며 몸을 떨고 있었다.

미래를 볼 수 있는 힘을 지닌 인간이, 강우를 바라보며 '예언의 악마라 칭했다는 것. 그 의미가 무엇인지, 깊게 생각할 필요도 없었다.

"아, 아아."
무너져 간다. 그녀가 믿고 있던 세계가, 그녀가 바라던 구원의 불이 차갑게 식어 사라져 가는 것을 느꼈다.

-형이 예언의 악마라는 사실은 저만 알고 있을게요.
-에이, 나만 알고 있는 일이 너만 알고 있는 일 되는 건 순식간이지.

화면 너머로 보이는 익숙한 얼굴. 그 익숙한 얼굴에 흘러나오는 낯선 목소리. 낯선 말투. 낯선 행동들.

"거짓, 말이다."

가이아의 뺨을 타고 투명한 눈물이 흘렀다.

쿠웅!

거칠게 발을 구르며 바알을 향해 손을 뻗었다.

"감히 어디서 나를 속이려 드느냐!!"

가이아는 절규하듯 외치며 바알을 향해 거대한 충격파를 쏘아냈다.

바알은 실실 웃으며 가볍게 손을 흔들었다.

파앙!

신성을 가득 머금은 충격파가 바알의 손등에 부딪혀 산산이 터졌다.

"헤."

여유롭게 가이아의 공격을 막아낸 바알은 히죽 웃으며 입을 열었다.

"왜, 이제는 전부 조작이었다고 믿게?"

낄낄낄.

"하! 아주 속 편하네! 응? 보고 싶은 것만 보고, 듣고 싶은 것만 들으면 되니 얼마나 좋아!"

바알은 배를 움켜쥐며 폭소했다.

"뭐…… 좋아."

광기 어린 눈빛으로 가이아를 응시했다.

"그렇게 믿고 싶으면, 그렇게 믿어."

"……."

"하지만…… 너도 결국 알게 될 거야. 아니, 싫어도 알게 될 때까지 내가 계속 알려주러 올게."

바알은 천천히 몸을 돌렸다.

"그럼, 나중에 또 보자고."

미련 없이 몸을 돌린 바알은 터벅, 터벅 발걸음을 옮겼다.

검은 어둠이 뭉치더니, 그의 앞에 꼽추의 악마가 나타났다.

"일은 다 끝나셨습니까."

"응!"

바알은 힘찬 목소리로 고개를 끄덕였다.

꼽추의 악마, 아몬은 충격을 받은 표정으로 멍하니 서 있는 가이아를 돌아보며 쯧, 혀를 찼다.

"저 무능한 년에게 진실을 알려준들 소용 있겠습니까?"

"응?"

바알은 고개를 갸웃거렸다.

아몬은 쇠를 긁는 듯한 불쾌한 목소리로 말을 이었다.

"마왕이라면…… 무슨 방법을 써서라도 정체를 감출 것입니다."

"헤헤. 알고 있어."

바알은 크게 고개를 끄덕였다.

"여기까지 보여줘도 그놈이라면 어떻게 속여 넘기겠지."

마왕이 지옥에서 해왔던 일들을 생각하면, 이 정도로는 턱

없이 부족하다는 것을 잘 알고 있었다.

"기대되지 않아?"

바알을 초롱초롱 빛나는 눈으로 환하게 웃었다.

"무슨……."

"놈이 어떻게든 진실을 감추려고 발버둥 치는 모습 말이야!"

양팔을 넓게 벌리며 외쳤다.

"히, 히히! 또 꼴사납게 바닥을 기고, 눈물을 쥐어짜 내겠지? 응?"

자신을 속이기 위해, 마왕은 그의 앞에 무릎을 꿇고 비참하게 발을 핥았다.

"헤, 헤헤헤."

바알의 눈에 광기가 번들거렸다.

그때의 기억을 떠올린다. 쿵쿵. 가슴이 두근거렸다. 심장이 맥동하며 등골을 타고 짜릿한 전율이 흘렀다.

"그래, 그래야지. 너한테 어울리는 모습은 딱 그거니까!"

진실을 감추기 위해 꼴사납게 발버둥 치는 것. 바알이 가장 보고 싶은 것은 마왕의 그런 비참한 모습이었다.

"아, 아아."

바알은 몽롱한 표정으로 침을 흘렸다. 상상하는 것만으로, 흥분이 끓어올랐다.

"어떻게 속일까? 응? 얼마나 비참하게 발버둥 칠까? 히히. 질질 짜면서 자기를 믿어달라고 애원하겠지?"

하지만. 아무리 발버둥 쳐봤자.

"결국, 넌 이제까지 쌓아 올린 모든 것을 잃게 될 거야."

바알은 타오르는 듯한 증오가 서린 목소리로 말했다.

한 번이 안 되면, 두 번. 두 번이 안 되면 세 번. 아무리 발버둥 쳐도 마왕은 자신의 정체가 탄로 나는 것을 막을 수 없을 것이다.

"히, 히히. 놈이 아끼던 인간들도 모두 등을 돌리겠지?"

마왕이 진심으로 자신의 주변인들을 아끼고 있다는 것은 잘 알고 있다.

그런 그들에게 버림받는다면. 괴물 취급당하며, 검 끝이 자신을 향하게 된다면.

"얼마나, 얼마나……."

즐거울까.

"히, 히히."

바알은 어깨를 들썩이며 낄낄 웃었다.

마음속 깊이 자리 잡은 증오가, 그의 몸을 집어삼켰다. 아니, 이미 아득히 오래전부터 그는 증오에 집어삼켜져 있었다. 왜냐하면. 마왕(魔王)은…….

"너는, 너는……."

증오의 존재를 떠올리며, 씹어뱉듯 말을 이었다.

"아무것도, 아니야."

까드득. 까드득.

사납게 이를 가는 소리가 폐허가 된 올림푸스에 흘러나왔다.

"신계와 교신이 안 된다면……."

강우는 쯧, 혀를 찼다.

"제가 직접 가는 방법밖에는 없겠네요."

신계에 무슨 일이 터진 것은 확실했다. 직접 가서 확인할 필요가 있었다.

"형님 혼자 가시는 건 위험합니다."

망가진 기계처럼 서류를 정리하던 김시훈이 벌떡 자리에서 일어서며 말했다.

"저도 같이 가겠습니다."

때마침 김시훈도 '천검(天劍)'의 신격을 각성한 상황. 신계에 진입하는 것은 무리가 없었다.

하지만.

"아니, 나 혼자 갈게."

강우는 고개를 저었다.

'올림푸스 전체가 교신조차 할 수 없는 상황이라고 했지.'

그 정도로 심각한 상황이 펼쳐졌다면.

'또 개문을 사용해야 할 수도 있어.'

그렇다면 김시훈과 함께 가는 것은 위험했다. 그의 앞에서 무수한 입으로 이루어진 검은 점액질이 될 수는 없는 노릇이니까.

'그리고 여기서 시훈이까지 없으면 레이라가 진짜 쓰러질 테니까.'

김시훈과 같이 서류를 처리해도 일주일간 샤워조차 못 할 정도로 바빴는데, 도와주지는 못할망정 김시훈을 빼갈 수는 없었다.

"……형님."

"너는 여기서 레이라 씨 좀 도와드려. 그리고 아무리 바빠도 좀 쉬어가면서 하고. 꼴이 이게 뭐냐."

강우는 초췌해진 김시훈의 어깨를 가볍게 두드렸다.

김시훈 또한 타고난 무인 체질. 일주일 동안 검을 들고 싸우는 것보다 서류와 싸우는 것이 더 힘들 것이다.

"……예, 형님."

"조심해서 다녀오세요, 강우 씨. 아마 제 몸이 멀쩡한 거로 봐서는 가이아 님에게 무슨 일이 생긴 건 아닐 거예요."

침착한 레이라의 목소리에 강우는 고개를 끄덕였다.

"금방 돌아올게."

강우는 전에 신계에 갔을 때 배웠던 방법대로 수호의 전당에 손을 올리고 힘을 집중했다.

수호의 전당 전체가 새하얀 빛으로 빛나더니, 이내 강우의 몸이 허공에 녹아들 듯 사라졌다.

"이건……."

신계에 도착한 강우는 거칠게 표정을 일그러뜨렸다. 패러사이트에게 습격당한 서울을 보는 것처럼, 아니, 그 이상으로 처참하게 박살 난 올림푸스 궁전의 모습이 눈에 들어왔다.

'역시 무슨 일이 있었던 건가.'

강우는 가늘게 눈을 떴다.

교신이 이어지지 않았을 때부터 무슨 일이 생겼을 거라 예상하긴 했지만, 설마 올림푸스가 이토록 처참하게 붕괴되어 있을 거라고는 생각지 못했다.

'반 가이아 파가 한 짓인가?'

오딘을 죽임으로써 일단락됐다고는 해도 아직 가이아의 정책에 불만을 품은 신들은 많았다. 그들이 다시 한번 들고 일어난 것이 아닐까, 하는 생각이 가장 먼저 머리를 스쳤다.

"……아니."

강우는 머릿속에 떠오른 생각에 고개를 저었다.

'이렇게 압도적으로 패배했을 리는 없어.'

토르와 오딘이 죽으면서 사실상 아스가르드의 세력이 와해된 이후, 올림푸스는 적어도 지구의 신계에서는 최강의 입지를 가진 세력이 되었다. 아무리 반 가이아 파 세력이 들고일어났다고 해도 올림푸스 궁전이 폐허가 될 정도로 패배할 리는 없었다.

"……설마."

불길한 감각이 등골을 스쳤다.

강우는 발걸음을 재촉하며 폐허가 된 올림푸스 궁전 안으로 들어갔다. 궁전 안에는 다른 신들의 인기척은 느껴지지 않았다.

아니, 정확히는.

"……가이아 님?"

가이아의 기적 말고는 아무것도 느껴지지 않았다.

"……."

궁전 바닥에 주저앉아 있던 갈색 머리칼의 여신이 천천히 고개를 돌렸다.

그녀는 창백하게 질린 표정으로 강우를 바라보았다.

"나의, 아이야……."

끊어질 듯 희미한 그녀의 목소리가 귓가에 울려 퍼졌다.

"……무슨 일이 있던 겁니까?"

강우는 어딘가 초췌하게 느껴지는 가이아를 바라보며 물었다. 그녀의 눈빛이 떨리는 것이 보였다. 마치 무언가를 잊으려는 듯, 두 눈을 질끈 감은 채 고개를 젓는다.

"바알이…… 올림푸스를 습격했다."

깊게 가라앉은 목소리.

강우는 지그시 눈을 감았다. 바알이 올림푸스를 습격했다. 그 한 문장만으로, 모든 상황을 이해할 수 있었다.

'그렇게 된 거였나.'

갑작스럽게 끊어진 신계와의 교신. 폐허가 된 올림푸스. 어디에 갔는지 느껴지지 않는 신들의 기적. 그 모든 것이 '바알'이라는 이름 하나로 모두 설명됐다.

"다른 신들은…… 모두 잡아먹힌 겁니까?"

바알이 올림푸스를 습격했다면 모조리 그에게 잡아먹혔다고 판단하는 것이 옳았다. 애초에 신을 잡아먹기 위해 올림푸스를 습격했을 테니까.

"아니, 그건 아니다."

가이아는 고개를 저었다.

'아니라고?'

강우는 눈썹을 좁혔다.

"물론 잡아먹힌 신들도 있지만, 대부분은 살아서 세계수에서 치료를 받는 중이다."

신격의 부상을 세계수에서 회복할 수 있다는 것도 처음 듣는 정보였지만 지금 상황에서 중요한 건 그것이 아니었다.

'대부분…… 살았다고?'

강우는 이해할 수 없다는 듯 고개를 기울였다.

'왜?'

의문이 떠올랐다.

바알은 자신이 기생의 왕과 싸우는 사이 올림푸스를 습격했다. 바알도 자신과 같이 포식의 권능을 가지고 있으니 그 목적은 신격을 약탈하고 흡수하기 위함이었을 것이다.

'그런데 왜, 죽이지 않은 거지?'

앞뒤가 맞지 않았다.

강우는 가늘게 눈을 떴다.

무언가를 놓치고 있다는 생각이 들었다.

그때, 레이라의 말이 머릿속에 떠올랐다.

'아마 제 몸이 멀쩡한 거로 봐서는 가이아 님에게 무슨 일이 생긴 건 아닐 거예요.'

강우는 고개를 내려 가이아를 바라보았다. 레이라의 말대로, 그녀의 몸에는 특별히 상처라고 할 만한 것이 보이지 않았다.

"……아."

짧은 탄성이 흘러나왔다.

바알이 올림푸스를 습격했다는 말을 들었을 때, 가장 먼저 떠올려야 할 의문을 잊어버리고 있었다.

'어떻게 가이아가 살아남을 수 있었던 거지?'

바알이 신격을 노리고 올림푸스를 습격했다면. 당연히 그가 가장 군침을 흘릴 대상은 최상급 신격을 지닌 가이아였다.

'하지만 잡아먹지 않았지.'

잡아먹지 못했을 리는 없다. 아무리 가이아가 최상급 신격을 지닌 존재라고 해도, 바알과 싸워 이길 수 있을 리가 없었으니까.

'그랬군.'

강우는 이제야 이해가 간다는 듯 고개를 끄덕였다.

애초에 전제를 잘못 생각한 것이다.

'신격을 노리고 올림푸스를 습격했던 게 아니야.'

바알에게는. 다른 목적이 있었다.

"바알은 어떻게 되었습니까?"

가이아는 굳게 입을 다문 채 침묵했다.

불안하게 떨리는 눈으로 강우를 올려다보았다. 초조하게 입술을 잘근거리더니, 나지막이 말을 이었다.

"바알은 올림푸스를 습격하는 도중…… 갑작스럽게 도망쳤다."

"도망쳤다고요?"

"그, 그렇다."

가이아는 강우의 시선을 피하며 답했다.

강우는 작게 실소를 흘렸다.

"정말 도망친 게 맞습니까?"

꾸욱. 가이아의 주먹이 굳게 쥐어졌다.

"가이아 님."

강우는 바닥에 쪼그려 앉아 가이아와 시선을 맞췄다.

"무슨 일이 있었던 겁니까?"

그렇게 말하며 굳게 쥐어진 가이아의 주먹을 향해 천천히 손을 뻗었다.

"으읏!"

탁!

가이아는 기겁하며 자신의 향해 다가오는 손을 쳐냈다.

"……가이아 님?"

강우의 표정이 살짝 일그러졌다.

"아…… 미, 미안하구나. 나의 아이야."

가이아는 혼란스럽다는 듯 고개를 숙였다.

입술을 짓씹으며, 기어들어 가는 목소리로 말을 이었다.

"바, 바알이 말도 안 되는 헛소리를 하더구나."

"헛소리요?"

가이아는 크게 고개를 끄덕였다.

"그렇다. 바알은 네가…… 예, 예언의 악마라고 하더구나."

"……."

"그러면서 그…… 네가 기생의 왕과 싸우고 있는 장면이나, 환 대륙을 멸망시키는 장면을 내게 보여주었다."

"……예?"

쿵.

뒤통수를 한 대 세게 후려 처맞은 듯한 감각.

강우는 두 눈을 부릅뜬 채, 가늘게 몸을 떨고 있는 가이아를 내려다보았다.

'이런 씨발.'

입 밖으로 튀어나오려는 욕지기를 간신히 억눌렀다.

머리가 띵했다. 복잡하게 엉킨 실타래처럼 사고(思考)가 뒤엉켰다.

'바알, 이 미친 새끼가.'

당했다, 라는 생각이 가장 머리를 스쳤다.

"그, 그리고 또……. 김태현이라고 했느냐? 그 아이와 싸우고 있는 모습도 내게 보여주더구나."

강우는 지그시 눈을 감았다.

거칠어진 호흡을 고르고, 뒤엉킨 사고의 실타래를 조금씩 풀어냈다. 뜨겁게 달아올랐던 머리가 식어가는 것이 느껴졌다.

'어떻게?'

기생의 왕과 싸우면서도, 김태현을 제압하면서도 누군가 지켜보고 있다는 느낌은 한 번도 받지 못했다. 아무리 전투에 정

예언의 악마 201

신이 팔렸다고 해도 누군가 몰래 지켜보는 것을 알아차리지 못했을 리는 없다.

'지켜본 게 아니라면 대체 무슨 수로······.'

그때, 머릿속에 번뜩임이 스쳤다.

'······티탄의 율법.'

티탄의 율법. 플레이어 사이에서 '시스템'이라고 불리는 존재.

시스템은 모든 플레이어가 언제, 어디서 무얼 하는지 모두 알고 있다. 그렇지 않았다면 몬스터를 잡거나, 레벨이 상승했을 때 바로바로 보상을 지급할 수도 없었을 것이다.

'그리고 바알은 그 시스템에 간섭할 수 있는 권한을 지니고 있지.'

강우는 거칠게 표정을 일그러뜨렸다.

왜 자신이 기척을 느끼지 못했는지 이해할 수 있었다. 그를 지켜보고 있던 것은, 이 세계 전체를 아우르고 있는 '규칙' 그 자체였다.

강우는 차갑게 식은 눈빛으로 가이아를 응시했다.

"무, 물론 나는 그 말을 믿지 않았다. 다, 당연히 조작된 영상이 아니겠느냐?"

가이아는 불안에 가득 찬 목소리로 말했다. 어서 부정해 달라고, 자신의 말이 옳다고 해달라는 듯한 간절한 눈빛.

"네가······ 나의, 소중한 아이가······ 예언의 악마일 리가 없다."

가늘게 떨리는 목소리. 간절함에 가득 찬 눈빛. 강우는 불안하게 떨리는 그녀의 두 눈을 응시했다.

"왜, 왜 대답이 없는 거냐. 어서, 어서 아니라고 말해주거라!"

가이아는 강우의 옷깃을 조심스럽게 잡으며 말했다.

강우는 가늘게 눈을 떴다.

차분하게 생각을 이어갔다.

'당장 무마하는 건 어렵지 않아.'

간단했다. 모든 것은 조작된 영상이고, 자신은 그런 적이 없다며 잡아떼면 그만이다.

실로 간단하지 않은가?

'어차피 보고 싶은 걸 보고, 듣고 싶은 걸 들을 테니까.'

가이아는 자신을 소중하게 생각한다. 세계를 구원할 희망이라고 믿는다.

그렇기에. 그녀에게 논리는 크게 중요하지 않을 것이다.

'하지만 결국 의심은 남겠지.'

너무도 확실한, 원래라면 변명조차 하는 것이 의미 없는 외통수다. 조작된 영상이라 무마시켜도 마음속 한편에는 의심의 싹이 남아 있을 것이다.

그리고, 그 씨앗은.

'……가이아를 집어삼킬 거야.'

강우는 바알이 왜 굳이 '가이아'에게만 영상을 보여줬는지 이해했다.

바알은 시스템에 개입해 자신이 마해를 개방한 영상을 손에 넣었다. 환 대륙을 멸망시키고, 자신을 예언의 악마라 부르며 절규하는 김태현의 모습 또한 손에 넣었다. 아니, 어쩌면 그전에 있었던 일들까지 손에 넣었을지도 모른다.

'그런데.'

그 영상을 굳이 한 명에게만 보여줄 이유가 없다. 정말로 자신의 정체를 까발리고 싶다면, 최대한 많은 존재가 그 영상을 볼 수 있도록 만들면 그만이다.

즉.

'애초에 진실을 알릴 생각이 없었다는 거지.'

단순히 자신의 정체를 까발리는 목적이 아닌, 다른 목적이 있다.

"나, 나의 아이야……?"

가지런히 두 손을 가슴 앞에 모은 채, 떨리는 눈빛으로 자신을 올려다보고 있는 가이아를 내려다보았다.

그녀는 바알이 보여준 영상이 당연히 조작된 거라 말했지만, 정작 그녀의 눈빛은 공포와 불안에 질려 있었다.

그녀의 마음속 뿌리 깊게 내려진 의심의 싹을 제거하기 위해서는 단순히 '그 영상은 조작된 영상이다'라고 말하는 것으로는 의미가 없을 것이다.

'또 눈물의 똥꼬 쇼를 해야겠지.'

연출부터 스토리, 개연성을 위한 사전 작업까지. 한번 그녀의 안에 자리 잡은 의심을 지워내기 위해서는 그 몇 배에 달하는 노력이 필요했다.

그리고 결국 그 피나는 노력들은 의미를 잃을 것이다. 티탄의 율법의 권한이 바알에게 있는 한.

"아아, 그런 건가."

강우는 낮은 목소리로 중얼거렸다. 바알의 목적이 무엇인지, 어렴풋이 짐작이 갔다.

"하."

허탈한 웃음이 흘러나왔다.

'그러니까.'

내가 발버둥 치는 꼴을 보고 싶다 이거지? 어디 느긋하게 처박혀서, 치킨이라도 뜯어 처먹으면서 구경하고 싶다 이거지?

"푸핫."

참지 못하고, 웃음이 터져 나왔다.

"푸흡! 푸하하하하하하!!!"

배를 움켜쥔 채 몸을 웅크렸다.

입가를 비틀어 올리며 머리칼을 쓸어넘겼다.

"바알아, 바알아."

지금 기대감에 찬 표정으로 이 모습을 지켜보고 있을 자신의 적에게 말을 건넨다.

"이 모자라고 안타까운 새끼야."

왜 자꾸 그렇게.

"나를 따라 하려 하는 거야."

한 걸음 뒤로 물러서서 관조하듯 세계를 내려다보는 것. 남의 심리를, 마음을 가지고 장난을 치며 목적을 달성하는 것. 마치 사건의 흑막처럼 머리 꼭대기에 앉아 상황을 지배하는 것.

지금 바알이 하려는 짓은. 모두 '오강우'라는 악마가 지옥에서 해오던 일이다.

"푸흡! 크흐흐훗!"

어깨를 들썩이며 웃음을 터뜨렸다.

예전의 바알은 그렇지 않았다. 머리를 쓰는 성격도, 그럴 능력도 되지 않았다. 직감과 본능에 의해 움직이는 짐승에 가까웠다.

그랬던 바알이, 이렇게 복잡하고 졸렬하게 상황을 꼬는 이유는 하나일 것이다.

"네가 날 따라 하면······."

나처럼 될 수 있을 것 같다고 생각했어?

"너는 인마."

씨익.

강우는 입가를 비틀어 올렸다.

"아무것도 아니야."

낄낄낄.

혀를 내밀어 입술을 핥았다.

'내가 발버둥 치는 모습을 보고 싶다고?'

재미있는 말이다.

'그래, 내가 보여줄게.'

어디 한번 잘 보고 배워봐.

"가, 갑자기 왜 그러느냐. 나, 나의 아이야."

갑자기 고개를 들어 허공에 혼잣말을 하는 강우를 보며 가이아는 창백하게 질린 표정으로 물었다.

그녀의 갈색 눈을 바라보며, 강우는 나지막이 입을 열었다.

"조작된 영상이 아니야."

죽음과도 같은 침묵이 내려앉았다.

"……뭐라?"

가이아의 두 눈이 부릅 뜨였다.

"네가 시스템창으로 본 영상, 조작된 게 아니라고."

강우는 환하게 미소 지었다.

가이아는 덜덜 몸을 떨며 고개를 저었다.

"나, 나의 아이야. 왜 그러느냐. 혹시 바알에게 협박이라도 당……."

"하, 거참 사실대로 말해줘도 지랄이네."

강우는 쯧, 혀를 차며 천천히 가이아를 향해 다가왔다.

오른손을 들어 올려 얼굴을 덮었다.

천천히. 천천히. 얼굴을 쓸어내린다.

손이 지나간 자리에는.

"맞아."

검은자위에 노란 눈동자, 가로로 길게 찢어진 동공. 귀 아래까지 찢겨 올라간 입가와 그 사이에 돋아난 날카로운 이빨들.

"바알이 말한 게 다 맞는 말이라고."

이제까지 그의 얼굴을 감싸고 있던 가면을. 무수한 거짓으로 만들어진, 견고한 가면을.

"내가."

벗어 던진다.

"예언의 악마다."

"아……."

가이아의 두 눈이 부릅떠졌다.

창백하게 질린 표정으로, 신음을 흘렸다. 덜덜덜 몸을 떨며 고개를 젓는다.

"아, 아니다. 그, 그럴 리가……."

"뭐가 아니야, 내가 맞다는데."

강우는 픽 웃음을 흘렸다.

가이아는 비틀비틀 뒷걸음질 치며 말했다.

"저, 전에 예언의 악마는 바알이라고 하지 않았느냐."

"당연히 구라였지. 그럼 그걸 사실대로 말할까?"

강우는 어깨를 으쓱이며 태연히 말했다.

가이아의 눈에 투명한 눈물이 고였다. 마음속 깊이 신뢰하던, 구원의 빛이라 믿어 의심하지 않았던 존재의 정체가 종말을 불러올 예언의 악마라니. 믿고 싶지 않았다. 아니, 믿을 수 없었다.

"그, 그럼…… 너와 바알은…… 처음부터 한 패였던 것이냐?"

"내가 왜 그런 찌질한 새끼랑 한편을 먹어."

강우는 헛웃음을 흘리며 나지막이 말을 이었다.

"내가 예언의 악마라는 건 사실이야."

하지만.

"세계를 멸망시킬 생각도, 집어삼킬 생각도 없어."

"……뭐라?"

가이아는 이해할 수 없다는 듯, 동그랗게 뜬 눈으로 강우를 바라보았다.

"이 세계를 지키려고 한 건 진짜였다고."

가이아의 눈이 떨렸다.

그녀는 입술을 짓씹으며, 굳게 주먹을 쥐었다.

"허, 헛소리하지 마라! 예언의 악마는 이 세계에 종말을……."

"애초에 씨발 그 예언이라는 게 대체 뭔데? 뭔데 자꾸 그럴 생각도 없는 사람보고 멸망이니 뭐니 지랄을 하는 거야?"

강우는 거칠게 표정을 일그러뜨리며 물었다. 이제까지 쌓여 왔고, 김태현을 통해 폭발한 분노가 그의 몸을 잠식했다.

"진짜 이 새끼나 저 새끼나 그 예언이 뭐라고 아주 그냥."

으득.

사납게 욕설을 토해내며 가이아를 노려보았다.

솔직히 그의 입장에서는 억울할 수밖에 없는 상황이었다.

"내가 막았어."

악마교부터 사탄, 악의 성좌들과 외계의 침략까지.

"다 씨발 내가 막은 거라고."

몇 번이나 위기에 처한 지구를 막아낸 것은.

"신이란 새끼들이 율법에 묶여 처박혀 있는 동안!"

죽어가는 세계를 구원한 것은.

"서로 헌신을 하니 마니 지랄을 하며 내전을 하는 동안!"

다름 아닌 자신이었다. 그가 아니면 이 세계는, 이미 진즉에

망해도 아득히 오래전에 망했을 것이다.

"자, 네 입으로 말해봐, 가이아."

차갑게 식은 눈으로, 그녀를 응시했다.

"내가 그 새끼들을 다 처죽이는 동안, 너흰 뭘 했어?"

가이아는 굳게 입을 다물었다.

부정하고 싶은 말이 목 끝까지 차올랐지만, 차마 입 밖으로 내뱉을 수가 없었다.

왜냐하면.

"응, 뭘 했냐고?"

강우의 말은 틀린 것 하나 없는 사실이었기 때문이었다.

"뭐, 노력은 했겠지. 레이라를 화신으로 만들고, 율법의 제약에 묶여 있으면서도 어떻게든 수호자를 만들어서 지키려고 했겠지."

하지만.

"그래서 결과는 어땠지? 응? 내가 아니었다면, 내가 없었다면."

막을 수 있었을까? 악마교를, 대공들을, 악의 성좌들을, 기생의 왕을. 그리고. 바알을.

"막을 수 있었다고 생각해?"

"그, 그건……."

가이아는 우물쭈물 입술을 달싹이며 고개를 숙였다.

진실을 외면하듯, 고개를 돌린다.

강우는 낄낄 웃음을 터뜨렸다.

"왜, 이제까지 그래도 열심히 노력했으니 잘했다고 해줄까?

웅? 아이고~ 우리 위대하신 여신님 참 마음고생이 심하셨겠네요~ 칭찬이라도 해주리?"

저벅, 저벅.

강우는 고개를 돌린 가이아의 턱을 잡아, 자신을 향해 돌렸다.

"너흰."

시리도록 차가운 목소리로, 입을 열었다.

"예언이 어쩌고 떠들어대면서 대체 뭘 한 거지?"

가이아는 침묵했다.

그녀는 부르르 몸을 떨며 강우의 손을 쳐냈다.

"내 몸에 손대지 말거라!"

그녀의 눈에서 투명한 눈물이 뺨을 타고 흘러내렸다.

이제까지 강우가 자신을 속이고 있었다는 배신감과 반론할 수 없는 그의 물음에 울분이 치밀어 올랐다.

사람이건, 신이건. 마주하고 싶지 않은 진실을 마주했을 때의 반응은 크게 다르지 않았다.

"세계수의 예언은 절대적이란 말이다!"

가이아는 발악하듯 외쳤다.

"태초부터 지금까지…… 예언이 빗나간 적은 없었다."

강우가 정말 예언의 악마라면. 그의 손에 세계는 종말을 맞이할 것이다.

"실제 환 대륙도 네 손으로 직접 멸망시키지 않았더냐!"

강우는 분명 바알이 보여준 영상은 조작된 것이 아니라 했다. 그렇다면, 그가 환 대륙을 멸망시켰던 모습도 사실이란 의미.

가이아는 초조한 표정으로 입술을 깨물며 말을 이었다.

"설사 네가 진짜 세계를 멸망시킬 생각이 없다고 해도……"

그녀는 패러사이트 왕과 싸우고 있던 강우의 모습을 떠올렸다. 셀 수 없는 입과, 날카로운 이빨들. 끝없는 심연을 연상시키는 어둠으로 뒤덮인 육체.

"언젠가…… 마해(魔海)에 잠식되어 이성을 잃게 될 것이다."

예언에 나오는 마해를 정말 강우가 지니고 있다면, 그의 의지와는 상관없이 파멸은 정해져 있었다.

필연이라고 해도 좋다.

설사 바알을 죽이는 데 성공했다 하더라도, 결국 강우는 마해의 힘에 잠식되어 미쳐 버릴 것이다. 지성을 잃고, 이성을 상실한 괴물이 되어 세계 전체를 집어삼킬 것이다.

"실제로 지금 네 안의 마해는 점점 더 커지고 있지 않으냐?"

강우는 굳게 입을 다물었다.

그녀의 말대로, 그의 심장에 자리 잡은 마기의 바다는 점차 커져가고 있었다. 더 이상 무엇을 잡아먹지 않아도, 마치 우주가 팽창하듯 스스로 몸집을 불리고 있었다.

"너는……"

가이아는 서글픈 눈으로 강우를 응시했다.

"견디지, 못할 것이다."

견딜 수 있을 리가 없다. 무한히 팽창하는 마기의 바다를 대체 개인이 어찌 감당한다는 말인가. 설사 티탄이라 해도 그건 불가능한 일이었다.

그리고.

"푸흡."

강우는 어깨를 들썩였다.

"내가 감당하지 못할 거라고?"

한차례 폭소를 터뜨리며 입가를 비틀어 올렸다.

"그놈도 비슷한 말을 했었지."

마해의 심연에 갇힌 채, 울부짖고 있던 마신을 떠올렸다.

그 또한 가이아와 같은 말을 했다.

너는. 감당하지 못하리라고.

"누가……."

"너희들은 말이야."

강우는 깊게 가라앉은 눈으로 그녀를 바라보았다.

"내가 누군지 모르는구나?"

그가 누구인지. 그가 무엇을 해왔는지. 그가 어떻게 살아왔는지. 그들은 모른다.

관심도 없을 것이다. 한낱 인간이 감당할 수 없는 힘이라 단정 짓고, 멸망을 예언했을 것이다.

지옥에서도 마찬가지였다. 그 누구도 그가 구천지옥에서 살아남으리라고 생각하지 않았다. 일곱 대공을 죽이고, 왕이 되어 군림하리라고 생각하지 않았다.

그럼에도 그는. 지금 이곳에 있다.

"뭐, 알겠어. 내가 마해를 감당하지 못한다고 치자고. 세계를 멸망시킬 악마 새끼라고 해."

강우는 무너진 기둥 위에 다리를 꼰 채 걸터앉았다.
분노에 찬 눈으로 자신을 노려보는 가이아를 향해 말했다.
"그래서, 뭐 어쩌라고."
"……."
"뭐 어떻게 해주면 좋을까? 응? 네 입으로 한번 말해봐."
강우는 짙게 웃었다.
"그래, 알았어."
태연한 목소리로 말을 이었다.
"죽여."
"……뭐라?"
"그렇게 예언이니 뭐니 입으로만 지껄이지 말고, 날 죽이라고."
강우는 바닥에 주저앉은 가이아의 팔을 잡아끌어 심장 근처에 가져다 대었다.
"자, 정확히 여기야. 여기에 마해가 있어."
툭툭. 심장이 있는 장소를 손끝으로 두드렸다.
"개문도 안 썼고, 마기도 안 끌어 올렸으니 아마 한 방에 죽일 수 있을 거야."
패시브처럼 신격의 보호가 작용한다고 해도, 가이아라면 신격의 보호 정도는 뚫을 수 있을 것이다.
"뭐 하고 있어? 빨리 죽이라니까? 응? 예언의 악마라며? 세계에 종말을 가져올 존재라며?"
"그, 그건……."
가이아의 표정이 당혹감에 물들었다. 설마 이렇게 나오리라고는 생각지 못했다.

강우의 가슴에 닿은 가이아의 손이 가늘게 떨렸다.

그녀는 창백하게 질린 표정으로 강우의 얼굴을 바라보았다.

'빛에…… 제 목숨을 바치겠습니다.'

강우를 자신의 권속으로 받아들였을 때의 기억이 떠올랐다.

용맹과 결의에 차 있던 그의 목소리. 그때의 강우를 떠올리자, 칼로 가슴을 도려내는 듯 아려왔다.

그녀의 눈가에 눈물이 맺혔다.

"자, 예언의 악마를 죽일 절호의 기회야. 별로 어렵지 않아. 그냥 잔뜩 신성을 담아서, 심장을 찌르면 돼."

강우는 잔잔한 목소리로 말을 이었다.

천천히 손을 들어, 눈물을 흘리고 있는 가이아의 머리칼을 쓰다듬었다.

"어서 세계를 구하셔야죠, 자애(慈愛)의 여신님."

가이아의 입술이 새파랗게 질렸다.

그녀는 덜덜 떨리는 자신의 손을 내려다보았다.

"나, 나는……."

기어들어 가는 듯한 목소리.

그녀는 두 눈을 질끈 감았다. 강우의 가슴에 닿았던 그녀의 손이 힘없이 떨어졌다.

"왜, 못하겠어?"

강우는 활짝 웃었다.

그러고는.

"그러면 내가 직접 하지 뭐."

콰득!

자신의 손을 가슴에 찔러 넣었다.

살점이 짓이겨지며, 뼈를 뜯어낸다. 흉측하게 벌어진 가슴팍에서 분수처럼 피가 쏟아졌다.

가이아는 경악에 찬 표정으로 외쳤다.

"무, 무슨 짓을 하는 게냐!"

그녀는 강우의 팔을 향해 다급히 손을 뻗었다. 팔을 붙잡고, 심장을 짓이기려던 손을 잡아끌었다.

"허억, 허억."

식은땀이 가이아의 이마를 타고 흘러내렸다.

그녀는 떨리는 눈으로 강우의 팔을 잡아끈 자신의 손을 내려다보았다.

"왜……?"

강우의 돌발적인 행동보다, 그것을 막아버린 자신의 행동이 이해 가지 않았다.

'가만히 내버려 뒀다면.'

예언의 악마는 스스로 목숨을 끊고 죽음을 맞이했을 것이다.

"으, 아, 으."

가이아는 강우의 팔을 잡아끌고 있는 손에 힘을 풀려고 했다. 하지만. 아무리 힘을 풀려고 해도, 어째서인지 강우의 팔을 잡아끄는 그녀의 손은 미동조차 하지 않았다.

"알아서 자살한다니까 그것도 말리네?"

강우는 피식 웃음을 흘렸다.

가이아의 머리칼을 상냥하게 쓰다듬으며, 말을 이었다.

"하긴, 가만히 있을 수 없겠지."

고개를 기울이며, 그녀의 귓가에 속삭이듯 말했다.

"신격에 걸고 맹세했으니까."

가이아의 두 눈이 부릅떠졌다.

머릿속에 벼락이 치는 듯한 감각. 처음 그를 권속으로 받아들였을 때, 자신이 직접 했던 말이 떠올랐다.

앞으로 나, 가이아는 수호자 오강우를 자식처럼 여기며 사랑을 아끼지 않음을 자애(慈愛)의 신격에 맹세하겠노라.'

"아, 아아."

가이아는 덜덜 몸을 떨었다.

왜 강우가 예언의 악마라는 사실을 알았음에도. 이제까지 그녀에게 보여준 모습이 모조리 거짓이었다는 것을 깨달았음에도. 그의 팔을 잡은 손에 힘을 풀 수 없었는지 이해할 수 있었다.

"푸흡, 푸헤헤헤헹!!"

강우는 배를 움켜쥔 채 경박한 웃음을 터뜨렸다.

"가이아 님."

강우는 그녀의 뺨을 타고 흐르는 눈물을 손으로 닦아주며.

"너무 복잡하게 생각하실 것 없습니다. 배신감에 치를 떨며, 슬퍼하실 필요도 없습니다."

속삭이듯 말을 이었다.

"사실 가이아 님도 알고 계시잖아요?"

내가 없으면.

"종말을 막을 수 없다는 걸."

가이아는 굳게 입을 다물었다.

그녀 또한 지금 상황에서 강우가 사라진다면 바알을 막을 존재가 더 이상 없다는 사실을 알고 있다.

그렇다고 해서 강우의 안에 자리 잡은 마해가 계속해서 커져간다면, 멸망은 필연적으로 도래한다. 결국 최악이냐 차악이냐를 선택해야 하는 상황.

그렇기에. 그녀는. 강우를 '믿을 수밖에' 없었다. 그가 마해의 침식을 견뎌낼 것이라고, 그가 이 세계를 구원할 것이라고. 희미한 희망의 끈을 붙잡은 채 발버둥 칠 수밖에 없다.

왜냐하면, 그를 '믿는' 것 외에 그녀에게 다른 선택지 따위는 존재하지 않았으니까.

"아, 아아."

가이아의 입에서 낮은 신음이 흘러나왔다.

창백하게 질린 표정으로 그녀는 뒷걸음질 쳤다. 그제야 그녀는 강우의 정체가 예언의 악마라는 것을 알아도. 자신에게는 처음부터 아무런 선택지가 없었다는 사실을 깨달았다.

신격에 건 맹세 때문에 강우를 죽이는 것은 불가능했다. 아니, 죽이는 것은커녕 그의 목숨이 위기에 처하면 의지와는 상관없이 몸이 먼저 움직여 그를 지켜 버리게 된다.

"너는……."

그렇다고 해서 강우의 정체를 만천하에 퍼뜨리는 것 또한 할 수 없다. 그는 이 멸망을 향해 달려가는 세계의 유일한 희망이자, 구원이었으니까. 그 희망의 정체가 종말의 악마라는 사실을 깨달았을 때, 모든 이들이 절망할 것을 알고 있으니까.

"처음부터……."

그녀에게 남은 선택지라고는. 예언의 악마를, 이 세계에 파멸을 가져올 존재를 '그렇지 않을'거라 자위하며 믿고 따르는 방법 외에는 없었다.

"알고, 있던 것이냐."

자신이 아무것도 할 수 없음을. 비참하고, 무기력하게 그에게 매달릴 수밖에 없음을.

"글쎄요?"

강우는 방긋 미소를 지었다.

"자, 그래서 어떻게 하실 겁니까?"

가이아의 뺨을 살며시 쓰다듬으며 말을 이었다.

"저를 여기서 죽이시겠습니까, 아니면 종말을 가져올 예언의 악마를 믿고 따르겠습니까?"

가이아는 굳게 입을 다물었다.

두 눈을 질끈 감으며, 시선을 피했다.

"대답하세요."

강우는 그런 그녀의 턱을 잡아 억지로 고개를 돌렸다.

덜덜 떨리는 그녀의 두 눈을 응시하며 말했다.

"당신의 입으로 직접."

가이아의 눈가에 다시금 눈물이 고였다.

그녀는 고개를 숙이며, 기어들어 가는 목소리로 답했다.

"너를…… 따르겠다."

"조금 더 확실하게."

"나는……."

가이아의 뺨을 타고 눈물이 흘러내렸다.

"예언의 악마를…… 따르겠다."

쥐어짜듯 흘러나온 목소리.

강우는 만족스럽다는 듯 방긋 웃었다.

두 팔을 벌려, 딱딱하게 굳어 있는 가이아를 끌어안았다.

"이렇게 절 아끼고 사랑해 주셔서 정말 감사합니다."

"흐윽, 흐으윽."

가이아는 뚝뚝 눈물을 흘리며 몸을 떨었다.

"이, 이 나쁜…… 어, 어찌 이런 극악무도한 짓을……."

이제까지 속은 것도 모자라, 배신감에 치를 떨면서도. 그녀는 그를 믿을 수밖에 없었다. 믿고 따를 수밖에 없었다. 희망을 품을 수밖에 없게 되었다.

"가이아 님."

강우는 그녀의 앞에 한쪽 무릎을 꿇으며.

"제 목숨을 가이아 님에게 바치겠습니다."

나지막이 말했다.

"……아."

가이아의 표정이 창백하게 질렸다.

방금 전 강우의 입에서 흘러나온 말. 그를 자신의 권속으로 받아들였을 때, 강우가 했던 말이었다.

"너는…… 너는……."

그때와 같은 표정. 그때와 같은 목소리. 그때와 같은 말.

저 말이 달콤한 거짓이라는 것을 알고 있음에도. 따듯한 미소로 가려진 가면 속에 추악한 본성이 자리 잡고 있다는 것을 알고 있음에도.

어째서인지. 조금 '안도'하고 있는 자신을 느꼈다. 다행이라고 생각하는 자신을 느꼈다. 계속해서 저 달콤한 거짓말을 듣고 싶다고 생각했다.

아니. 차라리 진실을 몰랐으면 좋았겠다고 생각했다.

"진정 너는…… 악마, 로구나."

가이아는 뺨을 타고 흐르는 눈물이 턱에 맺혔다.

강우는 그녀의 손등에 가볍게 입을 맞추며.

"어디 악마가 써서 악마겠습니까."

환하게 웃었다.

"달콤하니까 악마라고 하는 거지."

"흐윽……."

폐허가 된 궁전. 무너진 잔해로 가득 찬 궁전 안에 여신의 울음소리가 울려 퍼졌다.

강우는 바닥에 주저앉아 꺼이꺼이 울고 있는 가이아를 지그시 내려다보았다.

쯧, 씁쓸한 표정으로 혀를 찼다.

'좀 심한 짓을 한 기분은 들지만.'

당연하지만, 처음부터 이럴 생각은 없었다. 원래 가이아에게는 끝까지 정체를 숨기고 있을 생각이었다.

'이미 다 들킨 이상 어쩔 수 없지.'

바알은 시스템에 개입하여 자신의 일거수일투족을 감시하는 것이 가능했다. 아니, 단순히 감시를 하는 것만이 아니라 시스템을 통해 타인에게 그 모습을 보여주는 것까지 가능했다.

'한 번은 어찌 속일 수 있었겠지.'

조금 수고스럽기는 하겠지만, 어찌 속이는 것은 가능할 것이다. 하지만 두 번은? 세 번은?

'불가능해.'

바알에게 시스템의 권한이 있는 이상, 필연적으로 자신의 정체는 밝혀지게 된다.

'24시간 사각도 없는 CCTV가 감시하는 것과 마찬가지니까.'

그런 상황에서 계속 정체를 숨기는 것을 고집하는 것은 오히려 행동의 제약만 커질 뿐이다.

결국.

'정체를 알고 나서도 억지로 따르게 만들어야지.'

강우는 깊게 가라앉은 눈으로 가이아를 내려다보았다.

애처롭게 떨리는 어깨와 뺨을 타고 흐르는 눈물. 믿었던 자신의 권속에게 배신당한 것도 모자라 강제로 예언의 악마를 따라야 하는 상황에 처한 그녀는 서럽다는 듯 눈물을 흘리고 있었다.

강우는 짧은 한숨을 내쉬었다.

'결국 이렇게 될 줄 알았다면 좀 더 일찍 밝힐 걸 그랬나.'

사실 몇 번 고민한 적은 있었다. 차라리 정체를 밝히고, 어떻게든 시간을 들여서 자신이 세계를 멸망시킬 생각이 조금도 없다는 것을 증명하는 게 낫지 않을까, 하는 고민을.

'반발이 거셀까 봐 하지 않았던 건데.'

자신을 세계를 구원할 구원자로서 믿고 따르는 것과 다른 선택의 여지가 없어 예언의 악마를 억지로 따르는 것과는 차이가 있을 수밖에 없었다.

비유하자면 억지로 애국심을 들먹이며 희생을 강요하는 국가나 다를 바가 없다. 국가라는 거대한 힘에 대항할 능력이 없기에, 피눈물을 머금고 따른다고 해서 그 사람의 전력이 나올 수 있겠는가?

'그럴 리가 없지.'

실제로 가이아에게 앞으로 큰 기대를 하기는 어려울 것이다. 타의에 의한 믿음만큼 부서지기 쉬운 건 없었으니까.

'그나마 신격에 건 맹약이 남아 있었으니 망정이지.'

아니라면 최악의 경우 가이아를 제거하는 선택까지 해야 했을지도 모른다.

'뭐, 어쨌든.'

이미 상황은 벌어졌고, 돌이키기는 늦었다. 괜히 구시렁거리며 이랬을 걸 저랬을 걸 후회하는 것보다 지금 할 수 있는 최선을 다하는 것이 현명했다.

"흑…… 흐윽."

저벅, 저벅.

강우는 두 손으로 얼굴을 가린 채, 눈물을 그치지 않고 있는 가이아를 향해 다가갔다.

'한번 세게 밀어붙였으니.'

이제는 살살 달래줘야 할 타이밍.

"뭐, 너무 나쁘게만 생각하지 마세요. 사실 답답한 건 저도 마찬가지입니다."

가이아는 얼굴을 덮고 있던 손을 슬쩍 내리며 고개를 들어 올렸다.

"그건…… 무슨 말이냐."

"처음에도 말씀드렸다시피, 전 이 세계를 멸망시킬 생각이 조금도 없습니다. 애초에 멸망시킬 생각이 있었다면 미쳤다고 이 지랄을 하면서 발버둥 치겠습니까? 그냥 내버려 둬도 알아서 멸망할 텐데. 전 그냥 지구에서 평화롭게 김치찌개나 먹으면서 임자랑 오순도순 사는 게 목표라고요."

가이아는 움찔, 몸을 떨었다.

강우가 한 말이 틀린 말은 아니었다. 실제 그가 없었다면 지금 지구는 악마교도들에 의해 지옥이 되었을 테니까.

에르노어 대륙만 하더라도 마찬가지였다. 천사들의 힘만으로는 악의 성좌의 태동을 막는 건 역부족이었을 것이다.

아니, 굳이 멀리 갈 필요도 없다. 며칠 전에 있었던 외계(外界)의 습격 역시 강우가 아니었다면 막는 것이 불가능했을 것이다.

"멸망시킬 생각이라고는 티끌만큼도 없는데, 괜히 예언의 악마니 하도 지랄을 해서 어쩔 수 없이 정체를 숨겼던 겁니다."

"하, 하지만……"

"예~ 예. 뭔 말하려고 하시는지 압니다. 이대로 마해가 커지면 제가 그 힘에 집어삼켜져 세계를 멸망시키리라고 말씀하시려는 거죠?"

정곡을 찔린 가이아가 굳게 입을 다물었다.

강우는 픽 웃었다.

"어디 보자…… 그게 구천지옥에 막 처음 진입했을 때니까…… 그래, 제가 그 말을 한 천 년 전쯤부터 들었습니다."

"처, 천 년?"

"예. 그리고 지금 전."

강우는 그녀의 앞에 서서 두 팔을 활짝 벌렸다.

"여기에 이렇게 멀쩡히 있죠."

가이아는 떨리는 눈으로 그를 올려다보았다.

마해(魔海)를 몸 안에 품은 채 천 년을 버텼다니. 말도 되지 않는 소리였다.

"뭐, 그때는 아직 완성되지 않은 마해였지만요."

"대체 어떻게……."

"몰라."

강우는 어깨를 으쓱였다.

말투를 편하게 바꾸며 말을 이었다.

"나도 내가 어떻게 버텼는지는 몰라."

하지만 확실한 건.

"앞으로도 난 나로서 존재할 거란 사실이지."

개 같은 지옥에서 만 년을 버텼다. 제대로 먹지도, 마시지도, 쉬지도 못한 채.

여흥이건 유흥이건 어떤 것도 존재하지 않았다. 처절한 살육과 전투만이 가득했다.

'그리고 씨발 무엇보다.'

여자. 그래. 씨발 여자도 없었다고.

8천 년쯤 지난 후부터는 상상으로 하려 해도 여자 얼굴이 생각이 안 나서 못 했다고. 내 프랑소와가 진짜 썩어서 사라지는 게 아닌가 걱정돼서 만지작거렸을 때의 비참함을 네가 알아? 어? 그 기분을 아냐고?

'아니, 잠깐만.'

생각해 보니 여자가 있긴 했나? 근데 그걸 있었다고 해야 해?

찔꺼억.

끈적거리는 점액질 소리와 함께, 악몽과도 같은 '■■'가 떠올랐다.

"아냐, 그거 있었던 거 아니야."

분명 어쩔 수 없이 몸을 섞기는 했지만, 그것을 경험으로 치고 싶지는 않았다. 아니, 칠 수 없었다. 쳐서는 안 된다.

"나, 나의 아이…… 아니, 오강……."

"씨발! 이런 개 같은! 기껏 잊고 있었는데 또 생각나 버렸잖아!"

강우는 가이아를 향해 버럭 소리 질렀다.

움찔. 가이아의 몸이 떨렸다.

"후우, 후우. 못 뺏겨."

"……."

"억울해서라도 이 몸 못 뺏긴다고. 알았어? 응? 마해고 나발이고 나 내 몸 절대 안 줘. 아니, 못 줘."

"아, 알겠으니 잠깐 진정을……."

"진정은 씨발!"

강우는 거친 욕설을 터뜨리며 가이아의 어깨를 붙잡았다.

타오르는 듯한 눈으로 그녀를 응시하며, 말을 이었다.

"잘 들어. 응? 어떤 새끼고 내 몸을 뺏을 일은 없을 테니까, 괜한 걱정 집어치우고 눈앞의 일에 집중해."

"……."

"어차피 나를 믿는 것 말고는 다른 방법이 없다는 건, 너도 잘 알고 있잖아?"

"그건……."

"그러면 믿어."

강우는 칼로 내려찍듯, 단호한 목소리로 말을 이었다.

"아니면 지금처럼 여기 바닥에 주저앉아서 계속 질질 짜고 있든가."

서릿발처럼 차가운 목소리.

하지만 지금 그녀에게는 딱 필요한 말이었다.

가이아는 지그시 눈을 감았다.

바닥에 손을 대고, 천천히 몸을 일으켰다.

"네 말대로 나는…… 무능한 여신이다."

"……."

"이 세계를…… 나의 아이들을 지키기 위해 필사적으로 발버둥 쳤다 했지만 결국 그들을 지켜낸 건 내가 아니라 너였지."

처음 예언의 악마라는 사실을 밝혔을 때, 강우가 했던 날카로운 조롱이 떠올랐다.

그의 말마따나 자신은 아무것도 구하지 못했다. 이제까지 세계를 지키고, 수호한 것은 자신이 아닌 예언의 악마였다.

가이아는 옷자락을 움켜쥐며, 떨리는 눈빛으로 강우를 바라보았다.

"정말…… 정말 너를 믿어도 되겠느냐?"

간절함이 섞인 목소리.

강우는 씨익 웃으며 몸을 돌렸다.

"믿고 말고는 결국 네 선택이지. 내가 그것까지 관여할 수는 없잖아?"

하지만.

"정말로 이 세계를 구하고 싶다면, 뭐라도 잡아야 하지 않겠어?"

설사 그것이, 멸망을 가져올 악마의 손이라고 해도.

가이아는 고개를 푹 숙인 채 입을 다물었다.

강우는 그런 그녀를 뒤로하고 궁전 밖으로 걸어 나왔다.

"쓰으. 하아."

깊게 숨을 들이쉬었다가 천천히 내뱉었다.

고개를 들어 밤하늘을 연상시키듯 어두컴컴한 신계의 하늘을 올려다보았다.

"잘 봤어?"

추하게 발버둥 칠 이유가 뭐가 있는가. 필사적으로 진실을 감출 필요가 어디 있는가.

가련하고 불쌍한 여신 하나를 마음대로 다루는 것은. 굳이 그런 노력조차 필요 없는 간단한 일이다.

"자, 어서 노트 펼치고."

기척은 느껴지지 않지만. 어딘가에서 그를 지켜보고 있을 존재를 향해 말을 이었다.

"이 부분 시험에 나오니까 잘 받아 적어라."

낄낄낄 웃음을 터뜨렸다.

콰아아앙!

붉은 모래 언덕이 폭발하듯 솟구쳤다.

"아, 아아아아아아!"

맹수의 포효와도 같은 괴성이 붉은 모래 언덕에 울려 퍼졌다.

"오오오오가아아앙우우우우우우!!"

광기에 물든 소년의 입에서 절규가 터져 나왔다.

쿠웅! 쿵!

그가 한 번 손을 휘저을 때마다 거대한 모래 언덕이 폭발하듯 터져 나갔다. 하늘이 검게 점멸하며, 대지가 뒤틀린다. 자연재해나 다를 바 없는 파괴를 만들어낸 소년의 모습에 주변에 있던 악마들은 납작 몸을 엎드렸다.

"제길, 제길, 제길, 제길!!!"

소년이 머리칼을 쥐어뜯으며 히스테릭한 비명을 내질렀다.

거칠게 오른팔을 들자, 바닥에 납작 조아리고 있던 악마들이 그의 손아귀에 빨려 들어왔다.

"바, 바알 님······."

콰드드득!

바알은 창백한 표정으로 몸을 떠는 악마의 머리를 통째로 씹어 삼켰다.

"하아, 하아. 하아."

머리통이 뜯겨 나간 악마의 시체를 짓밟아 터뜨린 소년은 떨리는 눈으로 눈앞의 푸른창을 노려보았다.

-푸흡! 푸하하하하!!

푸른색 화면 너머에는 날카로운 인상의 청년이 배를 움켜쥔 채 웃음을 터뜨리고 있었다.

"이게, 아니야."

그가 기대했던, 마음을 졸이고, 발을 동동 구르며 고대했던 마왕의 모습이 아니었다. 진실을 숨기기 위해 바닥을 기고, 눈물을 쥐어짜 내며 꼴사납게 머리를 조아리는 모습이 아니었다.

오히려 지금 그의 모습은. 그가 갈망하던…… '이상적인' 악마의 모습과 같았다.

"이게! 아니라고!!!"

쿠웅!

바알은 거칠게 발을 굴렀다.

머리칼을 쥐어뜯으며 발작하듯 소리 질렀다.

-네가 날 따라 하면…… 나처럼 될 수 있을 것 같다고 생각했어?

"아, 니야."

바알은 몸을 떨었다.

마치 자신과 대화하듯, 그가 있는 곳을 정확히 올려다보며 마왕의 말이 날카로운 비수가 되어 그를 찔렀다.

"널, 따라, 하려는, 게, 아니, 라고."

뚝뚝 끊어지는 목소리.

바알의 두 눈이 벌겋게 달아올랐다. 뿌득, 뿌드득. 입술 사이로 산산이 박살 난 이빨의 파편이 흘러나왔다.

-너는 인마.

"말, 하지 마."
애원하듯, 말했다. 하지만.

-아무것도 아니야.

"아, 아."
바알은 비틀비틀 뒷걸음질 쳤다.
"아아아아아아아악!!!"
광기에 찬 괴성이 다시금 터져 나왔다.
머릿속을 인두로 지진 듯, 조롱 섞인 그 말이 선명히 새겨졌다.
바알은 날카로운 손톱으로 뺨을 긁었다. 찌직. 피부가 갈라지며 광대부터 턱까지 이어지는 흉측한 상처가 생겼다. 갈라진 피부 사이로 검은 핏방울이 맺혀 떨어졌다.
"나는, 나는, 나는, 나는, 나는."
광기에 찬 목소리로 중얼거린다.
비틀비틀. 몸이 흔들린다. 시야가 일그러진다. 호흡이 거칠다. 그 말이, 그 말만이 머릿속에 떠오른다.
"아무것도, 아닌 게, 아니, 라고."
까득, 까드득.
사납게 이를 간다. 박살 난 이빨의 파편이 핏물과 섞여 턱을 타고 흐른다.

"내가, 먼저였어."

광기에 찬 목소리가 흘러나왔다.

"네가 아니라, 내가 더 먼저였다고."

알 수 없는 소리를 흘렸다.

바알은 푸른 화면 너머로 보이는 마왕을 노려보았다.

지금 그가 있는 자리는, 그가 지니고 있는 것들은.

"내가, 가져야, 했던, 거라고."

뚝뚝 끊어지는 목소리로 말했다.

등골을 타고 타오르는 듯한 증오가 퍼졌다. 그 증오의 이름이 무엇인지, 그 누구보다 바알 자신이 잘 알고 있었다.

"……너는."

그 증오를.

"아무것도 아니야."

'열등감'이라 불리는 감정을 담아 씹어뱉듯 말했다.

"하아, 하아."

거칠게 숨을 내쉬며 입술을 깨물었다.

뺨을 타고 흐르는 검은 피로 손바닥을 적셨다.

바알은 천천히 고개를 돌렸다.

"아몬."

"예, 바알 님."

나지막한 그의 목소리에 어둠이 일렁였다.

검은 물감 한 방울을 물에 떨어뜨린 것처럼 어둠이 퍼지더니, 이내 한곳에 뭉쳤다.

지팡이를 짚은 꼽추의 악마가 모습을 드러냈다.

"준비는 끝났어?"

주어가 없는 말이었지만, 그가 무엇을 묻는지 알아차리는 것은 어렵지 않은 일이었다.

"예, '종말의 날'에 대한 준비는 거의 끝났습니다."

아몬은 깊게 머리를 숙이며 말을 이었다.

"에일레스에게도 정확한 날짜를 전했고, 구천지옥의 악마들도 모두 규합시켰습니다. 다만……."

마음에 들지 않는다는 듯 혀를 찼다.

"둠가드를 놓친 것이 좀 아쉽긴 하지만요."

"상관없어."

바알은 신경질적인 목소리로 답했다.

어차피 둠가드 따위, 대세에 아무런 영향도 주지 못하는 피라미에 불과했다. 그딴 아무 상관도 없는 것보다.

"아직 '잉그리움'의 정체는 들키지 않았겠지?"

"예."

아몬은 주름진 입가를 올리며 고개를 숙였다.

헤. 사납게 일그러져 있던 바알의 입가가 활짝 올라갔다.

"그래, 그러면 됐어."

어깨를 들썩이며 웃었다. 그것이 있는 이상, 자신의 승리는 사실상 확정된 것이나 마찬가지였다.

"히, 히히히."

바알은 낮은 목소리로 웃었다.

광기에 번들거리는 눈으로 강우를 노려보았다.

"지금 마음껏 비웃어둬."

머지않아.

"넌 모든 걸 잃게 될 테니까."

까드득.

바알은 순식간에 자라난 이빨들을 신경질적으로 갈았다.

"자."

바알은 몸을 일으켰다.

두 팔을 활짝 벌리며 붉게 타오르는 하늘을 올려다보았다.

"종말(終末)의 시작이다."

넓게 벌린 팔 너머로. 드넓은 붉은 언덕 전체를 뒤덮고 있는 마(魔)의 군세가 괴성을 내질렀다.

· 8장 ·
얼어붙은 신전

우우웅.

수호의 전당의 바닥에 새하얀 빛이 뿜어져 나왔다.

곧이어 바닥에서 뿜어져 나오던 빛이 한곳에 뭉치더니, 날카로운 눈매를 지닌 청년의 모습이 나타났다.

"형님!"

강우가 다시 물질계에 현신하자, 그 기척을 감지한 김시훈이 쪼르르 그에게 달려왔다.

김시훈은 걱정스러운 표정으로 강우를 살폈다.

"몸은 괜찮으십니까?"

"응."

강우는 고개를 끄덕이며 발걸음을 옮겼다.

"신계에는 무슨 일이 있었던 겁니까?"

"우선 레이라 씨를 좀 불러줘. 같이 설명하는 게 빠를 테니까."
"예."

김시훈은 고개를 끄덕이더니 레이라의 집무실로 몸을 돌렸다. 하지만 그가 집무실로 달려가기 전에, 김시훈의 뒤를 따라 들어온 레이라가 방 안으로 들어왔다.

"강우 씨, 신계와 교신이 끊어진 이유는 알아내신 건가요?"
"예."

강우는 신계에 있었던 일들을 짧게 요약해서 설명했다.

물론, 자신과 가이아 사이에 있었던 일들은 굳이 말하지 않았다.

"바알 그 자식이……."
"……그래서 교신이 안 됐던 거군요."

강우의 얘기를 들은 레이라와 김시훈의 표정이 어둡게 가라앉았다.

"대체 바알의 목적이 뭘까요? 패러사이트의 습격을 틈타 신계를 습격했다면 대부분의 신들을 살려둘 리가 없었을 텐데……."

레이라는 강우가 했던 것과 같은 생각을 하며 눈살을 찌푸렸다.

강우는 고개를 저으며 답했다.

"그건 저도 잘 모르겠습니다."

사실 바알의 목적이 자신이라는 것을 알고 있었지만, 그것을 곧이곧대로 그녀에게 얘기해 줄 수는 없었다.

"하아. 외계의 습격에 바알까지…… 정말……."

레이라는 초조한 표정으로 주먹을 움켜쥐었다.

"저희는…… 이 세계를 지켜낼 수 있는 걸까요?"

걱정이 담긴 목소리.

강우는 망설임 없이 고개를 끄덕였다.

"지킬 수 있습니다. 저희가 힘을 합친다면."

싸구려 소년 만화에서나 나올 법한 대사였지만, 틀린 말은 아니었다.

강우 혼자서는 바알은 막을 수 있어도 그의 군세까지는 막기 힘들었고. 가디언즈는 바알의 군세까지는 어찌 상대할 수 있더라도 정작 바알과는 싸워 이길 방법이 없었다. 이 세계를 지키기 위해서는 둘의 힘을 합칠 필요가 있었다.

"호호. 뭔가 소년 만화에서나 나올 법한 말이네요."

"말하고 보니 그러네요."

"하지만 주인공이 필사적으로 싸우고 있는 사이 히로인들에게는 음욕(淫慾)에 찬 손길이 향하게 되는데……."

그거 소년 만화 아닌데요.

"크, 크흠. 농담이에요. 호호. 요즘 너무 바빠서 히토…… 스트레스를 풀 시간이 부족하다 보니 그만."

평소에 무슨 방법으로 스트레스를 푸시는지 몹시 궁금합니다만.

"호호호호."

고상하게 웃으면서 넘어가려고 하지 마시죠.

"아, 시훈 씨. 어서 돌아가서 마저 서류를 처리하죠."
"……아, 예. 알겠습니다."
레이라는 김시훈의 손을 잡아끌고는 다시 집무실로 향했다.
강우는 헛웃음을 흘리며 고개를 저었다.
"그럼 일단……."
가늘게 눈을 떴다.
지금 당장 해야 할 일은 하나였다.
'시스템의 감시에서 벗어날 수 있는 방법이 없나?'
지금처럼 자신의 일거수일투족을 모두 감시당한다면 제대로 된 대처를 할 수 있을 리가 없다.
"방법을 모르겠다는 게 문제인데……."
강우는 팔짱을 낀 채 마음에 들지 않는다는 듯 다리를 떨었다.
애초에 그도 플레이어인 이상 시스템의 영향력에서 벗어나는 것은 불가능했다.
'……아니.'
강우는 가늘게 눈을 떴다.
머릿속에 번뜩임이 스쳤다.
강우는 고개를 살짝 들어 올리며 차연주를 자신의 화신으로 만들었을 때의 기억을 떠올렸다.
"이브, 라고 했냐?"
돌아오는 대답은 없었다.
"다 보고 있는 거 알고 있어."
나지막한 목소리로 말했다.

그러자.

[율법의 보조 제어 시스템 'Eve'는 자의적인 판단이 불가합니다.]

"얼씨구, 전에는 뭐 개새끼라면서요?"

[그건 플레이어의 오강우의 행동을 분석한 결과, 가장 적합한 칭호기에 자동적으로 부여된 것입니다.]

"뭐요?"
이년이?
"이대로 내 행동이 모두 감시당한다면 안 그래도 없는 승산이 더 희박해지는 건 너도 잘 알고 있을 텐데?"

[……]

눈앞에 떠오른 푸른색 메시지창이 흔들렸다.
잠시 침묵이 흐른 후에.

[현재 'Eve'의 권한으로는 일시적인 정보의 차단만이 가능합니다.]

"정확히 얼마 정도?"

[49일입니다.]

"그 정도면 괜찮아."

어차피 바알과의 결전은 코앞에 닥쳐온 상황. 일시적이나마 그의 감시에서 벗어날 수 있다면 그것으로 족했다.

[단, 플레이어 오강우가 초월격 신격에 도달할 시 영구적인 정보 차단이 가능합니다.]

"흠……."
'초월급 신격이라.'
강우는 눈살을 찌푸렸다.
영구적으로 바알의 감시에서 벗어날 수 있다는 건 매력적인 제안이었지만.
'뭐, 어떻게 얻는지를 알아야 얻던가 하지.'
강우는 머리가 아프다는 듯 이마를 짚었다.
'단순히 포식을 많이 하는 걸로 도달할 수 있는 경지가 아닌 것 같은데.'
사실 마해를 그의 몸 안에 지니고 있는 이상, 마기의 양이 부족해서 초월급 신격에 도달하지 못하는 것은 아닐 것이다. 마해의 마기는 말 그대로 무한(無限)의 영역에 닿아 있으니까.
"쯧."
강우는 가볍게 혀를 찼다.

'일단 집으로 돌아갈까.'

더 이상 여기서 고민을 이어가 봤자 답이 나오는 것도 아니었다. 차라리 혼자서 수련이라도 하는 것이 더 나을 것 같았다.

"몸을 움직이는 건 더 이상 필요가 없으니……."

그에게 직접 육체를 움직이는 수련은 더 이상 의미가 없었다. 방에 결계를 치고, 내부의 기운을 다스리는 수련을 하는 것이 그나마 의미가 있을 것이다.

강우는 수호의 전당을 나와 집으로 향했다.

띡, 띠딕.

지문 인식으로 현관문을 연 강우는 집 안으로 들어왔다.

"임자~?"

고개를 두리번거리며 한설아를 찾았다.

그때.

투두두두두두!

"강우!!"

거실에서 요란한 발소리가 울리더니 검은 머리칼의 소녀가 폴짝 뛰어올라 강우의 목에 매달렸다.

"어이쿠."

강우는 에키드나의 몸을 두 팔로 받으며 피식 웃음을 흘렸다.

"흐응! 흐응!"

에키드나는 특유의 콧소리를 뿜어내며 강우의 목에 얼굴을 부비부비 문댔다.

"어~엄청 보고 싶었어, 강우!"

에키드나는 초롱초롱 빛나는 눈으로 외쳤다.

"앙."

얼굴을 문대는 것만으로는 부족했는지, 강우의 목덜미를 잘근잘근 깨물었다. 강우는 간지럽다는 듯 몸을 떨었다.

에키드나를 안은 채 거실로 이동한 강우는 그녀를 소파 위에 내려놨다.

"설아는?"

"연주가 도와달라고 해서 잠깐 나갔어. 그…… 광휘교? 그 사람들 치료해 주면서 신앙심을 키우겠대."

"오, 알아서 잘하고 있구만."

역시 '오빠~앙'의 효과는 뛰어나군.

"에키드나 너는? 리리스 따라서 노스트리안에 대해 조사하러 간 거 아니었어?"

"흐웅! 강우한테 보고할 게 따로 있어서 왔어!"

"보고할 거?"

강우는 눈을 빛내며 물었다.

에키드나는 소파에 앉은 강우에게 다시 한번 폴짝 달라붙으며 뺨을 비볐다.

"조금만 있다가 말할래."

어리광을 부리듯 말했다.

강우는 자신에게 달라붙은 에키드나의 머리칼을 쓰다듬으며 피식 웃음을 흘렸다.

'최근에 같이 못 있어주기는 했지.'

한설아처럼 집착을 하는 것은 아니지만, 한 번 아버지에게 버림받은 에키드나는 강우에 대한 의존증이 꽤나 심했다.

"나, 엄청 열심히 찾아다녔어, 강우."

칭찬을 해달라는 듯 머리를 쓱 내민다.

"그래, 그래. 잘했어."

강우는 그녀의 머리칼을 쓱쓱 쓰다듬었다.

"흐응, 흐응! 조금만 더 하면 마스터 승격전인데 그것도 포기했다구!"

"마스터 승격전?"

뭔 소리야 그게.

"연주가 알려준 게임!"

"아, 그거. 연주는 브론즈던데."

"푸흡. 브론즈?"

에키드나의 입가에 비릿한 조소가 지어졌다.

"연주 혹시 손가락이 세 개뿐이야?"

"……음. 일단 브론즈가 어떤 수준인지는 잘 알겠다."

강우는 낄낄 웃으며 잠시 에키드나와 시간을 보냈다.

"자, 그럼."

강우는 자신에게 달라붙은 에키드나의 겨드랑이를 잡아 떨어뜨려 놓았다.

"우으."

에키드나는 아쉽다는 듯 볼을 부풀렸지만, 더 이상 어리광을 부릴 시간이 없다는 것은 그녀 또한 잘 알고 있었다.

"이번에 북극해 쪽에 있는 게이트에서 던전을 하나 발견했어."
"던전?"
강우는 가늘게 눈을 떴다.
'혹시 던전 이름이 리리스와 마왕님의 사랑스러운 보금자리, 뭐 이런 거 아니지?'
그러면 나 안 간다.
"무슨 던전인데?"
강우는 고개를 갸웃거리며 물었다.
'이제까지 내가 던전이라는 걸 들어가 보긴 한 건가?'
생각을 되짚어보니 이제까지 던전을 만든 적은 있어도 들어간 적은 한 번도 없었다.
"그건 나도 안 들어가서 잘 모르겠어. 리리스가 강우한테 보고부터 먼저 하라고 했어!"
에키드나는 절대 겁나서 들어가지 않은 것이 아니라는 듯, 리리스를 강조하며 말했다.
강우는 픽 웃으며 고개를 끄덕였다.
"그건 잘했어. 앞으로도 뭘 발견하면 우선 나한테 얘기부터 해줘."
외계의 침식이 본격적으로 시작된 상황에 독단적인 조사는 금물이었다. 조금 귀찮긴 하더라도 안전을 최우선으로 선택하는 것이 옳다.
"근데 들어가지도 않았는데 어떻게 던전이란 걸 안 거야?"
"그…… 전에 강우를 막 형이라고 부르는 건방진 인간 있었잖아."

에키드나가 적의가 담긴 눈빛으로 강우의 팔을 꼬옥 끌어안았다.

'김태현인가.'

자신을 형이라고 부르는 사람은 김시훈과 김태현 둘뿐이었다. 에키드나는 김시훈과는 꽤나 친분이 있으니 지금 그녀의 적의가 향하는 인간은 김태현일 것이다.

"흥, 나 그 인간 싫어. 막 강우에게 달라붙어서 귀찮게 하고. 그것 때문에 강우도 더 바빠졌잖아."

에키드나는 구시렁거리며 김태현의 대한 불평을 쏟아냈다.

강우는 쓴웃음을 흘리며 그녀의 머리를 가볍게 쓰다듬었다.

"불평은 거기까지 하고."

"아…… 미안해, 강우. 큼. 어쨌든 그 인간도 절벽에 떨어져서 우연히 던전을 발견했다고 했잖아."

강우는 고개를 끄덕였다.

"그때 그 인간이 말했던 거랑 비슷한 균열이 있었어."

"……그렇구만."

강우는 이해했다는 듯 고개를 끄덕였다. 던전에 대해 큰 흥미를 보이지 않았던 강우의 눈이 날카롭게 빛났다.

'일반적인 던전이 아닐 가능성이 높아.'

어쩌면 김태현이 노스트리안의 눈을 발견했던 것처럼 티탄이 개입된 걸 수도 있다.

아니, 티탄이 개입되지 않았다고 해도.

'패러사이트 때처럼 외계(外界)의 침식의 징조일 수도 있지.'

티탄이건 외계의 존재 건. 가만히 내버려 둘 수는 없었다.

"발록이랑 시훈이한테 연락해 줘."

강우는 에키드나의 머리에서 손을 떼며 몸을 일으켰다.

"내일."

고개를 돌리며 가늘게 눈을 떴다.

"바로 출발할 거야."

쉬이이잉.

살을 에는 듯한 차가운 바람이 휘몰아쳤다.

입술 사이로 새하얀 입김이 흘러나왔다.

"이야, 눈만 가득 뒤덮여 있을 줄 알았는데 생각보다 풀도 많이 자라 있네."

붉은 머리칼의 여인이 동그랗게 눈을 뜨며 고개를 두리번거렸다.

강우는 감탄사를 흘리는 여인을 슬쩍 돌아보며 입을 열었다.

"넌 왜 왔냐?"

"왜, 난 오면 안 돼?"

차연주가 도끼눈을 뜨며 그를 노려보았다.

강우는 어깨를 으쓱였다.

"아니, 요즘 교주 노릇 하시느라 바쁘다고 들어서요."

"예. 누구누구 씨 덕분에 바빠 뒤지겠네요."

"그렇게 바쁘신데 어인 일로 이 먼 곳까지 행차하셨습니까?"

"네가 걔들 사이에 있어 봐. 오지 않고 배기겠나."

차연주는 지긋지긋하다는 듯 고개를 저었다.

"하여튼 맨날 오멘, 오멘, 오멘…… 질리지도 않고 진짜……."

분노에 찬 눈으로 강우를 노려보았다.

강우는 찔리는 것이 있는지 더 이상 말을 잇지 않고 그녀의 시선을 피해 이번 던전 공략을 위해 모인 파티원들을 돌아보았다.

"태현 씨가 얻은 것 같은 신물(神物)이 여기서도 나올까요?"

김시훈은 무형검을 만들어 손에 쥐며 게이트의 입구를 바라보았다.

"그 벌레 같은 놈들이 또 나올지도 모르지."

쿵, 쿵.

펜던트를 빼고 악마의 모습으로 돌아온 발록이 낮은 목소리로 말했다.

"그런 놈들이 나온다면 내가 바로 죽여주지."

"흥, 조용히 찌그러져 있어라, 인간. 왕의 적들은 내가 처리한다."

발록과 김시훈 사이에 신경전이 오갔다.

한동안 발록을 노려보던 김시훈은 무언가 떠올랐는지 어깨를 으쓱이며 말을 이었다.

"그러고 보니 너 아직 신격을 각성하지 못했잖아?"

"웃……."

발록이 움찔 몸을 떨었다.

사실 그에게도 '신격'을 지닌 존재와 비등하게 싸울 수 있는 방법이 하나 있긴 했지만, 평소에 사용하기는 제약이 너무 큰 기술이었다. 일반적인 전투 상황이라면 신격을 지닌 존재를 대처할 방법이 없는 것이 현실이었다.

"후후. 아무래도 형님을 위해 싸울 수 있는 건 나인 것 같네."

"……시끄럽다, 인간."

발록은 사납게 표정을 일그러뜨리며 김시훈을 지나쳤다.

"뭐야, 왜 그렇게 진지해?"

김시훈은 예상보다 심심한 반응에 조금 당황한 눈치로 발록의 뒤를 따랐다.

"여기서라도 노스트리안에 대한 단서를 얻을 수 있으면 좋겠네요."

리리스가 한숨을 내쉬었다. 노스트리안에 대한 단서가 쉽게 발견되지 않아 꽤나 신경질이 났던 듯 한숨을 내쉬는 그녀의 표정에는 지친 기색이 역력했다.

"괜찮으세요, 리리스 씨? 제가 피로 회복마법이라도……."

"아, 괜찮아요. 설아 씨. 좀 스트레스가 쌓였을 뿐이에요."

"그래도 혹시 모르잖아요. 이쪽으로 와보세요."

한설아가 리리스의 손을 잡고 치유마법을 사용했다.

그녀의 등 뒤에 찬란한 빛을 뿌리는 열두 장의 날개가 펼쳐졌다. 리리스의 몸 안으로 새하얀 빛이 흘러가더니 지친 기색이 역력하던 그녀의 얼굴이 환하게 밝아졌다.

"어머 어머, 설아 씨. 전보다 훨씬 성취가 올라가신 거 아닌가요? 이건 이제 회복의 수준이 아닌데요?"

리리스는 놀랍다는 듯 눈을 동그랗게 뜨며 물었다.

그녀의 말마따나 단순한 '피로 회복마법'의 수준이 아니었다. 전신의 세포 하나하나가 새롭게 태어난 듯한 감각. 최상의 컨디션을 넘어 이제까지 경험해 본 적이 없을 정도의 활력이 전신에 퍼졌다.

'이 정도 수준이면……'

리리스는 고개를 살짝 돌렸다. 이런 엄청난 효과라면 강우가 사용하는 '고양(高揚)의 권능'보다 더 나은 수준이었다.

아니, 더 나은 수준이 아니라 압도할 정도였다.

'언제 이렇게……'

리리스는 믿기 힘들다는 듯 한설아를 바라보았다.

한설아는 뺨을 붉히며 두 손을 붕붕 저었다.

"아, 아니에요. 제가 뭘요. 제 마법이 회복에 특화되어 있어서 그래요."

"으음. 하긴, 생각해 보니 그것도 그러네요."

한설아는 몇 가지 공격이나 구속 스킬을 지니고 있지만 비전투원으로 분류하는 것이 맞다. 신격의 유무를 떠나 그녀의 능력을 십분 활용하려면 한 번 공격할 시간에 새로운 버프를 거는 것이 훨씬 전투에 도움이 되니까.

"그나저나 악마가 천사의 힘으로 회복하니 뭔가 참 느낌이 묘하네요."

리리스는 새하얀 빛이 감도는 몸을 내려다보며 픽 웃었다.

보통 언데드나 악마와 같은 마(魔)의 무리들은 성력의 힘이 담긴 마법에 타격을 입는다는 것이 상식이지만, 다행히 한설아의 마법은 그런 종족의 차이와는 무관하게 효과를 발휘했다.

"저야말로 리리스 씨가 악마라는 사실이 더 믿기지 않는걸요? 이렇게 예쁘신데……."

"어머? 호호호. 고마워요, 설아 씨."

리리스는 요염한 웃음을 흘리며 한설아의 손을 잡았다.

"아 참."

눈을 빛내며 한설아의 귓가에 입을 가까이 가져다 대었다.

속삭이듯 말을 이었다.

"그러고 보니 설아 씨…… 이 회복마법, 강우 님에게도 사용할 수 있죠?"

"아, 예. 물론이죠."

"후, 후후후. 그렇군요."

"갑자기 그건 왜…… 아!"

고개를 갸웃거리던 한설아가 두 눈을 크게 떴다.

리리스는 짙은 미소를 지으며 콧노래를 흥얼거렸다.

"이런 좋은 마법이 있다면…… 나중에 다 같이 즐겨도 문제없겠네요."

"그, 그건 좀……."

"어머? 관심 없으신가요?"

"……."

"호호. 제가 이것저것 잘 알려 드릴게요."

"아, 아뇨 그런 게 아니라…… 그…… 아무리 그래도 그런 일은……."

"후훗. 걱정하지 마세요."

리리스는 달콤한 목소리로 속삭였다.

"하면 안 되는 일을 하는 것만큼 기분 좋은 일은 또 없답니다?"

"우으……."

능수능란한 악마의 혓바닥에 한설아는 빨갛게 얼굴을 붉힌 채 푹 고개를 숙였다.

리리스는 그런 한설아의 모습이 귀엽다는 듯 웃음을 터뜨리며 그녀의 어깨를 끌어안았다.

"……뭐지."

멀리서 리리스와 한설아가 무언가 대화를 나누고 있는 모습을 지켜보고 있던 강우는 정체 모를 감각에 흠칫 몸을 떨었다. 무언가 굉장히…… 굉장히 좋지 않은 일이 일어날 것만 같은 불길함이 퍼졌다.

'갑자기 왜 이런…….'

"흐응! 강우! 이쪽이야!"

강우의 생각이 채 이어지기도 전에, 에키드나가 손을 잡아끌었다.

갑작스럽게 등골을 타고 흐르는 소름에 몸을 떨던 강우는 그녀의 목소리가 들리는 방향으로 고개를 돌렸다.

던전 공략을 위해 모인 파티원들을 다시 한번 쭉 훑어보았다.

'연주랑 발록, 시훈이, 리리스, 에키드나, 임자까지 해서 일곱 명.'

살짝 많은 감이 있었지만 파티의 구성 자체는 나쁘지 않았다.

'이제 뭐, 정체를 필사적으로 숨길 필요도 없고.'

가이아게게 한 번 정체를 드러낸 이후, 굳이 전처럼 필사적으로 정체를 숨길 이유가 사라졌다.

차연주와 김시훈이 아직 그가 예언의 악마라는 사실까지는 모르고 있지만, 설사 알려진다고 해도 어렵지 않게 설득할 자신이 있었다.

"다들 집중하고 진형대로 서."

강우는 삼삼오오 갈라져 있는 파티원들을 향해 말했다.

그의 말을 따라 전위에는 김시훈과 발록이, 중위에는 차연주와 강우, 에키드나가, 후위에는 리리스와 한설아가 섰다.

'굳이 이럴 필요가 있나, 싶다만.'

강우는 진형을 짠 파티원들을 돌아보며 헛웃음을 흘렸다.

이렇게 전위, 중위, 후위를 나누어 서는 것이 가장 효율적인 진형인 것은 사실이나 파티원들 하나하나의 경지가 너무 뛰어난 탓에 굳이 이렇게까지 정석대로 할 필요가 있는지 의문이 들었다.

'괜히 방심하는 것보다는 이쪽이 낫겠지.'

단순히 효율적인 전투를 위해 진형을 짜는 의미도 있지만, 마치 양복을 입은 것처럼 '마음가짐' 자체가 달라지는 효과도 있었다.

"출발하자."

"예, 형님."

진형을 갖춘 강우 파티는 던전 안으로 천천히 진입했다.

['얼어붙은 신전'에 진입하셨습니다!]

눈앞에 푸른 메시지창이 떠오름과 동시에.

쉬이이잉!

"어으. 씨, 씨바! 개 춥잖아!"

차가운 눈보라가 휘몰아쳤다.

차연주는 양팔을 끌어안으며 부르르 몸을 떨었다.

"천상의 보은."

한설아가 손을 들어 올리며 마법을 사용했다. 반투명한 보호막이 파티원들의 몸을 덮었다. 보호막이 몸을 두르자 살을 엘 것 같은 추위가 마치 포근한 바람처럼 느껴졌다.

"휴우, 땡큐. 얼어 뒤지는 줄 알았네."

차연주는 숙였던 몸을 다시 피며 고개를 두리번거렸다.

"여긴……."

눈앞에는 30미터에 가까운 거대한 얼음 성벽이 보였다.

드높은 성벽 너머로 얼음 궁전의 끝이 살짝 모습을 비쳤다.

"하, 무슨 겨울 왕국이야?"

새하얀 입김을 흘리며 헛웃음을 흘렸다.

주변을 살피던 강우는 가늘게 눈을 떴다.

'뭔가…… 좀 이상한데.'

분명 처음 보는 장소인데, 어째서인지 익숙한 감각이 느껴졌다.

강우는 고개를 두리번거리며 익숙한 감각의 원인을 찾았다. 하지만 주시자의 권능까지 사용해서 주변을 살펴도 왜 그런 감각이 드는지 알 수 없었다.

"형님, 이쪽에 성문이 있습니다."

"응."

주변을 살피던 강우는 김시훈의 목소리에 고개를 돌렸다.

김시훈이 검 끝으로 가리킨 곳에는 거대한 성문과 함께 기사처럼 보이는 얼음 동상이 두 개 있었다.

얼음 동상의 크기는 무려 20미터. 발록이 귀엽게 느껴질 정도로 거대한 크기의 동상이었다.

크그그그긍!

"뭐, 뭐야, 저거!"

성문 쪽으로 다가가자 두 개의 얼음 동상이 동시에 움직였다.

차연주가 기겁을 하며 뒷걸음치는 것과 달리, 강우는 태연한 표정으로 동상이 있는 쪽으로 걸어갔다.

"아따, 새끼들 덩치 한번 크네."

강우는 고개를 들어 올리며 휘파람을 흘렸다.

가볍게 오른팔을 들어 올리자, 마해의 열쇠가 거대한 도끼의 형태로 변했다.

도낏자루를 움켜쥐며 팔을 뒤로 젖혔을 때.

-서리의 신전에 발을 디디려는 자여.

얼어붙은 신전 255

-그대의 자격을 증명하라.

창을 든 얼음 거인과 검을 든 얼음 거인이 동시에 입을 열었다. 육중한 목소리가 머릿속에 울려 퍼졌다.

쿠우웅!!

두 얼음 거인이 몸을 움직이자 거대한 충격이 대지를 뒤흔들었다.

충분히 압도될 만한 거인의 모습에도, 강우는 심드렁한 표정으로 움켜쥔 도낏자루를 붕붕 돌렸다.

창을 든 얼음 거인이 쿵, 발을 구르며 입을 열었다.

-먼저 그대들의 지혜를 시험하겠다.

"지혜?"

강우는 고개를 갸웃거렸다.

-우리 중 하나는 진실을 말한다.

-그리고 다른 하나는 거짓말을 말하지.

육중한 목소리가 흘러나왔다.

"아! 나 이거 알아!!"

차연주가 짝, 손뼉을 쳤다.

"이게…… 그러니까 한쪽에다가……."

그녀는 손가락으로 이마를 짚으며 중얼거렸다.

그때.

콰아아아아아아앙!!!

고막을 뒤흔드는 굉음과 함께, 검을 든 거인의 머리가 산산이 박살 나며 터져 나갔다.

"씨발, 뭐야!"

차연주는 기겁한 표정으로 처참하게 박살 난 얼음 거인을 바라보았다.

도끼를 집어 던져 얼음 거인의 머리통을 터뜨린 강우가 고개를 돌려 창을 든 얼음 거인을 바라보았다.

머리통이 박살 난 얼음 거인을 손가락으로 가리키며 물었다.

"얘 죽었냐?"

-아니.

"네가 거짓말쟁이네."

강우는 흡족한 미소를 지으며 고개를 끄덕였다.

차연주는 벙찐 표정으로 강우를 바라보았다.

"아니……."

그거 그렇게 하라고 만든 거 아닌데.

쿠궁!

창을 든 얼음 거인이 거칠게 발을 굴렀다.

-지혜의 시험을 통과한 자여, 다음에는 그대의 무력을 시험하겠다.

"……진짜 그게 통과한 게 되는구나."

차연주는 어처구니가 없다는 듯 헛웃음을 흘렸다.

얼음 거인이 강우를 향해 거대한 창을 들어 올리는 것이 보였다.

"에휴. 내가 말을 말지."

차연주는 강우에게 뭐라 핀잔을 주려다, 이내 한숨을 내쉬었다. 어차피 저놈이 원래 저런 인간이었다는 건 예전부터 알고 있지 않았던가.

"뭐, 그런 것보다."

차연주는 날카롭게 눈을 빛내며 얼음 거인을 노려보았다. 이대로 가만히 내버려 둔다고 해도 강우가 알아서 저 거인을 처리하겠지만.

"기껏 스트레스 좀 풀려고 왔는데 가만히 있을 수는 없지!"

차연주는 씩 입가를 올리며 왼팔을 휘둘렀다.

"홍련(紅蓮) 3식."

차르르륵!

그녀가 팔을 휘저은 경로를 따라 붉은 연꽃이 피어올랐다.

붉은 쇠사슬로 이루어진 수십 송이의 꽃이 얼음 거인의 창을 휘감았다.

크그그긍!

"윽, 힘 한번 더럽게 세네."

차연주는 쇠사슬을 통해 느껴지는 거대한 압박에 눈살을 찌푸렸다.

김시훈과 발록을 향해 고개를 돌리며 외쳤다.

"오래 못 버틸 것 같아!"

김시훈과 발록은 동시에 고개를 끄덕이며 발을 박찼다.

쿠웅!

20여 미터에 달하는 얼음 거인의 어깨에 올라탄 김시훈과 발록은 마치 짜기라도 한 것처럼 동시에 얼음 거인의 머리를 공격했다.

콰아아앙!

-시, 시험은, 통과······.

얼음 거인의 머리가 박살 나며 거대한 몸이 바닥에 쓰러졌다.

"덩치만 컸지 별 볼 일 없는 놈이군."

발록은 박살 난 얼음 거인의 머리 파편을 걷어차며 말했다.

강우는 픽 웃으며 어깨를 으쓱였다.

"지금 파티의 전력을 생각해야지. 이놈들만 해도 지구에 풀어놓으면 재앙이 따로 없을걸?"

"하긴······ 그것도 그렇군요."

발록은 고개를 끄덕였다.

숫자는 고작 일곱에 불과하지만, 구성원들의 반 이상이 신격을 지녔을 정도로 엄청난 전력이었다.

아니, 굳이 신격을 따질 필요도 없이 이 파티에는 오강우가 있다. 구천지옥의 정점에 군림했던 악마의 왕이.

"······강우 님."

얼음 거인의 시체를 살피던 리리스가 가늘게 눈을 뜨며 강우를 불렀다.

"응?"

성문 쪽을 향해 걸어가려던 강우가 고개를 갸웃거리며 그녀에게 다가왔다.

리리스는 얼음 거인의 시체에 손을 올리며 입을 열었다.

"이 얼음 골렘의 시체에서 마기가 느껴져요."

"……뭐?"

강우는 눈살을 찌푸렸다.

박살 난 골렘의 시체에 손을 올려 주시자의 권능을 사용하니 리리스가 말한 것처럼 희미한 마기가 느껴졌다. 거의 느껴지지 않을 정도로 적은 양이었지만, 그것이 '마기'라는 것만은 확실했다.

"……왜 이놈들이 마기를 지니고 있는 거야."

이제까지의 전황으로 보면 이 던전은 삼원(三元)의 세계에 속한 장소가 아닌, 패러사이트처럼 외계(外界)에 속하는 장소였다.

'극소량의 마기를 제외하고는 처음 느껴보는 힘으로 이뤄져 있어.'

패러사이트들이 지닌 힘, '활력(活力)'이라고 부르는 기운을 처음 접했을 때와 같은 느낌이었다.

'당연히 패러사이트처럼 외계(外界)의 침식 현상 중 하나라고 생각했는데.'

그런데 어째서 친숙한 마기가 느껴진단 말인가.

강우는 가늘게 눈을 떴다.

"외계의 존재에게도 마기가 있는 걸까요?"

"아니. 그랬다면 애초에 이 정도 극소량의 마기만 있는 건 이상하지."

만약 외계에도 구천지옥처럼 마기로 이루어진 세계가 있다고 하더라도, 이 정도의 극소량의 마기만 느껴지는 것은 말이 되지 않는다.

'그것보다.'

강우의 눈이 날카롭게 빛났다.

처음 이곳에 도착했을 때 느꼈던 익숙함. 그 익숙함의 원인이 무엇인지 이제야 알 수 있었다.

강우는 얼음 거인의 시체를 향해 손을 뻗었다.

우득! 우드득!

그의 몸에서 흘러나온 검은 점액질이 얼음 거인의 육체를 집어삼켰다.

얼음 거인에 대한 정보가 머릿속으로 흘러들어 왔다.

'골렘이 아니라 생명체였군.'

골렘처럼 마법적인 힘으로 움직이는 존재라고 생각했는데, 포식의 권능으로 흡수해 보니 어엿한 생명체였다.

강우는 포식의 권능을 통해 흘러들어 오는 마기에 정신을 집중했다.

"……!"

강우의 두 눈이 크게 뜨였다.

"이건……."

"뭔가 알아내신 게 있으신가요?"

강우는 굳게 입을 다물었다.

리리스를 돌아보며, 나지막이 말했다.

"바알의 마기야."

"……예?"

"이놈들 안에 있던 마기, 바알 새끼 거라고."

생각지도 못했던 일인 듯, 리리스는 동그랗게 눈을 떴다.
"잠시만요. 그렇다면……."
"하, 그 미친 꼬맹이 새끼. 손을 뻗은 곳이 한두 곳이 아니었구만? 아니, 이건 바알이 생각했다고 하기 좀 어려우니 꼽추가 한 짓이려나."

강우는 헛웃음을 흘리며 머리칼을 쓸어넘겼다.
"그건 또 무슨 말이야? 손을 뻗은 곳이 한두 곳이 아니라니?"
차연주는 강우가 무슨 소리를 하는지 통 모르겠다는 듯 눈살을 찌푸리며 물었다.
"뭐, 그러니까. 간단히 말하면."
강우는 천천히 고개를 돌려 새하얀 얼음으로 이루어진 거대한 신전을 돌아보았다.
"이 신전은 이미 바알에게 점령당한 장소라는 거지."
"……."
"세력을 모으고 있다고는 생각했는데 설마 외계(外界)의 세력까지 긁어모았을 줄이야."
강우는 머리가 아프다는 듯 이마를 짚었다.
'이래서 그동안 코빼기도 보이지 않았던 거군.'
마신의 심장을 손에 넣은 후 바알이 대체 뭘 하며 찌그러져 있었는지 의아했는데, 이제야 좀 이해할 수 있을 것 같았다.
'군세를 모으고 있던 거였어.'
바알 또한 자신과의 결전에서 숫자가 무의미하다는 것은 알고 있을 것이다.

그럼에도 이 정도의 군세를 끌어모으고 있다는 것은.

'아마 나랑 같은 이유겠지.'

강우가 김시훈을 각성시키고, 차연주를 화신으로 만들어 광휘교를 퍼뜨린 이유는 바알과의 결전에서 도움을 받기 위함이 아니었다. 가디언즈를 키우고 올림푸스와 에르노어의 세력을 끌어들인 이유는 어디까지나 혼자의 힘으로 지키기는 너무 거대한 지구를 지키기 위함이었다.

마찬가지로 바알은 그의 군세를 만들어 지구를 완전히 짓밟아 버릴 계획을 짜고 있었다.

강우가 필사적으로 지키려고 하는 것을. 모조리 박살 내기 위해.

"하."

강우는 헛웃음을 흘렸다.

'귀엽네, 이 새끼.'

강우는 입가를 올리며 얼음으로 이루어진 거대한 신전을 올려다보았다.

이 신전처럼 바알의 밑으로 들어간 외계(外界)의 존재가 몇이나 될지는 알 수 없었지만. 그가 지금 당장 해야 할 일은 정해져 있었다.

"자, 그럼."

강우는 신전을 둘러싸고 있는 거대한 성벽을 향해 천천히 발걸음을 옮겼다.

굳게 닫혀 있는 성문 앞에 섰다.

오른발을 들어.
"어떤 놈들이 바알의 똥구멍에 달라붙었는지 보러 가볼까."
걷어찬다.
콰아아아아아앙!!!
얼음으로 이루어진 거대한 성문이 산산이 박살 나며 쓰러졌다.

새하얀 얼음으로 이루어진 신전. 얼어붙은 왕좌에 앉아 있던 백발의 사내가 천천히 눈을 떴다.
피륙이 아닌, 반투명한 얼음으로 이루어진 육체를 지닌 사내는 푸른색으로 빛나는 눈동자로 신전의 입구를 응시했다.
"침입자가 들어왔군."
낮은 목소리로 중얼거렸다.
얼음으로 이루어진 육체를 지니고 있다고 하기에는 꽤나 뚜렷한 목소리였다.
"지, 지금 당장 수호대를 보내겠습니다!"
왕좌의 아래 도열해 있던 신하가 납죽 엎드리며 외쳤다.
백발의 사내와 마찬가지로 반투명한 얼음으로 이루어진 몸을 지닌 존재였다.
"기다리거라."
백발의 사내는 근엄한 목소리로 명했다.

그때였다.

"흥! 어떤 겁 없는 놈이 아바마마의 신전에 침입한 건가요?"

분위기와는 어울리지 않는 명랑한 목소리가 울려 퍼졌다.

기다란 백발을 흩날리며 얼음으로 이루어진 아름다운 드레스를 입은 여인이 왕좌를 향해 달려왔다.

"아리안느. 서리의 일족은 언제 어느 때나 품위를 유지해야 한다고 하지 않았느냐."

백발의 사내는 드레스를 휘말리며 달려오는 여인을 향해 꾸짖듯 말했다.

"헤헤헤. 죄송해요, 아바마마."

아리안느라고 불린 여인은 꺄르르 미소를 지으며 백발의 사내의 무릎 위에 폴짝 뛰어올라 앉았다.

"하아. 너는 도무지 철을 들 생각을 하지 않는구나."

백발의 사내는 깊은 한숨을 내쉬며 아리안느의 머리를 가볍게 쥐어박았다.

"이래서야 바알 님이 널 아내로 받아들여 주시겠느냐?"

"앗! 그게 무슨 소리예요! 전에 바알 님이 절 보고 '갈아 먹으면 시원할 것 같네'라고 칭찬해 주셨단 말이에요!"

"……그게 칭찬이 맞긴 한 게냐."

으스대듯 말하는 아리안느를 바라보며 백발의 사내는 끄응, 침음을 흘렸다.

"슬슬 '종말의 날'이 머지않았는데 갑자기 침입자라니……."

"헤헤! 아바마마! 제가! 제가 가서 다 죽여 버릴게요!"

아리안느는 번쩍 손을 들어 올리며 맑은 목소리로 외쳤다.
백발의 사내는 가늘게 눈을 뜨며 고개를 저었다.
"빙벽의 수호자를 단숨에 죽인 놈들이다. 너무 위험해."
"히힛, 그깟 고물 덩어리들 죽인 것 가지고 너무 호들갑이신 것 아닌가요?"
아리안느는 반투명한 얼음으로 이루어진 두 다리를 파닥이며 꺄르르 웃음을 터뜨렸다.
그녀는 백발의 사내의 어깨에 머리를 기대며 말을 이었다.
"놈들이 아무리 강하다고 한들 '첫 번째 하늘'의 주인이신 아바마마 앞에서는 한낱 미천한 벌레에 불과하답니다."
첫 번째 하늘의 주인, 에일레스. 서리 일족의 왕이자, 이 얼어붙은 세계의 수호신. '세계를 얼리는 자'라는 칭호를 지닌 존재. 그리고. 사천왕(四天王)이라 불리는 바알의 친위대의 수장이었다.
"방심은 금물이라고 하지 않았더냐."
에일레스는 짐짓 사나운 목소리로 말했다.
"헤헤, 알고 있어요, 아바마마!"
아리안느는 그런 그의 꾸짖음에도 아랑곳하지 않고 에일레스의 뺨에 살짝 입을 맞추더니 벌떡 몸을 일으켰다.
춤을 추듯 드레스 자락을 휘날리며 빙글 몸을 돌렸다. 유연하면서도, 유려한 몸동작이었다.
"하아. 정말 너는……."
에일레스는 깊은 한숨을 내쉬며 고개를 절레절레 저었다.

사랑하는 딸이라고 너무 오냐오냐 키운 게 아닌가, 하는 후회가 밀려왔다.

'나중에 바알 님과 맺어져야 할 아이거늘.'

그가 마음속 깊이 충성하고 있는 주인을 떠올렸다.

'히힛. 뭐야, 얼음덩어리 같은데 잘만 움직이네?'

해맑은 웃음. 마치 투명한 얼음을 연상시키는 듯한 그 웃음 속에는 감히 가늠할 수 없는 아득한 어둠이 잠들어 있었다. 그 어둠을 마주했을 때 느꼈던 공포와 전율. 그리고 경외감을 떠올렸다.

'그분이야말로 삼원(三元)의 세계의 주인이 되실 분이다.'

가슴이 두근거렸다.

종말의 날. 인류는 멸망을 맞이하고, 삼원의 세계에 새로운 주인이 탄생할 것이다. 그리고 그 새로운 주인 중 하나는 서리의 일족이 될 것이다.

'그때를 위해서라도 신전에 침입한 벌레들은 치워둬야겠지.'

에일레스는 차갑게 눈을 빛냈다.

그의 앞에 머리를 조아린 신하를 내려다보며 입을 열었다.

"지금 바로 수호대를······."

"저요! 제가 갈래요, 아바마마!"

초롱초롱 눈을 빛내는 아리안느를 바라보며 에일레스는 굳게 입을 다물었다. 딸의 똥고집이 한번 시작되면 어지간해서는 막을 수 없다는 사실을 잘 알고 있었다.

"하아."

깊은 한숨을 내쉬더니 이내 작게 고개를 끄덕였다.

"얏호!"

아리안느가 손뼉을 치며 벌떡 자리에서 일어섰다.

"아 참, 아바마마의 검을 빌려주실 수 있으신가요?"

"흠."

갑작스러운 그녀의 말에 에일레스는 침음을 흘렸다.

'뭐, 그편이 더 안전하겠지.'

에일레스는 왕좌를 가볍게 두드리며 몸을 일으켰다.

콰드드득!

그가 앉아 있던 얼음 왕좌의 형태가 점차 검의 모습으로 변했다.

새하얀 서리가 맺힌 검. 아득한 과거, 서리 일족의 일원이었던 '서리 여왕'의 힘이 담긴 검이 모습을 드러냈다.

"조심히 쓰거라."

"예!"

아리안느는 활짝 미소를 지으며 검을 받아 들었다.

"저…… 아무리 그래도 왕녀님을 같이 보내시는 건……."

넙죽 엎드려 있던 신하가 조심스럽게 입을 열었다. 그러자.

촤악!

서리의 검을 쥔 아리안느가 가볍게 손을 털었다. 엎드려 있던 신하의 목이 갈라지며 새하얀 피가 쏟아졌다.

"어디 천한 것이 멋대로 입을 놀리는 거야?"

아리안느는 에일레스 앞에서는 보이지 않았던 섬뜩한 목소리로 말했다.

이내, 콧노래를 흥얼거리며 발걸음을 옮겼다.

"히힛, 오랜만에 몸 좀 풀겠네~"

그녀는 더없이 즐겁다는 듯 빙글 몸을 돌렸다.

"······하아."

에일레스는 광기 어린 미소를 지은 채 춤을 추고 있는 자신의 딸을 바라보며 깊은 한숨을 내쉬었다.

"내가 방금 조심히 쓰라고 말하지 않았더냐."

불쾌하다는 듯, 눈살을 찌푸렸다.

"천한 것의 피가 닿지 않게 하거라."

딱, 에일레스가 가볍게 손가락을 튕기자 목이 잘린 신하의 몸이 얼음 파편이 되어 사라졌다.

"헤헤, 예, 아바마마!"

아리안느는 서리의 검을 꼭 품에 끌어안은 채 활짝 미소를 지었다.

"진짜 더럽게 넓네."

차연주가 가볍게 숨을 몰아쉬며 손바닥을 부채 삼아 파닥파닥 흔들었다.

그녀의 주위에는 반투명한 얼음으로 이루어진 육체를 지닌 기사들의 시체가 한가득 쌓여 있었다. 붉은 쇠사슬에 꿰뚫린 그들의 육체에서는 눈처럼 새하얀 액체가 흘러나오고 있었다.

"……이거 진짜 피야?"

차연주는 신기하다는 듯 서리 일족 기사들의 육체에서 흘러나오고 있는 새하얀 액체를 손가락 끝으로 콕 찔렀다.

"앗 차가!"

새하얀 액체에 손끝이 닿은 차연주는 어깨를 움찔거리며 다급히 손가락을 빼냈다.

"야, 오강우! 애들 진짜 생명체 맞아?"

반투명한 얼음으로 이루어진 육체와 액체 질소를 연상시키는 듯한 차가움을 지닌 그들의 피는 도무지 '생명체'라는 표현이 어울리지 않았다.

"죽어라, 침입자!!"

얼어붙은 신전의 입구를 지키고 있던 서리 일족의 병사가 기다란 할버드를 움켜쥔 채 강우를 향해 달려들었다.

강우는 뒤로 슬쩍 몸을 젖혀 할버드의 창날을 피한 후, 창대에 가볍게 손을 올렸다.

파각!

"뭐, 생긴 건 어딜 어떻게 봐도 그냥 얼음덩어리지만, 생명체 맞아."

포식의 권능을 통해 머릿속에 흘러들어 왔던 서리 일족의 정보를 떠올렸다.

인간의 관점으로 보면 도저히 생명체라고 납득하기 어려운 신체 구조를 지녔지만, 그들은 어엿하게 살아 있는 생명체였다. 심지어 생식 활동까지 가능했다.

'뭔가 갈아 먹으면 되게 맛있게 생겼는데.'

움켜쥔 창대를 잡아, 얼음 병사의 목덜미를 움켜쥐었다. 반투명한 얼음으로 이루어진 머리통이 보였다.

'달달한 팥을 얹고, 연유를 듬뿍 뿌려서 먹으면……'

주륵.

강우는 입가를 타고 흐르는 침을 손등으로 닦았다.

"히, 히익!"

"오, 뭐야. 감정도 제대로 느끼네?"

강우는 공포에 벌벌 떨고 있는 병사를 내려다보며 피식 웃음을 흘렸다.

성문을 호위하고 있던 얼음 거인은 감정이라는 것이 거의 느껴지지 않았지만 성문을 지나서 만난 얼음 병사들은 그래도 겉모습을 제외하고는 인간과 큰 차이가 없어 보였다.

파각!

손아귀에 힘을 줘 얼음 병사의 머리를 가볍게 터뜨린 강우는 신전 안쪽으로 천천히 발걸음을 옮겼다.

그때였다.

"흐흐흐흥~"

흥분에 찬 콧노래가 들려왔다.

소리가 들리는 방향으로 고개를 돌리자.

"아, 찾았다!"

명랑한 목소리로 짝, 손뼉을 치는 여인의 모습이 보였다.

반투명한 얼음으로 육체가 이뤄져 있지만, 몸에 착 달라붙는 드레스의 굴곡으로 보아 여성체라는 것은 어렵지 않게 짐작할 수 있었다.

"헤헤헤. 너희들이 침입자구나?"

드레스를 입은 여인은 꺄르르 웃음을 흘리며 눈을 반짝였다.

"너는……."

"난 아리안느! 서리 일족의 왕녀야!"

자신을 아리안느라고 소개한 여인은 한 손을 번쩍 들어 올리며 외쳤다.

강우는 굳게 입을 다문 채, 가늘게 눈을 떴다. 이제까지 만났던 얼음 거인과 병사와는 확연히 다른 기세가 느껴졌다.

"헤헤! 너희를 죽이러 왔어!"

해맑은 목소리와는 달리, 그 안에 담긴 살기는 섬뜩하기 그지없었다.

척, 척, 척!

환하게 미소 짓는 아리안느의 등 뒤로 서리 일족의 기사들이 모습을 드러냈다. 완벽한 진형을 갖춘 채 파티를 포위한 그들에게서는 날카로운 기도가 느껴졌다.

"그래, 어쩐지 너무 쉽다 했지."

강우는 피식 웃음을 흘렸다. 바알이 자신의 군세로 받아들였을 정도의 세력이라고 하기엔 너무 맥없이 쓰러진다 싶었다.

"……강우, 이거 숫자가 너무 많은데?"

차연주는 살짝 긴장에 찬 표정으로 말했다.

대체 어디서 튀어나왔는지 순식간에 강우 일행을 포위한 서리 일족 기사들의 숫자는 천은 가볍게 넘어 보였다. 고작 일곱에 불과한 파티의 입장에서는 부담이 되는 숫자.

하지만.

"이럴 때를 위해서 널 내 화신으로 만든 거잖아."

강우는 차연주의 어깨를 가볍게 두드리며 말했다. 그녀의 능력만큼 일 대 다수의 전투에 특화된 것은 없었다.

"……흥."

차연주는 기쁨과 부담이 뒤섞인 복잡한 표정으로 코웃음을 쳤다.

촤르르륵.

붉은 쇠사슬을 꺼내 움켜쥐며 날카롭게 주변을 살폈다.

"헤헤, 네가 침입자의 리더인 것 같네."

아리안느는 반짝이는 눈으로 강우를 바라보았다.

그녀는 허리춤에 찬 새하얀 검을 들어 올리며 외쳤다.

"나랑 싸우자!"

"싫은데."

강우는 별 관심이 없다는 듯, 심드렁한 목소리로 답했다.

"응? 뭐야? 왜? 너 싸우러 온 거 아니야?"

아리안느는 예상치 못한 반응이었던 듯 두 눈을 동그랗게 뜨며 물었다.

강우는 귀를 후비며 답했다.

"여기서 더 플래그 꼽으면 진짜 보트 엔딩 각 씨게 잡히거든."

"……?"

"아니, 아무리 그래도 얼음덩어리는 좀 선 넘었지."

촉수처럼 혐오감이 드는 것은 아니지만, 그렇다고 해서 괜찮은 것은 아니었다.

'솔직히 김칫국 들이마시는 건 아는데.'

이제까지 정신이 맛 간 여자치고 자신과 엮이지 않은 여자가 없었다.

'더 이상 감당이 안 돼.'

안 그래도 어느새 소리 소문 없이 사라진 중국인 히로인이 있지 않았던가.

강우는 몸을 돌려 한설아의 두 손을 움켜쥐었다.

"임자……. 나 믿지? 난 임자밖에 없어."

"예? 아, 예."

"그러니까 막 자르면 안 돼?"

"저…… 강우 씨가 무슨 소리를 하는지 잘 모르겠어요."

"응응. 그래. 그러면 괜찮아."

강우는 만족스럽다는 듯, 고개를 끄덕였다.

"시훈아."

"예, 형님."

"쟤는 너한테 부탁할게."

아리안느를 슬쩍 턱으로 가리키며 말했다.

보트 엔딩을 피하기 위한 것도 있지만, 김시훈에게 그녀의 상대를 맡긴 이유는 따로 있었다.

'지금 와서 내가 상대해 봤자 별 의미 없으니까.'

강자와의 전투는 성장의 중요한 밑거름이 된다. 그것은 단순한 훈련으로는 결코 얻을 수 없는 경험이었다. 그런 의미에서, 자신이 그녀를 상대하는 것은 파티원들의 성장 기회를 하나 걷어차는 것과 다를 바가 없었다.

'특히 시훈이의 재능이라면.'

이러한 기회 하나하나가 중요했다.

'그리고.'

강우는 가늘게 눈을 떴다.

어리둥절한 표정으로 이쪽을 바라보는 아리안느를 살폈다.

'분명 서리 일족의 왕녀, 라고 했지.'

그렇다면 따로 서리 일족의 왕이 존재한다는 의미였다.

'놈이 나타나기 전까지 최대한 힘을 보이지 않는 편이 좋지.'

혹시 도망치기라도 한다면 골치 아파졌다.

"뭐야, 뭐야? 감히 날 상대하는 데 부하를 보낼 생각인 거야?"

아리안느는 어처구니없다는 듯 동그랗게 눈을 뜨며 물었다. 그러더니 이내, 신경질적으로 발을 구르기 시작했다.

"정말, 저어어엉마아아알! 웃기고 있어 아주! 이 천한 것들이 감히 날 무시해?"

"오, 다행이다. 살았어."

저 대사를 친 이상 플래그 후보는 제외다.

얼어붙은 신전 275

'보트 엔딩 각 가볍게 피해주고.'

무빙 이 자식아.

"이이이이이익!"

아리안느가 신경질적인 비명을 내지르며 발을 박찼다.

얼음으로 이루어진 드레스 자락이 펄럭였다. 섬뜩한 한기를 내뿜고 있는 서리의 검이 강우의 목을 노렸다.

까아아아앙!!

무서운 기세로 휘둘러지는 아리안느의 검을 김시훈이 막았다.

시훈은 강우를 보호하듯 그의 앞을 가로막았다. 검과 검이 부딪치는 충격에 김시훈의 머리칼이 살짝 흔들렸다.

충격이 만만치 않았는지 표정을 찡그렸다.

'오우, 야.'

개멋있네 진짜. 아니, 솔직히 너무 잘생긴 거 아니냐. 저저저 땀방울 맺힌 턱선 보소. 아주 그냥 베이겠어.

'왜 그래, 시훈아.'

형 가슴 떨리잖아.

"네 상대는, 나다."

꺄아아악! 시훈 오빠!!

"이익! 비켓! 천한 것들에겐 관심 없단 말이야!"

아리안느는 어떻게든 강우와 싸우고 싶다는 듯 신경질을 부리며 서리의 검을 휘둘렀다. 본능에 따라 난잡하게 휘두르는 검격처럼 보였지만, 급소를 정확하게 노리고 파고드는 검격은 노련한 무인의 공격처럼 날카롭기 그지없었다.

카앙! 캉! 카아아앙!

"크윽!"

김시훈의 표정이 거칠게 일그러졌다. 치렁치렁한 드레스를 입고, 이성을 잃은 맹수처럼 날뛰는 모습에서는 도저히 상상할 수 없는 유려한 검격이 이어졌다.

"……호오."

강우는 눈을 반짝이며 김시훈과 아리안느의 전투를 관전했다.

'장난 아닌데?'

적어도 검술이라는 카테고리에서는 김시훈은 자신을 압도한다. 실제 김시훈이 이제까지 패배한 전투를 보면 상대적으로 검술의 경지가 떨어져서 진 것은 태무극을 상대할 때 정도 외에는 없었다.

하지만.

'시훈이한테 전혀 안 밀리잖아.'

아리안느의 검술은 그런 김시훈을 상대로 전혀 밀리지 않았다.

까아아앙!

한 차례 격렬한 검격이 오간 후, 아리안느와 김시훈은 거리를 벌리며 떨어졌다.

"이건……."

김시훈의 눈빛에 경악이 서렸다. 설마 저 치렁치렁한 드레스를 입은 얼음덩어리와 검술로 팽팽한 전투를 하게 되리라고는 생각하지 못했던 모양.

"……너, 뭐야?"

얼어붙은 신전

경악한 것은 김시훈만이 아니었다.

아리안느 또한 깜짝 놀랐다는 듯 푸른빛으로 빛나는 눈을 가늘게 뜨며 김시훈을 바라보았다.

"뭐지? 이럴 리가 없는데?"

아리안느는 고개를 갸웃거리며 자신의 검을 내려다보았다.

그녀의 검술을 받아낼 수 있는 존재가 인간 중에 있다니. 상상조차 하지 못한 일이었다.

김시훈은 입술을 지그시 깨물며 무형검을 고쳐 잡았다.

"헤헤. 그냥 천한 인간인 줄 알았는데, 그게 아니었네!"

아리안느는 방방 자리에서 뛰어오르며 환호성을 질렀다.

콰드득!

그녀는 치렁치렁한 드레스의 자락을 길게 찢었다. 반투명한 얼음으로 이루어진 매끄러운 다리가 드레스 사이로 나왔다.

"히히. 그럼 다시 시작해 보자고!"

서리의 검이 새하얀 빛으로 빛났다.

한층 더 움직임이 빨라진 아리안느의 검격이 폭풍처럼 김시훈을 난타했다.

"하아, 하아."

김시훈은 호흡을 고르며 침착하게 검격을 막았다.

"침입자를 제압해라!"

"진형을 유지한 채 전진하라!"

김시훈과 아리안느의 교전이 다시 시작됨과 동시에 강우 파티를 둘러싸고 있던 서리 일족의 기사들이 점차 포위를 좁혔다.

수호대의 대장으로 보이는 장군이 얼음으로 만들어진 검을 들어 올려 강우를 겨눴다.

"너희는 완전히 포위됐다! 순순히 투항하라!"

서리 일족의 장군이 날카로운 눈빛으로 강우를 노려보았다.

강우는 어깨를 으쓱이며 입을 열었다.

"우리가 왜?"

"고작 일곱에 불과한 숫자로 뭘 할 수 있다고 생각하지?"

장군은 헛웃음을 흘리며 강우 파티를 노려보았다.

서리 일족의 검희(劍姬)라 불리는 아리안느와 단신으로 싸우고 있는 전사는 분명 대단한 실력자이나, 이쪽에는 뒤에 대기하고 있는 병력까지 합쳐서 일만에 달하는 서리 일족의 정예병이 있었다.

일만의 병력과 고작 일곱에 불과한 침입자 무리. 둘 중 누가 유리하게 될지는 굳이 생각해 볼 필요도 없는 일이었다.

"우리에겐 군대가 있다."

서리 일족의 장군이 위협적인 목소리로 말했다.

"그래?"

낄낄낄.

강우는 어깨를 들썩이며 웃음을 터뜨렸다.

"우리에겐 발록이 있지."

그 말과 동시에.

콰아아아앙!

전신에 검은 갑주를 입은 근육질의 악마가 거칠게 주먹을 휘둘렀다. 진형을 갖추고 있던 서리 일족의 기사들 수십이 단 한 번의 일격에 곤죽이 되어 튕겨 나갔다.

"크아아아아아아아!!"

흉포한 데몬 로어(Demon Roar)가 얼어붙은 신전을 뒤흔들었다.

· 9장 ·
첫 번째 하늘의 주인

"커헉!"

"아아악!"

폭발하듯 울려 퍼진 데몬 로어를 근처에서 받아낸 서리 일족의 기사들은 귀를 막은 채 몸을 웅크렸다. 그중에는 입에서 새하얀 눈가루를 토해내며 쓰러지는 자도 있었다.

단숨에 일 만에 달하는 기사들의 사기를 짓밟아 꺾어버리는 악마의 일갈(一喝).

"크읏."

서리 일족의 장군은 입술을 짓씹었다. 고작 포효 한번으로 기사들의 진형이 흐트러지며 혼란이 퍼졌다. 공간의 제약으로 인해 멀리서 대기하고 있던 기사들은 그나마 괜찮았지만 포위망을 좁히고 있던 기사들의 피해는 꽤나 심각한 수준이었다.

"정신 차려라!"

장군의 다급한 호통이 울려 퍼졌다. 한 풀에 꺾여 나간 사기를 다시 원래대로 되돌려야 했다.

"적들의 숫자는 고작 일곱에 불과하다!"

사기를 진작시키는 데 가장 효과적인 것은 아군의 우세를 확실하게 각인시키는 것. 이길 수 있다는 확신을 주는 것이다.

장군의 외침에 기사들 사이에 퍼졌던 혼란이 빠른 속도로 진정되기 시작했다.

"쉴 틈을 주지 말고 몰아붙여라! 체력이 다한 기사들은 바로 후열로 이동해서 차륜전을 펼쳐랏!"

압도적이라고 할 수 있는 숫자의 차이가 있었지만, 서리 일족의 장군은 무작정 돌격을 명하지 않았다.

침입자 하나하나의 전력이 무시할 수 없는 수준이라는 것은 익히 알고 있는 상황. 이미 포위망을 완성한 상황에서는 차륜전을 통해 적의 체력을 고갈시키는 것이 가장 효율적이었다.

기사들은 흐트러진 진형을 가다듬으며 천천히 포위망을 좁혔다.

"크ㅎㅎㅎ."

발록은 그런 기사들을 바라보며 낮은 웃음을 흘렸다.

압도적인 숫자의 차이를 이용한 차륜전이 효과적이라는 것은 분명한 사실이나.

"잔머리를 굴리는군."

'발록'이라는 거대한 폭력 앞에는 무의미한 전략이었다.

"크아아아아!!"

다시 한번 데몬 로어를 터뜨리며 거칠게 발을 박찼다.

파티원들을 압박하고 있는 포위망을 주먹 한 방에 찢어버리고는, 포위망 안쪽으로 망설임 없이 몸을 던졌다.

"저, 저런 미친……!"

서리 일족 장군의 입이 쩍 벌어졌다.

포위망을 좁힌 상황에서 단신으로 그 포위망을 뚫고 진형 내부로 몸을 던지다니? 죽여달라고 외치는 듯한 자살행위였다.

"저놈을 죽여랏!"

강우 파티를 둘러싸고 있던 포위망이 발록 하나에게 집중됐다.

"크하하하핫!"

발록은 즐겁다는 듯 웃음을 터뜨렸다. 양 떼 사이에 들어간 맹수처럼 날뛰며 거칠게 주먹을 휘둘렀다.

콰득! 콰드득!

두터운 갑주에 뒤덮인 팔에 얻어맞은 서리 일족의 기사들이 공깃돌처럼 튕겨 나갔다.

순식간에 백에 가까운 숫자의 기사들이 얼음 파편이 되어 박살 났다.

"흐읍!"

발록은 깊게 숨을 들이쉬며, 자신을 향해 달려드는 기사의 몸통을 한 손으로 잡아 들어 올렸다.

쿠득!

"커헉!"

터질 듯한 근육으로 뒤덮인 손아귀에 쥐어진 기사의 몸이 우그러지며 새하얀 피가 쏟아졌다.

서리 일족 기사의 시체를 손에 움켜쥔 채, 발록은 고개를 돌렸다. 얼굴을 뒤덮은 검은 투구의 틈 사이로 마치 횃불을 켠 듯 흉포한 눈빛이 일렁였다.

"히, 히익!"

정면에서 그 눈빛을 받은 서리 일족 장군의 표정이 창백하게 질렸다.

발록은 씨익 입가를 비틀어 올리며 팔을 뒤로 젖혔다.

왼 다리를 들어 올리며 몸을 비틀었다.

치이이이이이익!!

검은 갑주의 틈으로 새하얀 증기가 뿜어져 나왔다.

투수가 공을 집어 던지듯, 손에 쥔 기사의 시체를 있는 힘껏 집어 던진다.

"마, 막아……."

무언가 소리치려던 장군을 향해 서리 기사의 몸이 포탄처럼 쏘아졌다.

장군이 대경한 표정으로 방패를 들어 올렸지만.

콰아앙!

"크아아아아악!"

무시무시한 속도로 쏘아진 기사의 시체가 장군의 몸을 후려쳤다. 장군은 전신을 뒤흔드는 끔찍한 격통에 비명을 지르며 바닥을 굴렀다.

"아, 아으."

덜덜덜. 장군의 몸이 떨렸다.

거대한 충격에 방패를 든 팔째로 뜯겨져 떨어져 나갔다. 찢겨 나간 팔에서 새하얀 피가 쏟아졌다. 고통과 고통과 고통에 정신이 짓이겨진다. 호흡이 거칠어지며, 시야가 뒤틀렸다.

흐릿하게 점멸하는 시야 너머로.

"질긴 놈이군."

검은 갑옷의 사신이 보였다.

"아……."

장군의 입에서 무슨 말이 흘러나오기도 전에.

쿠득.

발록의 손이 장군의 머리를 거칠게 잡았다.

몸통에서 통째로 머리를 뽑아내며 외쳤다.

"적장! 물리쳤다!"

뽑혀 나간 장군의 머리가 바닥을 데구르르 굴렀다.

"자, 장군님!!"

"크윽!"

지휘관이 사라지자 데몬 로어를 맞았을 때와는 비교할 수 없는 혼란이 퍼지며 순식간에 기사들의 포위망이 흐트러졌다.

"저, 정신 차려라! 계속 밀어붙엿!"

부관으로 보이는 기사가 다급히 소리치며 어떻게든 혼란을 수습하려고 했지만.

"홍련(紅蓮) 4식."

촤르르륵!!

쇠사슬로 이루어진 붉은 연꽃이 넓게 퍼졌다.

"폭쇄(爆鎖)."

콰과과과과광!!!

흐트러진 포위망 사이로 뻗어 나간 붉은 연꽃이 연쇄 폭발을 일으켰다.

얼음 파편과 새하얀 피가 사방에 튀었다.

"흐으응!"

검은 머리칼의 소녀가 입을 쩍 벌리며 힘찬 콧바람을 뿜었다.

"FUS RO DAH!!"

에키드나의 입에서 흘러나온 용언(龍言)이 강렬한 돌풍을 만들었다.

차연주가 만들어낸 폭발이 돌풍과 뒤섞여 끔찍한 열풍으로 변해 서리 일족의 기사들을 덮쳤다.

그와 동시에.

"성역(聖域) 전개."

한설아의 등 뒤에 펼쳐진 열두 장의 날개가 타오르듯 강렬한 빛에 휩싸였다.

모든 종류의 상태 이상과 방해 효과에 면역이 되며, 스탯을 대폭적으로 올려줌과 동시에 지속적인 체력 회복까지 해주는 사기적인 광역 버프가 펼쳐졌다.

"와, 뭐야 이거? 미쳤는데?"

차연주가 눈을 동그랗게 뜨며 한설아를 돌아보았다.

이제까지 한설아의 버프를 받아본 경험은 많았지만, 이 정도로 엄청난 효과는 처음이었다. 마치 신격을 처음 각성했을 때처럼 전신에서 강대한 힘이 끓어올랐다.

"좋아."

차연주는 씨익 웃으며 양팔을 벌렸다.

전신에 끓어 넘치는 힘을 폭발시키는 마법의 주문을 입에 담았다.

"오강우 개새끼!!"

붉은 쇠사슬이 폭풍처럼 주변을 휩쓸었다. 서리 일족의 기사들이 추풍낙엽처럼 쇠사슬에 쓸려 나갔다.

"나쁜 새끼! 치사한 새끼! 개자식이 말이야? 어? 사람 맘을! 그렇게 가지고 놀고!!"

차연주는 서리 기사들을 향해 공격을 퍼부으며 스트레스를 한껏 발산했다.

전투를 지켜보던 강우는 어처구니없다는 표정으로 그녀에게 시선을 향했다.

"아니."

내가 뭘 잘못했다고.

'너무 억울하네, 진짜.'

다시 한번 '오빠~앙'으로 교육을 해줘야 하나.

"여기는 뭐…… 문제없을 것 같고."

발록과 차연주를 중심으로 붕괴하기 시작한 포위망을 바라보던 강우는 천천히 고개를 돌렸다.

까아앙! 캉!

"하아, 하아."

"꺄하하핫! 죽엿! 죽으라고!!"

그곳에는 김시훈과 아리안느의 격전이 한창 이어지고 있었다.

아리안느는 김시훈과의 전투에 완전히 심취했는지, 소름 끼치는 웃음을 터뜨리며 새하얀 검을 난폭하게 휘둘렀다.

난폭하게 휘두른다고 해서 이성을 잃고, 광기에 휩싸인 채 무차별적으로 휘두른다는 의미가 아니었다. 아리안느의 검은 맹수처럼 난폭하게 휘둘러지면서도 그 안에 섬뜩한 이빨을 숨기고 있었다.

카아앙!

"크읏!"

어지럽게 휘둘러지는 검격 사이, 목을 노리며 찔러오는 일격을 튕겨낸 김시훈은 낮은 침음을 흘렸다.

"하아, 하아."

호흡이 거칠어졌다. 검 끝에 목숨이 담긴 전투에, 식은땀이 흘러내렸다.

수련을 위한 대련 따위에서는 느낄 수 없었던 생생한 공포. 조금만 실수를 하는 순간 그대로 죽을 수 있다는 강렬한 긴장감이 몸을 태웠다.

그런 극한에 가까운 전투 속에서.

"하, 하하."

김시훈은 어깨를 들썩였다.

아리안느처럼 광기에 휩싸인 것은 아니지만, 짜릿짜릿한 흥분에 전율하고 있는 것은 그도 마찬가지였다.

'얼마 만일까.'

'검(劍)'의 영역에 있어서, 그와 대등한 경지에 있는 존재와 싸운 적이.

"쓰읍, 후우."

깊게 숨을 들이쉰다.

몸을 태우는 흥분과 전율에 의식을 맡긴다.

마음으로 이루어진 검. 육체의 한계를 넘어, 의식의 영역에 닿은 검을 손에 쥔다.

"히힛! 뭐야, 뭐야, 뭐야! 너, 정말 대단하잖아!"

아리안느의 외침을 무시한다.

집중하는 것은 어디까지나 새하얀 서리가 뒤덮인 검 끝. 그 움직임 하나하나가 선명하게 머릿속에 새겨졌다.

'넘어설 수 있을까?'

거대한 중압감이 어깨를 짓눌렀다.

사실 순수한 검술의 영역만 놓고 본다면, 넘어설 자신이 있었다. 하지만.

김시훈은 깊게 가라앉은 눈빛으로 자신의 손을 내려다보았다.

덜덜덜.

어느새 그의 손에는 새하얀 서리가 내려앉아 있었다. 검격을 이어갈 때마다 손끝에서부터 시작해서 팔 전체가 얼어붙는 것 같은 한기가 느껴졌다.

'저 검의 힘인가.'

김시훈은 아리안느가 쥔 새하얀 서리의 검을 바라보았다.

저 검에 담긴 끔찍한 한기는 '천검(天劍)'의 신격을 가볍게 뚫어내며 그의 육체를 얼어붙게 만들고 있었다. 싸움이 길어지면 길어질수록 그의 움직임은 둔해졌고, 대미지는 누적됐다.

"흐응, 슬슬 끝내야 할 것 같네. 아~ 아쉬워라. 이렇게 재밌을 줄 알았다면 아바마마의 검을 사용하지 않는 건데!"

이건 너무 밸런스가 안 맞는다고.

아리안느는 입술을 삐쭉 내밀며 투정했다.

"히힛, 그래도 빨리 널 죽여야 너희의 리더를 죽일 수 있으니 참을래! 헤헤, 빨리 다 죽여 버리고 아바마마한테 가서 칭찬받아야지~!"

김시훈은 지그시 눈을 감았다.

시끄럽게 울리는 아리안느의 말은 무시했다. 그딴 건, 중요하지 않았다.

'생각해.'

오로지 검만을.

보는 것만으로 전율이 느껴지는 저 새하얀 검의 끝을 응시한다. 검을 해석한다. 파헤치고, 분석하고, 통찰한다.

'보이지 않아.'

저 검을 넘어설 수 있는 방법이 보이지 않았다.

의식이 어둡게 점멸했다. 어둡게 점멸하는 의식 속에서, 새하얀 검만이 선명하게 떠올랐다.

"하아."

달뜬 숨을 토해낸다. 짜릿한 전율이 등골을 타고 퍼진다. 마치 각성제를 먹은 듯, 머리가 뜨겁다.

'넘어서는 게 아니야.'

저 검의 움직임을 분석하고, 해석하는 것이 아니다.

김시훈은 검을 쥐었다.

검을 쥔 손에서 감각이 느껴지지 않았다. 마치 육체의 일부가 검과 이어진 것 같은 감각이었다.

'아니.'

검과 이어진 것이 아니다. 몸 전체가 하나의 검으로 변한 감각이다.

"그럼, 이제 끝내자!"

타닥.

아리안느가 발을 박찼다. 새하얀 검에서 무시무시한 냉기가 뿜어져 나왔다.

김시훈의 몸이 딱딱하게 굳었다. 한설아가 펼친 성역(聖域)의 영역 안으로 들어갈까 잠시 고민이 스쳤다.

이내 김시훈은 고개를 저었다. 여기서 한설아의 도움을 받는 것은, 아무런 의미가 없다.

'나는.'

김시훈의 눈이 날카롭게 빛난다. 뜨겁게 달아오른 머리에 의식이 타오르는 것 같았다.

"천룡(天龍)."

자세를 낮추고, 무형의 검을 손에 쥐었다.

언젠가 보았던 태무극의 검격. 도저히 항거할 수 없었던 그 아득한 경지를 향해.

"일섬(一閃)."

검을 뻗었다.

아리안느의 표정에 경악이 서렸다.

마치 세계가 쪼개지듯, 공간 자체가 베어져 어긋나는 것이 보였다.

"뭐, 뭐야……!"

아리안느의 얼굴에 처음으로 공포의 감정이 떠올랐다. 저 검격은 위험하다는 본능적인 경고가 머릿속에 울려 퍼졌다.

"꺄악!"

아리안느는 앞으로 달려가는 것을 멈추고 두 눈을 질끈 감았다.

한 줄기 섬광과 같은 검격이 그녀의 목에 닿기 직전.

카아아아아앙!!!

뒤에서 나타난 존재가 아리안느의 손을 잡고 검을 움직였다.

"커헉!"

김시훈이 피를 토하며 뒤로 튕겨 나갔다.

"아……."

아리안느는 자신의 손을 잡은 존재를 돌아보았다.

그녀의 눈가에 눈물이 맺혔다.

"아바마마!"

"많이 무서웠겠구나, 아리안느."

그녀의 등 뒤에서 나타난 백발의 사내가 덜덜 떨고 있는 아리안느의 몸을 조심스럽게 끌어안았다.

아리안느는 백발의 사내의 품에 고개를 묻은 채 눈물을 터뜨렸다.

"흐아앙! 아, 아바마마!!"

"그래, 그래."

"죄, 죄송해요, 아바마마. 끄윽. 처, 천한 것들에게…… 끄윽 져, 져버…… 끄윽, 렸어요."

"괜찮다."

백발의 사내는 그녀의 머리를 쓰다듬으며 손에 쥔 서리의 검을 가져갔다.

차갑게 식은 눈으로 몸을 돌렸다.

김시훈을 향해 검을 겨누며, 나지막이 명했다.

"얼어붙어라."

콰드드드득!!

무시무시한 서리의 폭풍이 김시훈을 노리고 쏘아졌다.

"크윽!"

김시훈은 경악한 표정으로 몸을 웅크렸다.

피할 수 있는 공격도, 막을 수 있는 공격도 아니었다.

차가운 서리와 같은 죽음이 그를 덮쳤다.

그때.

화르르르륵!

"히야, 새끼 씨바 등장 타이밍 봐라, 예술이네, 진짜. 대사도 그냥 와…… 아주 반하겠어 그냥."

서리의 폭풍이, 검은 태양에 집어삼켜졌다.

"야, 솔직히 노렸지? 응? 막 한 5분 전부터 관전하면서 '아…… 시바, 이때쯤 등장하면 지리겠지?' 뭐 이런 생각으로 대기 타고 있었던 거 아냐?"

그치? 내 말 맞지?

"푸헤헤헤헿! 뭘 그렇게 띠껍게 처다보세요? 이야, 진짜 관전하고 있던 것 맞구나? 너도 솔직히 방금 딱 등장하면서 스스로 좀 멋지다고 생각했지? 응? 감동적이라고 생각했지?"

무겁고 진중한 분위기의 전장을 단 5초 만에 박살 내버리는 경박한 웃음소리가 울려 퍼졌다.

"어이구, 기껏 각 잡고 등장했는데 어쩌냐 이거."

다른 소설이었다면 간지가 철철 흐르는 등장 씬이었을 텐데.

"이 집이 원래 좀 간지에 각박해."

낄낄낄.

검은 태양 속에서 날카로운 눈매의 청년이 걸어 나왔다.

"……너는."

에일레스는 가늘게 눈을 떴다.

강우를 응시하는 그의 표정은 무섭게 굳어 있었다.

무례하고, 경박하기 짝이 없는 언행에 표정을 굳힌 것이 아니었다. 그가 무서운 표정으로 응시하고 있는 것은.

화르르륵!

서리의 검으로 쏘아 보낸 폭풍을 집어삼킨 불꽃이었다.

'어찌 인간이 서리 여왕의 힘이 담긴 언령(言靈)을……?'

언령. 힘이 담긴 언어를 입으로 내뱉음으로써, 물리 법칙을 초월한 기적을 행사하는 것. 서리검에는 서리 여왕의 힘이 깃들어 있었고, 언령을 사용함으로써 그 힘을 발동시키는 것이 가능했다. 언령의 힘으로써 발동된 서리 폭풍은 설사 최상(最上)급 신격을 지닌 존재라도 무시할 수 없는 끔찍한 위력을 지녔다.

'분명 그러할진대.'

에일레스는 서리검에서 쏟아져 나온 폭풍을 집어삼킨 불꽃을 바라보았다. 검은색과 황금색이 뒤섞인, 검은 태양과도 같은 불꽃. 섬뜩한 전율이 등골을 타고 퍼졌다.

에일레스는 서리검을 쥔 채 품에 안은 아리안느를 향해 나지막이 말했다.

"안전한 곳으로 피해 있거라."

"아바마마……?"

"빨리."

에일레스는 반론을 허용하지 않겠다는 듯, 단호한 목소리로 말했다.

아리안느는 잠시 눈물을 글썽거리더니, 이내 찌릿 강우를 노려보고는 몸을 돌렸다.

"흥! 아바마마! 저 천한 것들을 모두 죽여주세요!"

"……그래."

에일레스는 두 주먹을 불끈 쥐며 자신을 바라보는 아리안느의 모습에 자상한 미소를 머금었다.

"얼씨구."

강우는 그런 그들의 모습에 헛웃음을 흘렸다.

"아주 드라마를 찍네, 드라마를 찍어. 누가 보면 이쪽이 나쁜 놈인 줄 알겠어?"

어라? 잠깐만.

"지금은 우리가 침입한 입장이니 우리가 나쁜 놈이 맞나……?"

강우는 팔짱을 낀 채 고개를 갸웃거렸다.

그들의 바알의 수하인 이상 인류의 적이자 세계의 위협이 될 존재라는 것은 틀림없는 사실이지만, 지금 상황만 잘라놓고 보면 악역은 그들이 아닌 강우가 맞았다.

에일레스는 고개를 갸웃거리는 강우를 바라보며 눈살을 찌푸렸다.

"말이 많은 인간이로군."

"원래 주둥이 하나 믿고 살아가는 새끼라서요."

"과연 머리가 잘리고도 그렇게 떠들 수 있는지 궁금하군."

"응? 나 머리 잘려도 떠들 수 있는데?"

설마 너는 머리 잘렸다고 말도 못 하니?

에일레스는 불쾌하다는 눈빛으로 강우를 노려보았다.

강우는 낄낄 웃으며 어깨를 들썩였다.

"뭐, 쓸데없는 잡담은 여기까지 하고."

경박스러웠던 그의 분위기가 일순 뒤바뀌었다.

서리 일족에 뒤지지 않는 차가운 시선을 향했다.

나지막이 입을 연다.

"너, 바알이랑 무슨 관계냐?"

가느다란 얼음으로 이루어진 에일레스는 눈썹이 꿈틀거렸다.

"함부로 그분의 존함을 입에 담지 마라."

"흐음. 존함이라고 하는 걸 보니 바알 밑에 있는 놈은 확실하고······."

강우는 가늘게 눈을 떴다.

바알의 수하 중, 이 정도로 강력한 힘을 지닌 존재라면.

'사천왕인가?'

아마도 그럴 가능성이 높았다.

"나는 바알 님의 충실한 종이자 첫 번째 하늘의 주인, 에일레스다."

"응. 그래, 그럴 것 같더라."

강우는 고개를 끄덕이며 답했다.

'전에 세계수에 들러붙었던 놈이 네 번째 하늘의 주인이라고 했지?'

분명 모압이라는 이름을 지닌 외계의 신이었다.

'그놈이 자기는 사천왕 중 최약체니 뭐니 했으니까.'

단순하게 생각해 보면 '첫 번째 하늘의 주인'이라면 사천왕 중에 수장쯤 되는 존재이리라.

'이거 땡잡았는데?'

강우는 씨익 입가를 올렸다.

대충 게이트 이상 현상이나 조사하러 온 거였는데, 생각지도 않게 대물을 잡아버렸다.

'안 그래도 이쪽만 일방적으로 정보가 털리는 게 상당히 마음에 안 들었는데.'

지금은 일시적으로 차단된 상태이지만, 바알은 그전까지만 해도 시스템의 개입을 통해 자신에 대한 정보를 낱낱이 파악했다.

하지만 그에 비해 자신은 바알이 지금 어디에 있는 지는커녕 어느 정도 규모의 군세를 지니고 있는지, 그 군세를 이용해 언제쯤 움직이려는지 하나도 알지 못한다.

'저놈이 사천왕 중의 수장이라면.'

그 일방적인 정보의 격차를 좁힐 만한 귀중한 정보를 지니고 있을 것이 분명했다.

"좋구만."

강우는 활짝 웃으며 입술을 핥았다.

"……뭐가 좋다는 거지?"

"너한테서 바알에 대한 정보를 좀 얻을 수 있을 것 같아서 말이야."

"하."

에일레스는 헛웃음을 흘렸다.

그는 사납게 이글거리는 눈빛으로 강우를 노려보았다.

"내가 그걸 알려주리라고 생각하나?"

어처구니없다는 듯 물었다.

그리고.

"응."

망설임 없이, 강우는 고개를 끄덕였다.

환하게 웃으며 허리를 살짝 숙였다.

"알려줄 거라고 생각해."

에일레스는 더 이상 말이 통하지 않는다고 생각했는지 차가운 눈빛으로 고개를 저었다.

서리의 검을 움켜쥐며 천천히 발걸음을 옮겼다.

"그럴 의무는 없다."

"괜찮아, 의무 같은 건 만들면 그만이니까."

강우는 낄낄 웃음을 흘리며 에일레스의 앞에 섰다.

어차피 순순히 에일레스가 정보를 불 거라고는 생각한 적도 없다.

'사천왕의 수장이라.'

강우는 흥분에 찬 눈으로 에일레스를 바라보았다.

입맛을 다시며, 허리춤에 찬 잉그리움을 꺼내 들었다.

화르륵.

탐식의 불이 잉그리움의 칼날에 맺혔다.

가볍게 몸을 숙이고, 튕기듯 발을 박찼다.

쿠웅!

신전 전체가 뒤흔들렸다.

'우선은 가볍게.'

검을 내려쳤다.

콰아아앙!

서리의 폭풍과 탐식의 불이 격돌했다. 얼음과 불이 뒤엉키며, 어마어마한 양의 증기가 신전 안을 가득 채웠다.

"얼어붙어라."

에일레스가 언령을 내뱉었다. 서리의 검에서 끔찍한 한기가 피어오르며 강우를 덮쳤다.

강우의 입가가 올라갔다.

"그거, 언령이지?"

잉그리움의 검을 쥔 손에 힘을 더하며, 앞으로 발을 내디뎠다. 살짝 비튼 몸에 회전을 실어.

"타올라라."

언령을 내뱉었다.

화르르르르륵!!

탐식의 불이 서리의 폭풍을 집어삼키며 순식간에 몸집을 키웠다.

"무슨……!"

에일레스의 눈이 경악에 물들었다. 언령의 공격을 막아냈을 때 설마 싶었지만, 진짜 언령까지 사용할 줄이야!

"크웃!"

에일레스는 서리 폭풍을 집어삼키며 뻗어 나오는 탐식의 불을 보며 다급히 거리를 벌렸다.

그가 서 있던 자리에 커다란 구덩이가 생기며 얼어붙은 신전의 바닥이 증발해 사라졌다.

'저 인간은 대체……'

이해할 수 없다는 듯, 강우를 바라보았다. 마치 끔찍한 악몽을 꾸는 듯한 감각이었다.

에일레스는 입술을 짓씹으며 서리검을 낮게 휘둘렀다.

콰자자자작!

서리검이 지나간 자리를 따라 거대한 얼음벽이 솟구쳤다.

탐식의 불과 얽힌 얼음벽이 새하얀 증기를 내뿜으며 사라졌다.

"후우."

잠깐의 틈이 생긴 사이, 에일레스는 깊게 숨을 들이쉬었다. 혼란스러운 머릿속을 정리하고 눈앞의 적에 집중했다.

대체 저런 인간이 어디에서 갑자기 튀어나왔는지는 알 수 없었지만.

'바알 님의 대계(大計)에 방해가 될 존재다.'

그 사실 하나만은 확실했다.

"서리의 정령이여."

에일레스는 나지막한 목소리로 입을 열었다.

침입자가 지닌 힘이 그의 예상을 아득히 뛰어넘었다고는 하나.

"왕의 이름으로 명하노니."

이곳은 얼어붙은 신전. 서리 일족의 땅이며, 서리의 힘이 가장 강력하게 발휘될 수 있는 공간이었다.

"불을 잠재워라."

에일레스의 몸 주변에 마치 솜뭉치 같은 서리의 정령들이 나타났다.

수십, 수백, 수천. 눈 깜짝할 사이에 주변 공간 전체를 잠식한 서리의 정령들의 몸이 동시에 부풀어 올랐다.

쩌저저저적!!

공간 자체가, 얼어붙는다. 숨을 쉬는 것만으로 폐가 얼어버릴 정도의 한기가 강우를 덮쳤다.

강우는 몸을 뒤로 빼내며 왼팔을 앞으로 뻗었다. 왼팔에 타오르고 있던 탐식의 불이 끔찍한 한기에 뒤덮여 사그라들었다. 한설아가 설치한 성역의 영향력 안에 있었지만, 에일레스의 마법은 성역의 보호를 뚫어버리며 강우의 왼팔 전체를 얼음덩어리로 만들었다.

"끝났군."

에일레스는 더 이상 볼 것도 없다는 듯, 왼팔이 얼음덩어리로 변한 강우에게서 고개를 돌렸다.

서리 정령의 침식이 시작된 이상, 이미 승패는 결정지어진 것과 다를 바 없다.

"헤에."

강우는 흥미롭다는 듯 팔꿈치 아래로 얼음덩어리가 된 자신의 왼팔을 내려다보았다.

쩌적, 쩌저적!

서리의 힘이 그를 침식했다.

마치 독이 퍼지듯, 얼음덩어리의 범위가 점차 넓어졌다. 왼팔의 팔꿈치에서 어깨, 쇄골을 지나 가슴까지. 점차 그의 몸이 얼음덩어리로 뒤덮여 가고 있었다.

"시원하긴 하네."

강우는 피식 웃음을 흘렸다.

그의 몸을 침식하던 한기가 전신에 퍼졌다.

얼음덩어리가 온몸을 뒤덮었다. 마치 얼음으로 만들어낸 동상이 된 듯, 강우의 움직임이 멈췄다.

"더 이상 그 잘난 입도 나불거릴 수 없게 되었구나."

에일레스는 콧방귀를 끼며 몸을 돌렸다.

아직 침입자 모두를 처리한 것이 아니었다. 얼음 동상으로 만들어야 할 대상은 여섯이나 더 있었다.

"음……. 완전히 얼었네."

"가, 강우 씨의 동상…… 꿀꺽."

차연주는 심드렁한 눈빛으로 얼음덩어리로 변한 강우를 바라보고 있었고, 한설아는 하악, 하악 거친 숨을 내쉬며 침을 흘리고 있었다.

"……음?"

에일레스의 표정이 일그러졌다.

침입자들의 반응이 이상했다. 눈앞에서 동료가 죽었을 때 인간들은 보통 이성을 잃고 분노하거나, 공포에 질려 벌벌 떠는 것이 상식적인 반응이다.

하지만.

'왜…….'

아무도 두려움에 떨지 않는다. 아무도 분노에 차오르지 않는다.

그때.

쩌적.

강우를 뒤덮고 있던 얼음에 새하얀 금이 가기 시작했다.

갈라진 얼음의 틈새로 검은 태양과도 같은 불길이 치솟았다.

"내가 말했잖아."

부서진 얼음의 틈에서 강우가 걸어 나왔다.

씨익. 입가를 비틀어 올렸다.

"대가리를 잘라도 나불거릴 수 있다고."

고작 전신이 얼음덩어리가 되는 것 따위로. 그를 죽음에 이르게 할 수 있을 리가 없었다.

"너는……."

에일레스의 두 눈이 부릅뜨였다.

그의 몸을 잠식하는 공포를 느꼈다.

침입자를 처음 마주한 순간 느꼈던 이질감. 그 이질감의 정체가 무엇인지, 그는 이제야 깨달을 수 있었다.

"인간이, 아니었구나."

공포에 질린 그를 바라보며, 강우는 방긋 미소를 지었다.

탐식의 불이 그의 몸을 뒤덮는다. 아니, 그의 몸이 탐식의 불 자체로 변하기 시작했다. 혼돈을 머금은 불길이 찬연히 타올랐다. 그리고.

촤악.

검은 태양이 날개를 펼쳤다.

화르르륵!

얼어붙은 신전을 이루고 있던 투명한 얼음들이 녹아내려 흐르기 시작했다.

"자."

강우는 얼어붙은 신전 전체를 녹여 버리며 나지막이 입을 열었다.

"이제 그 알려줄 의무라는 게 좀 생겼어?"

에일레스는 서리의 검을 굳게 쥐었다.

타오르는 검은 태양을 바라보며 그는 자신의 미래를, 이 싸움의 승패를 직감했다.

'아리안느······.'

지그시 두 눈을 감았다. 몸을 돌려 도망친 자신의 딸을 떠올렸다.

날개를 활짝 펼친 채 타오르고 있는 검은 태양을 향해 몸을 돌렸다. 천천히 눈을 뜬다. 굳은 결의가 담긴 푸른 눈으로 강우를 응시했다.

"설사 이곳에서 내가 녹아 사라지는 한이 있더라도."

바알에 대한 그의 충성심. 주군을 향한 그의 신념은.

"결코 꺾이지 않을 것이다."

"아니."

결의 찬 그의 말을 잘라내며 강우는 혀를 길게 내밀어 입술을 핥았다.

선언하듯. 단정 짓듯 말한다.

"네 신념은 꺾이게 될 거야."

낄낄낄.
악마는 어깨를 들썩이며 웃었다.

· 10장 ·
신념은 희망 앞에 고개를 숙인다(1)

"커헉, 큭."

풀썩.

에일레스의 무릎이 녹아내린 대지에 닿았다.

차가운 서리가 맴돌았던 그의 몸 곳곳은 검은 불길에 집어삼켜져 형편없이 녹아 있었다.

달그락.

그의 손에 굳게 쥐어져 있던 서리의 검이 바닥에 떨어졌다.

"아, 그래도 간만에 좀 재밌었네."

강우는 기지개를 켜며 밝은 목소리로 말했다.

에일레스와의 전투는, 기대했던 것 이상으로 즐거웠다.

'검술 자체는 그 아리안느인가 하는 애보다 오히려 못했지만.'

대신 에일레스에게는 검술을 넘어서는 서리의 힘이 있었다.

검격 한 번에 차가운 서리가 대지를 뒤덮었고, 공간이 얼어붙었다. 조금이라도 공격을 허용하는 순간 몸이 얼음덩어리로 변하는 것 또한 마음에 들었다.

'꽤 도움이 됐어.'

혼돈 스킬과 뒤섞인 탐식의 불을 시험하기 딱 좋은 상대였다.

강우는 만족스러운 미소를 입가에 머금은 채 바닥에 쓰러진 에일레스에게 다가갔다.

"죽여, 라."

"죽이기 전에 들을 게 좀 있어서 말이야."

"……말하지 않겠다고 했을 텐데."

"걱정하지 마."

강우는 에일레스의 어깨를 가볍게 두드렸다.

"말하게 될 테니까."

에일레스는 거칠게 일그러진 표정으로 고개를 돌렸다.

강우는 일단 에일레스를 내버려 둔 채, 그의 손에서 떨어진 서리의 검을 주워들었다.

"이야, 확실히 대단한 검은 맞네."

새하얀 서리로 뒤덮인 검날에서는 검을 움켜쥔 손이 저릿할 정도의 힘이 전해졌다.

단순한 격(格)만 따진다면 그가 사용하고 있는 잉그리움에 뒤처지지만, 서리라는 독특한 특성을 생각한다면 본래 검이 지닌 힘 이상의 효과를 지니고 있었다.

'그래도 나한테는 필요 없으니.'

마해의 열쇠에 잉그리움까지 있는 자신에게는 굳이 필요하지 않은 물건이었다. 아니, 사실 그 두 개가 없다고 해도 더 이상 그에게 '무기'라는 것은 굳이 중요치 않았다.

'그러면.'

강우는 몸을 빙글 돌렸다.

"시훈아."

"예, 형님."

강우가 에일레스와 전투하고 있는 사이 남아 있는 서리 일족의 기사들을 정리하고 있던 김시훈이 이쪽을 향해 다급히 뛰어왔다.

"자, 너 가져."

강우는 김시훈을 향해 새하얀 서리가 맺힌 검을 내밀었다.

"혀, 형님?"

"그 무형검인가? 그걸로 검을 만들 수 있는 건 아는데, 그래도 검사니까 좋은 검이 있으면 더 좋을 거 아냐."

검사 중 명검(名劍)을 탐내지 않는 존재가 얼마나 있을까. 특히 이 서리의 검은 명검의 영역을 아득히 초월한 신물이었다.

'등급으로 따지면 최소 신화 등급일 것 같은데.'

한설아가 펼친 성역의 영향을 가볍게 뚫어버리는 것을 봐서는 어쩌면 초월 등급의 무기일 수도 있었다.

"전에 네가 사용하던 성검보다 훨씬 더 좋을 거야."

"……형님."

김시훈은 감동을 받은 듯, 눈물을 살짝 글썽였다.

조심스럽게 서리의 검을 받아내며 말했다.

"감사합니다, 형님…… 아니, 강우 형. 소중하게 사용할게요."

환하게 미소 짓는 김시훈의 얼굴을 보니.

"어, 음. 그래 잘 써라."

이 새끼, 이거 이거 안 될 새끼네.

아주 잠깐이지만. 진짜 1초도 되지 않는 순간이었지만.

'괜찮…… 아니, 아니지!'

나에겐 임자뿐이라고!

강우는 다급히 머리를 저으며 헛기침을 흘렸다.

파티원들을 향해 고개를 돌렸다. 아무리 전력 차가 있다고 해도 일만에 달하는 병력을 상대하기는 쉽지 않았던 듯, 파티원들의 표정은 상당히 지쳐 보였다.

그나마 직접적으로 전투에 거의 참여하지 않은 리리스 정도만 멀쩡해 보였다.

"리리스 말고 나머지는 먼저 던전 밖으로 나가줘."

"……예? 강우 씨는요?"

한설아는 강우의 옷깃을 살며시 쥐며 불안하다는 듯 물었다.

강우는 픽 웃으며 그녀의 허리를 가볍게 끌어안았다.

"나는 따로 좀 할 일이 있어서."

고개를 돌려 바닥에 쓰러진 에일레스를 슬쩍 흘겨보았다.

"아……."

한설아는 이해했다는 듯, 고개를 끄덕였다.

"집에서 기다리고 있을게요."

그녀는 에키드나의 손을 잡으며 말했다.

"그럼, 형님. 저희 먼저 가겠습니다."

김시훈이 고개를 살짝 숙이며 몸을 돌렸다.

그런 그의 뒷모습을 가만히 바라보고 있던 발록이 몸을 일으켰다.

"왕이시여, 도움이 필요하면 언제든 불러주십시오."

"……음? 그래, 알았어."

일순, 김시훈을 바라보는 발록의 모습에서 뭔가 이상한 느낌이 들었으나 강우는 이내 신경을 끄고 고개를 끄덕였다.

'둘 사이에 뭔 일 있었나?'

어쨌든 지금 당장 신경 쓸 일은 아니었다.

파티원들이 반쯤 녹아내린 신전의 입구로 나갔다. 치열한 격전이 이뤄졌던 전장에는 리리스와 강우, 그리고 바닥에 쓰러진 에일레스만이 남았다.

"자, 그럼."

강우는 에일레스를 돌아보며 씩 웃었다.

"심문을 시작해 볼까?"

"……크읏."

에일레스의 입에서 침음이 흘러나왔다. 그를 죽이지 않고 살려뒀을 때부터, 심문이 이어질 것이라고는 예상했었다.

"소용없는 짓을 하는구나."

에일레스는 차가운 시선으로 강우를 노려보았다.

설사 차마 입에 담기 힘들 정도로 끔찍한 고문을 당한다고 해도 그가 입을 열 일은 없었다. 마음속 깊이 자리 잡은 신념은, 결코 꺾이지 않는다.

"소용없는지는 해봐야 아는 거지."

강우는 바닥에 쓰러진 에일레스에게 다가갔다.

그를 향해 손을 뻗었다.

'봉쇄의 권능.'

화르르르륵!!

탐식의 불이 에일레스의 몸을 뒤덮으며 그를 단단히 구속했다.

"흐음. 어떻게 심문하실 생각이신가요, 마왕님?"

리리스가 탐식의 불에 묶여 있는 에일레스에게 다가왔다.

가늘게 눈을 뜨며 위아래로 에일레스를 살폈다.

"저런 고지식한 스타일은 입을 열게 만들기 쉽지 않을 텐데요."

"뭐, 그렇겠지."

강우는 고개를 끄덕였다.

"그래도."

천천히 손을 뻗어, 에일레스의 머리 위에 손을 올렸다.

"무슨 수를 써서라도 입을 열게 만들어야 해."

그만큼 바알에 대한 정보가 절실했다.

강우는 날카롭게 눈을 빛내며 권능을 끌어 올렸다.

'지배의 권능.'

파지지지직!!

"크윽!"

에일레스의 머리 앞쪽에서 검은 스파크가 튀어 올랐다.

고통스럽다는 듯 고개를 비틀었지만, 그것뿐. 지배의 권능은 그의 의식을 잠식하지 못했다.

"쯧."

강우는 눈살을 찡그리며 혀를 찼다. 예상했던 대로, 지배류 권능은 통하지 않았다.

'이걸 대비하지 않았을 리가 없으니까.'

바알은 몰라도 아몬이라면, 이런 상황을 상정하고 대책을 세워뒀을 것이다.

'그렇다면.'

강우는 몸을 돌렸다.

굳이 다른 파티원들을 돌려보내면서도 리리스를 이곳에 남겨둔 이유가 있었다.

"부탁한다, 리리스."

"흐음."

리리스는 팔짱을 낀 채 에일레스를 내려다보았다.

"너라면…… 네 '■■'라면 할 수 있어."

강우는 그녀의 어깨에 손을 올린 채 확신에 찬 목소리로 말했다. 리리스는 고개를 갸웃거렸다.

"오히려 즐거워하지 않을까요?"

"아니."

그럴 리는 없어. 절대로.

"끄응. 마왕님은 왜 그렇게 제 촉수를 싫어하시는지 모르겠다니까요."

리리스는 입술을 삐죽 내밀며 투덜거렸다.

'그걸 모른다고?'

대체 왜 모르는 거야. 아니, 몰라도 씨바 이 정도로 말했으면 알아야지.

'뭐, 설사 촉수에 대해 혐오감이 없다고 하더라도.'

그녀가 본격적으로 '심문'을 하기로 결정한 이상. 더 이상 혐오스럽다는 것은 중요한 문제가 아니었다.

"그럼, 부탁할게."

"예, 마왕님."

리리스는 짙은 미소를 입가에 머금은 채, 고개를 끄덕였다.

찔꺼억.

그녀의 머리칼이 살아 움직이듯 꿈틀거리며 녹색 촉수로 바뀌기 시작했다.

"무, 무슨 짓을 할 생각이냐"

에일레스는 창백히 질린 표정으로 녹색 촉수를 바라보았다.

강우는 힘내라는 듯, 그의 어깨를 두드렸다.

"그러게 그냥 처음부터 말하지 그랬어."

절레절레 고개를 저으며 몸을 돌렸다.

"크윽! 자, 잠……!"

에일레스의 다급한 목소리가 들려왔다. 그리고.

찔꺼어억.

"크학! 아, 아악!"

찌걱, 찌걱, 찌걱!

"크으윽!!"

녹색 촉수가 그의 몸에 달라붙었다. 에일레스는 온몸을 비틀며, 공포에 질린 비명을 토해냈다.

시간이 흘렀다.

탐식의 불에 온몸이 묶인 채, 에일레스는 발버둥 쳤다.

"아, 으아."

악몽과도 같은 고통이 몸을 헤집는다.

비록 얼음으로 이루어진 신체라고는 하나, 감각을 느끼지 못하는 것은 아니었다. 고통도, 불쾌함도, 공포도. 모두 생생하게 떠올라 그의 몸을 집어삼켰다.

끔찍하다, 는 짧은 표현으로 설명할 수 없는 불쾌함. 피부에 달라붙는 촉수의 감촉에 속이 뒤집혔다.

당장에라도 구역질을 토해낼 것 같은 감각에 에일레스는 입술을 짓씹었다.

"나, 나는. 내……."

하지만.

"내, 신념, 은."

두 눈을 부릅뜬 채, 고개를 들어 올렸다.

예전, 그의 주군을 처음 만났을 때의 기억을 떠올렸다. 그때의 전율을. 그때의 경외를 기억한다.

'바알, 님.'

에일레스는 아득한 어둠을 떠올렸다. 천진난만한 소년의 껍데기 안에 숨겨진, 끝없는 무저갱을 기억했다.

'당신만이······.'

그만이, 이 불합리한 세계를 부수고 새롭게 만들어낼 수 있다. 새로운 세계의 주인이 될 수 있다.

"굽히지, 않는, 다."

에일레스는 전신이 녹색 촉수에 침식당하면서도. 타오르듯 뜨거운 눈으로 말했다.

강우는 진심으로 놀랐다는 듯, 두 눈을 동그랗게 뜨며 에일레스를 바라보았다.

'저걸 견딘다고?'

리리스의 심문 스킬은 어떤 의미에서는 지배의 권능보다도 뛰어난 경지에 닿아 있었다.

단순히 촉수가 끔찍하다거나, 혐오스럽다는 문제가 아니다. 그녀의 촉수에는 강력한 환각 작용을 일으키는 물질이 뿜어져 나와 실제 전신의 살점을 도려내는 것 이상의 고통을 주는 것이 가능했다. 손톱을 뽑아내고, 뼈를 우그러뜨리고, 눈알을 뽑아내는 고통 정도는 우습게 느껴질 정도의 격통을.

'그런데.'

에일레스는, 첫 번째 하늘의 주인은 그 끔찍한 고통을, 아득한 격통을 견뎌냈다. 두 눈을 부릅뜬 채 이겨냈다.

"하."

강우의 입에서 헛웃음이 흘러나왔다.

"죄송해요, 마왕님."

리리스가 한숨을 내쉬며 고개를 저었다.

그녀가 촉수를 거둬들임과 동시에, 에일레스는 의식을 잃고 기절했다.

"……내성이 생겨 버렸어요."

그녀의 촉수에서 분비되는 액체는 감각을 뒤틀어 버리며 강력한 환각을 보여주는 것이 가능했다.

하지만 그 환각에도 한계가 있었다. 어느 정도 시간이 지난 후에는 자연스럽게 내성이 생겨 버려 환각을 사용할 수 없게 되는 것이다.

'이제까지 내성이 생길 때까지 버틴 놈은 없었던 거로 알고 있는데.'

강우는 실로 감탄스럽다는 듯 에일레스를 내려다보았다.

당연하지만, 그는 이제까지 리리스의 촉수가 불러일으키는 환각통까지는 경험해 본 적 없었다.

하지만 전에 리리스의 말로는 그가 예전에 수련을 위해 사용했던 '탈태'와 비슷할 정도의 격통이라고 했다.

"신념을 굽히지 않는다고 자신 있게 떠들 정도는 되네."

탈태를 겪어본 입장에서, 순수하게 감탄할 수밖에 없었다.

강우는 짝짝 박수를 치며 에일레스를 내려다보았다.

"저…… 이제 어떻게 하죠?"

리리스는 난처하다는 표정으로 강우를 돌아보았다.

쉽게 함락되지 않을 거라고는 생각했지만, 설마 이 정도까지 질기게 버틸 줄은 그녀 또한 예상하지 못했던 일이었다.

"바알에 대한 정보는 일단 포기해야 할까요?"

지배의 권능도, 환각으로 일으킨 극한의 통증도 소용없다면 사실상 입을 열게 할 방법이 없었다.

물론 그녀의 환각에 내성이 생겼다고 해도 실제 고문을 통해 통증을 주는 것은 가능하나, 이제까지 에일레스의 모습을 보면 그것도 견뎌낼 가능성이 컸다.

"아니, 그럴 필요 없어."

강우는 태연한 표정으로 고개를 저었다.

바닥에 쪼그려 앉아, 의식을 잃은 에일레스의 등을 가볍게 두드리며 말을 이었다.

"신념은 희망 앞에 고개를 숙이는 법이거든."

"……예?"

리리스는 의아하다는 듯 고개를 갸웃거렸다.

"절망을 잘못 말씀하신 건가요?"

"아니."

강우는 가볍게 고개를 저었다.

짙은 미소를 입가에 머금은 채.

"희망 앞에, 고개를 숙이게 될 거야."

나지막한 목소리로 말했다.

리리스는 굳게 입을 다물었다.

등골을 타고, 섬뜩한 전율이 전신에 퍼졌다. 순간적으로 강우의 이마에 산양의 뿔이 돋아난 것과 같은 착각이 들었다.

"훗차."

강우는 쪼그려 앉았던 몸을 일으켰다.

"자, 그럼."

전투의 도중, 아리안느가 도망친 방향을 돌아보았다.

"철부지 공주님을 잡으러 가볼까."

뚝, 뚝, 뚝.

녹아내린 얼음이 방울져 떨어진다.

짙은 어둠이 내려앉은 신전에, 비릿한 피 냄새가 가득 풍겼다.

"아, 으."

에일레스는 몸을 비틀며, 천천히 눈을 떴다.

"크읏!"

몸을 움직이려고 했지만, 그의 몸을 휘감고 있는 검은 불길에 묶여 몸이 움직이지 않았다.

'여긴……'

눈을 떠 주변을 둘러보았다.

그가 눈을 뜬 장소는 반쯤 녹아내린 신전의 안. 침입자와 서리 일족의 교전이 일어났던 장소였다.

'다른 곳에 가두진 않은 건가.'

기절한 그를 다른 곳으로 옮기지 않았다는 것은 꽤 중요한 정보였다.

'놈들에겐 시간이 많지 않아.'

만약 여유가 넘쳤다면, 그를 일단 본진으로 옮긴 후 천천히 시간을 들여 심문을 이어갔을 것이다.

에일레스는 가늘게 눈을 뜨며 주변을 살폈다. 그를 고문했던 강우라고 불린 청년과 리리스라 불린 여인의 모습은 보이지 않았다.

"……어디 갔지?"

에일레스는 불안에 찬 눈빛으로 고개를 두리번거렸다. 그들이 정보를 얻는 것을 포기하고 깔끔하게 돌아갔을 리는 없다는 생각이 들었다.

화륵! 화르르륵!

"크윽. 제길."

에일레스는 서리의 힘을 끌어 올리며 거칠게 몸을 비틀었다. 하지만 그를 단단히 묶고 있는 검은 불길은 조금도 사그라지지 않았다.

"후우."

에일레스는 이내 깊은 한숨을 내쉬며 발버둥을 멈췄다.

어둠이 내려앉은 신전 속에서, 그의 푸른 눈이 밝게 빛났다.

'절대 알려줘서는 안 돼.'

침입자가 원했던 '바알의 정보'가 무엇인지는 대충 짐작할 수 있었다.

'종말의 날에 관한 구체적인 정보.'

앞으로 35일 후, 바알의 군세는 지구를 급습한다. 인류를 멸망시키고, 이름만 남은 신들을 죽여 새로운 세계를 탄생시킬 것이다.

에일레스는 굳게 입을 다문 채 지그시 두 눈을 감았다.
'이 속박에서 벗어나는 것이 불가능하다면.'
적어도 스스로의 목숨이라도 끊을 생각이었다. 죽은 자는 말이 없는 법이었으니까.
"후우."
죽는 것은 상관없다. 주군을 향한 충의를 지키기 위해 죽음을 선택하는 것은, 어찌 보면 그가 바라고 있던 죽음이었으니까.
하지만.
'……아리안느.'
순간, 에일레스의 머릿속에 딸의 모습이 스쳤다.
눈송이처럼 새하얀 서리의 왕녀. 천진난만한 그녀의 웃음소리가 머릿속을 울렸다.
"하아."
에일레스는 두 눈을 질끈 감았다. 새하얀 한숨이 그의 입술 사이로 흘러나왔다.
"미안…… 하구나."
나지막한 목소리로, 닿을 리 없는 중얼거림을 흘렸다.
에일레스는 머릿속에 떠오른 딸의 모습을 지우기 위해 고개를 저었다.
"서리의 정령들이여."
천천히 고개를 들어 올리며 나지막이 그들을 불렀다.
그의 몸 주변에 주먹 크기보다 살짝 큰 빛무리가 생겨났다. 서리의 기운으로 이루어진 정령들. 그들은 처음 모습을 드러냈을 때에 비해 그 크기가 상당히 작아져 있었다.

아니, 크기만 작아진 것이 아니었다. 서리의 정령을 이루고 있는 빛무리도 꺼질 듯 점멸했고, 그 안에서 느껴지는 한기(寒氣)조차 형편없는 수준이었다.

"……너희도 많이 다친 게로구나."

에일레스는 씁쓸한 표정으로 서리의 정령을 바라보았다.

'그래도 이 정도라면.'

스스로의 목숨을 끊을 수 있을 정도는 될 것이다.

에일레스는 고개를 들어 올려 목을 내민 채, 지그시 두 눈을 감았다. 그리고 그의 주변에 떠오른 서리의 정령들을 향해 나지막이 명했다.

"나를, 죽여라."

콰자작!

서리의 정령들의 몸이 날카로운 얼음 창으로 변했다.

뾰족한 창끝이 에일레스의 목을 노리고 쏘아졌다.

콰드드득!

얼음이 박살 나는 소리와 함께, 에일레스의 목을 노리고 쏘아지던 창날이 산산이 박살 났다. 에일레스의 주변에 떠올랐던 서리의 정령들이 검은 불꽃에 집어삼켜져 증발했다.

"에이, 멋대로 죽으려고 하면 안 되지."

"……네놈."

에일레스의 표정이 거칠게 일그러졌다.

새하얀 증기가 되어 사라진 서리 정령들의 흔적을 힐끗 바라보며 입술을 깨물었다.

"아직 포기하지 않은 건가."

"물론이지."

강우는 짙은 미소를 지으며 고개를 끄덕였다.

"멍청한 놈이로군."

에일레스는 차갑게 빛나는 눈으로 말했다.

"네놈이 무슨 짓을 해도, 나는 굴복하지 않는다."

손톱을 뽑고, 사지를 자르고, 눈알을 뽑아 터뜨린다고 해도.

"내 신념은 오롯하다."

에일레스는 단호한 목소리로 말했다.

차갑게 내뱉는 그의 말에, 강우는 웃었다.

"응, 알고 있어."

에일레스의 눈이 가늘어졌다.

"무슨 꿍꿍이가 있는지는 모르겠지만."

차가운 목소리로 말한다.

"너는, 아무것도 할 수 없다."

"……"

"무슨 짓을 하더라도, 그분을 넘어설 수 없다."

바알을, 그의 주군을 머릿속에 떠올린다.

아득한 심연을 품고 있는, 진정한 '악마'. 이 세계에 군림해야 할 마땅한 존재.

"그러고 보니 전에 같이 있던 여인이 널 마왕이라고 불렀던가."

피식.

에일레스는 가소롭다는 듯 조소를 흘렸다.

"네놈이 인간이 아닌 악마라는 건 잘 알겠지만…… 그 칭호는 네게 어울리지 않는 것 같군."

마왕에 대해서 들어본 적은 없었다.

그와 바알이 만난 것은 구천지옥에서 이어졌던 기나긴 전쟁이 끝난 이후였으니까.

하지만 '마왕(魔王)'이라는 칭호 안에 담긴 의미가 무엇인지 예상하는 것은 어렵지 않았다.

"너는 네가 악마의 왕이라고 생각하는가?"

에일레스는 차가운 조소를 머금은 채 강우를 응시했다.

"악마의 왕이라는 칭호는, 네가 아닌 바알 님에게 어울리는 칭호다."

강우는 굳게 입을 다물었다.

벙찐 표정으로 에일레스를 내려다보더니.

"푸흡!"

배를 움켜쥔 채 웃음을 터뜨렸다.

"푸하하하하!! 와 씨, 갑자기 이렇게 빵 터뜨릴 줄은 몰랐네!"

강우는 끅끅 웃음을 흘리며 찔끔 흘러나온 눈물을 훔쳤다.

"너, 바알한테 나에 대한 건 하나도 못 들었나 보지?"

"……."

"하긴, 말하고 싶지 않긴 하겠지."

그 기나긴 전쟁의 끝에. 자신이 패배했다는 사실을 인정해야 했으니까.

"……네놈과 바알 님은 무슨 관계인 거냐."

"헤."

강우는 히죽, 입가를 올렸다.

손을 뻗어 에일레스의 백발을 움켜쥔 채.

뻐억!

무릎을 들어 올려 그의 턱을 올려쳤다.

"커헉!!"

에일레스의 입에서 고통에 찬 비명이 흘러나왔다.

강우는 멈추지 않았다. 그의 머리를 붙잡은 채, 연달아 무릎에 머리를 내려찍었다.

"크륵! 커헉! 카하악!"

에일레스의 코가 뭉개졌다. 반투명한 얼음으로 이루어진 치아가 박살 나며 새하얀 피와 섞여 바닥에 떨어졌다.

풀썩.

에일레스는 바닥에 머리를 처박은 채 쓰러졌다.

"네 입장을 잘 생각해야지, 이 친구야."

강우는 쪼그려 앉아 바닥에 쓰러진 에일레스의 머리를 가볍게 두드렸다.

"질문은 네가 아니라 내가 하는 거잖아? 그렇지?"

상냥한 미소를 입가에 머금은 채 말했다.

"크읏……."

에일레스는 굴욕적이라는 듯 입술을 짓씹었다.

그는 고개를 살짝 들어 강우를 올려다보며 말했다.

"……죽여라."

사나운 목소리로 말을 이었다.

"네가 원하는 것은, 내 입을 통해서는 단 한마디도 들을 수 없을 것이다."

확신에 찬 목소리. 이 정도의 고문을 당했음에도, 에일레스의 눈빛은 조금도 흔들리지 않았다.

"그래? 정말 너는 네가 그 어떠한 고통도 이겨낼 수 있다고 생각해?"

"물론."

에일레스는 망설임 없이 답했다.

그는 흔들림 없는 눈빛으로 입을 열었다.

"고통 따위로 내 신념을 꺾을 수는 없다."

입으로만 내뱉는 값싼 자신감이 아니다. 그는, 정말로 그 어떠한 고통 속에서도 바알에 대한 정보를 말하지 않을 확신이 있었다.

'……바알 님.'

에일레스는 그의 주군의 이름을 떠올리며, 굳게 입술을 깨물었다.

'그 어떠한 절망과 고통 속에서도.'

당신을 향한 제 충의(忠毅)는.

'변치 않을 것입니다.'

에일레스는 타오르는 듯 뜨거운 눈으로 강우를 응시했다.

차가운 조소를 입가에 머금은 채 말을 이었다.

"자, 어떤 고문이라도 마음껏 해보거라. 나의 피부를 벗겨낸다고 해도, 살점을 도려낸다고 해도, 뼈를 갈아버린다고 해도."

"……."

"너는, 아무것도 얻지 못할 것이다."

오히려.

"헛된 시간을 허비하며 바알 님의 대계(大計)를 막을 여유는 더욱 없어지겠지."

오강우라는 악마는 강하다. 사천왕 중 최강이라고 자부하는 자신이 별다른 공격 한번 해보지 못하고 속수무책으로 패배했을 정도로.

'어쩌면.'

최악의 경우, 그는 바알의 대계를 위협하는 존재가 될 수 있었다.

'내 한 몸 바쳐서 이자를 여기에 묶어둘 수 있다면.'

어떠한 고통이라도 기꺼이 받아들일 자신이 있었다.

"푸흡! 하하하하하!"

강우는 굳은 결의 찬 에일레스를 내려다보며 다시 한번 배를 움켜쥐고 웃음을 터뜨렸다.

"아, 좋네. 응, 진짜 마음에 들어."

강우는 흡족한 미소를 입가에 지으며 연신 고개를 끄덕였다.

"개인적으로 너 같은 외골수 스타일을 꽤 좋아하거든."

신념도 없고, 이상도 없고, 갈망조차 사라진 채. 오로지 욕망에 눈이 먼 어중이떠중이보다야, 이편이 훨씬 마음에 들었다.

"그래야."

짓밟는 맛이 더 있으니까.

강우는 낄낄 웃으며 어깨를 들썩였다.

에일레스는 불쾌하다는 듯 눈살을 찌푸렸다.

"흠흠. 그래, 어떠한 고통 속에서도 신념을 지키겠다고 했지?"

강우는 턱을 잡은 채 알겠다는 듯, 고개를 끄덕였다.

"그러면, 말이야."

천천히 허리를 숙인다.

바닥에 쓰러진 채 자신을 올려다보고 있는 에일레스와 두 눈을 마주쳤다.

"……아."

에일레스의 입에서 짧은 신음이 흘러나왔다.

검은자위에 노란색 눈동자, 가로로 찢어진 동공을 보는 순간.

'뭐, 야.'

무언가. 잘못되어 가고 있다는 것을 느꼈다.

'뭐야, 이거…….'

에일레스는 혼란에 빠진 표정으로 고개를 숙였다.

그때.

"이건 어때?"

강우가 품속에서 무언가를 꺼냈다. 반투명한 얼음 조각이었다.

"……아."

얼음 조각을 본 순간, 에일레스의 두 눈이 부릅떠졌다.

덜덜덜, 몸이 떨린다. 이가 부딪힌다.

"아, 아냐."

부정한다. 자신이 알고 있는 것이 아닐 거라고, 자신의 생각이 틀렸을 거라 갈망한다.

"아니, 라고."

고개를 가까이 기울여, 바닥에 떨어진 얼음 조각을 내려다 보았다.

아름다운. 실로 아름다운 얼음 조각. 그 얼음 조각이 무엇인지, 누구의 것인지 알고 싶지 않아도 알게 된다.

"아, 아아."

에일레스의 입에서 절망에 찬 신음이 흘러나왔다.

그의 두 눈을 타고 투명한 눈물이 흘렀다.

"아리안느라고 했던가?"

악마는 에일레스의 귓가에 입을 가까이 가져다 대며.

"아주 예쁜 손가락을 가지고 있더라고."

속삭이듯 말했다.

"으, 아아아아아아아아!!"

절규가 터져 나왔다.

"이, 이, 개자식이이이이이이!!!"

콰득! 콰드득!

에일레스는 미친 듯이 몸을 비틀며, 악마를 향해 달려들었다.

"죽인다, 죽인다, 죽인다!!"

그를 묶고 있는 검은 불꽃이 옭아맸다.

"널 죽여 버릴 것이다아아아!"

'절망'에 찬 에일레스의 절규가 울려 퍼졌다.

콰득, 콰드득!

처절하게 몸을 비튼다.

그를 묶고 있는 불의 사슬이 팽팽하게 당겨진다.

소리치며, 절규하며, 울부짖으며 증오를 내뱉는다.

"아, 아아아아!!"

얼마 남지 않은 서리의 힘을 끌어 올린다.

전신이 비명을 지르듯 고통스럽다. 그러나 상관하지 않는다. 신경 쓰지 않는다. 이 아득한 증오 속에서, 고통은 얼마나 하찮은가.

"죽여 버리겠다아아아아아!!"

우득, 우드득.

눈앞에서 환하게 미소 짓고 있는 악마를 향해, 손을 뻗는다.

몸을 묶고 있는 불의 사슬이 그를 압박한다. 무시한 채, 주먹을 움켜쥔다. 서리의 기운이 그의 손에 맺힌다. 끔찍한 냉기를 머금은 얼음 손톱이 자라난다.

악마의 목덜미를 향해, 손톱을 내지른다. 하지만.

콰드드득!!

"크윽! 크하아악!!"

뼈가 어긋나는 듯한 소리와 함께 그의 손톱이 움직임을 멈췄다. 악마의 목덜미에 닿을 듯 말 듯 아슬아슬한 거리까지 손을 뻗었지만, 그 이상은 아무리 힘을 써도 팔이 움직이지 않았다.

"많이 흥분했나 봐?"

악마는 그를 내려다보며, 즐겁다는 듯 입가를 올렸다.

다시금 증오가 타오른다. 뇌가 타오르는 듯 뜨겁다. 눈가에 눈물이 맺혔다.

"하아, 하아."

거칠어진 숨을 내쉬었다.

"흐윽, 흐으으윽."

눈가에 맺혔던 눈물이 뺨을 타고 흘렀다.

"아리안느…… 아리안느……."

이런 일이 일어날 것을 예상하지 않았다면 거짓말이리라.

처음 오강우라는 악마에게 붙잡힌 순간, 가장 먼저 떠오른 것은 아리안느의 얼굴이었다. 끔찍한 고문과 심문을 받으면서도 사실 마음속 한구석에서는 안심하고 있었다.

자신이 고통스러운 만큼, 그녀가 도망칠 시간을 더 벌 수 있을 테니까.

하지만.

"흐으윽. 아리, 안느으."

뺨을 타고 흐른 눈물이 망가진 신전의 바닥을 적신다.

"오, 강우."

고개를 들어, 밝게 웃고 있는 악마를 노려보았다.

그를 사로잡은 적은 영웅이 아니다. 선인도 아닐뿐더러 도덕과 정의를 부르짖지도 않는다. 그렇기에 알고 있었으리라. 그의 입을 열게 하기 위해서는 육체적인 고통보다는 아리안느를 이용하는 것이 가장 효과적이라는 사실을.

"자."

악마는 바닥에 떨어뜨린 얼음 파편을 가볍게 발로 차, 에일레스의 앞으로 보냈다.

"이제 말을 할 이유가 생겼지?"

"닥쳐라!"

에일레스는 증오에 찬 목소리로 외쳤다. 강우를 노려보는 그의 눈에서 타오르는 듯한 푸른빛이 번뜩였다.

하지만 그것도 잠시. 그의 눈에 타오르던 푸른빛이 힘을 잃고 꺼졌다. 꺼진 빛 너머로 눈물이 흐른다.

"제발……"

고개를 숙였다.

"제발 내 딸만은…… 그 아이만은 손대지 말아다오."

애원하듯 흐느꼈다.

"하하하하!!"

강우는 배를 움켜쥔 채 밝은 웃음을 터뜨렸다.

"아, 정말 눈물겨운 장면이네. 응? 너도 그렇게 생각하지?"

"……"

"인류를 몰살시키려는 놈이라고 볼 수 없을 정도야."

강우는 실실 웃으며 그를 내려다보았다.

딸아이를 위해 눈물 흘리는 에일레스의 모습은, 어딜 어떻게 봐도 악역처럼 보이지 않았다. 하지만.

"우리 입장을 반대로 놓고 생각해 보자고. 응?"

"……"

"만약 네가 중요한 정보를 가지고 있는 인간을 사로잡았어.

근데 어라? 이놈이 무슨 짓을 해도 입을 안 여는 거야. 답답하던 차에 그 인간이 자기 자식을 끔찍하게 여긴다는 걸 알았어."

그렇다면.

"너라면, 어떻게 했을 것 같아?"

굳게 입을 다문 에일레스의 어깨를 툭툭 두드렸다.

"억울해하지 마. 슬퍼하지 마. 피해자인 척 찌그리고 있지 마."

네가 할 수 있는 일을.

"나도 할 수 있었을 뿐이야. 그렇지?"

"네노오옴!"

에일레스는 다시금 몸을 비틀며 강우를 향해 달려들었다.

화륵, 화르륵!

불의 사슬이 팽팽하게 당겨지며 그를 압박했다.

"아, 물론."

강우는 발버둥 치는 에일레스의 머리를 움켜쥐었다.

가까이 고개를 기울이며 속삭이듯 말했다.

"내가 더 잘하긴 하지."

낄낄낄.

어깨를 들썩였다.

"자, 그러면."

에일레스를 구속하고 있는 불의 사슬을 향해 손을 뻗었다.

시간이 지나 그 힘을 잃어가던 불의 사슬에 봉쇄의 권능을 다시 한번 사용했다.

화르르륵!

에일레스가 날뛸 때마다 조금씩 약해져 가던 불꽃이 다시금 환한 빛으로 타올랐다.

봉쇄의 권능을 충전한 강우는 에일레스에게서 몸을 돌렸다.

"하루에 하나씩이야."

"……뭐?"

에일레스는 떨리는 눈으로 그를 응시했다.

악마가 손을 들어 잘려진 얼음 파편을 가리켰다.

"하루에 하나씩, 늘어날 거야."

에일레스의 두 눈이 부릅떠였다.

그는 아연한 표정으로, 절망에 짓눌린 눈빛으로 강우를 바라보았다.

"그, 그게 무슨 말이냐!!"

"에이, 너도 잘 알면서 왜 그래?"

"이런 미친……! 이, 이, 쓰레기 자식이!"

악에 받친 채 외쳤다.

하루에 하나씩, 손가락을 자르겠다니. 이건 에일레스라고 해도 생각지도 못했던 끔찍한 짓이었다.

에일레스는 등을 돌려 떠나가는 강우를 향해 외쳤다.

"머, 멈춰라! 아, 아니! 제발 멈춰다오!!"

화륵, 화르륵!

애처롭게 손을 뻗는 그의 몸을 불의 사슬이 휘감았다.

"아, 아아."

절망에 찬 신음이 흘러나왔다.

뺨을 타고 흐르는 눈물을 느끼며.
"아리안느ㅇㅇㅇㅇㅇ!!"
짐승처럼 울부짖었다.

하루에 하나씩. 익숙한 얼음의 조각이 늘어난다.
하루에 하나씩. 절망이 커져간다.
하루에 하나씩. 망가져 가고, 부서져 가고, 미쳐간다.
"아, 으."
떨리는 신음을 내뱉으며, 바닥에 떨어진 얼음 조각을 내려다본다.
인간의 기준으로 본다면 그것은 얼음으로 만들어진 보석처럼 보일지도 모른다.
하지만. 그의 눈에 비치는 얼음 조각은.
"흐윽. 흐으으윽."
더없이 끔찍하게만 느껴졌다.
"아, 아리, 안, 느."
바닥에 고개를 숙여, 콧잔등으로 얼음 조각을 만진다.
바닥에 떨어진 얼음 조각은 네 개.
그들은 인간처럼 피륙으로 이뤄진 육체가 아니라고는 하나. 절단의 고통과 공포에서 자유롭지는 않았다.
얼음의 일부가 잘리면 끔찍한 고통이 뒤를 따르고 자연적으로는 재생하지 못한다. 피륙으로 이루어지지 않았을 뿐, 재생력 면에서 서리 일족은 인간과 큰 차이가 없었다.

그 의미는.

"미안…… 미안, 하구나."

자신의 딸은 더 이상 검을 쥘 수 없다는 의미와 다르지 않다.

"흐윽."

검을 쥔 채 환하게 미소 짓는 딸의 모습을 떠올린다. 검희(劍姬)라 불렸던, 아름다운 몸짓의 요정을 떠올린다.

가슴에 찢어질 듯한 격통이 달린다. 피부를 벗기고, 살점을 도려내고, 뼈를 가는 것과는 비교조차 할 수 없는 고통이었다.

"이제 슬슬 말해도 괜찮지 않아?"

악마가 속삭인다.

더 이상 증오조차 끓어오르지 않았다.

그저 아득한 무력함만이. 그저 끝없는 절망만이 그를 짓누른다.

'나, 는.'

세계가 무너져 간다고 느낀다. 아니, 어쩌면 이미 무너졌을지도 모른다. 악마의 손에 패배한 그 순간, 모든 것을 잃게 되리란 것은 필연이었다.

에일레스는 두 눈을 감았다.

굳은 신념이, 결코 굽히지 않을 것만 같았던 그의 신념이 흔들리는 것을 느꼈다. 망가지고, 붕괴되는 것을 느꼈다.

에일레스는 천천히 눈을 떴다.

'여기서 말한다면.'

어쩌면 아리안느의 목숨은, 구할 수 있을지도 모른다.

"나의 딸⋯⋯ 나의 딸은 어떻게 되는 거지?"

"네가 말만 하면 살 수 있을 거야. 물론, 너도 함께."

악마는 달콤한 목소리로 말했다.

"나는 거짓말을 좋아하긴 하지만, 적어도 약속을 한 건 지킨다고."

악마의 속삭임이 이어졌다.

저것이 말도 되지 않는 개소리라는 것을 안다. 하지만. 그럼에도. 저 말은, 저 거짓말은. 너무도 달콤하게 느껴졌다. 너무 달고, 달아서, 머릿속이 마비될 것만 같았다.

"자, 아리안느도 이렇게 부탁하고 있잖아."

악마가 그의 앞에 투명한 수정 구슬 하나를 내려놓았다.

-아, 아바마마⋯⋯.

"아, 아리안느!!"

투명한 수정 구슬에서 익숙한 목소리가 들려왔다.

에일레스는 수정 구슬을 향해 달려들었다.

화르륵!

붉은 사슬이 날뛰는 그의 몸을 구속했다.

"아, 아아."

눈물을 흘리며, 몸을 비튼다.

"아리, 안느. 아리안느……."

-너무, 아파요. 아바, 마마.

끊어질 듯한 목소리. 절망과, 절망과, 절망이. 그를 짓누른다. 무너뜨린다. 박살 내어, 흩뿌린다.
"이제 나도 슬슬 시간이 부족하다고. 빨리 말해."
악마의 목소리에 초조함이 섞인 것이 느껴졌다.
"……나, 는."
에일레스는 고개를 떨궜다.
그 아득한 절망 속에서. 끝없는 절망의 늪에서.
그는 천천히 입을 열었다.
"나, 는."
고개를 들어 올린다. 썩은 시체처럼 빛을 잃은 그의 눈에, 푸른빛이 타오른다.
"말하지, 않겠다."
아득한 절망 속에서, 서리의 왕은 나지막이 답했다.
"……뭐?"
악마의 눈이 떨리는 것이 보였다.
"아니, 씨발. 미친 거 아냐? 어? 네 딸이 이 꼴이 되었는데 말을 안 하겠다고?"
짜증 가득한 목소리로 말했다.
악마가 그의 멱살을 거칠게 잡았다.

"말해."

"……."

"바알 새끼에 대해 알고 있는 걸 다 말하라고!!"

광기 어린 눈빛으로 에일레스를 노려보았다.

에일레스는 악마의 외침을 무시한 채, 슬픔 가득한 눈빛으로 투명한 수정 구슬을 내려다보았다.

"미안하구나……."

저 수정 구슬 넘어, 끔찍한 고통에 시달리고 있을 딸을 떠올렸다.

"나의 딸…… 나의 아리안느."

투명한 눈물이 뺨을 타고 흐른다.

흐느끼며, 고개를 떨궜다.

"이 못난 아비를…… 용서해 다오."

"……제기랄!"

뻐억!

악마가 에일레스의 얼굴을 거칠게 후려쳤다.

그는 이렇게 될 것을 예상하지 못했다는 듯, 신경질적으로 발을 굴렀다.

"이 정도로 질기게 버틸 줄은 생각도 못 했는데……."

악마는 머리를 쥐어뜯으며 중얼거렸다.

"……포기해야 하나."

악마의 입에서 깊은 한숨이 흘러나왔다.

"일단 리리스랑 좀 얘기를 해봐야겠네."

고민에 잠긴 채 생각을 이어가던 악마가 몸을 돌리는 것이 보였다.

악마가 사라지고, 넓은 신전의 바닥에 에일레스 홀로 남게 됐다.

"아리, 안느……."

홀로 남은 에일레스는 딸의 이름을 흐느끼며 중얼거렸다.

폐허가 된 신전에서 그의 목소리가 나지막이 울려 퍼졌다.

시간이 흘렀다.

어둠이 내려와 신전 안을 덮었다. 에일레스는 마치 영혼을 잃은 듯, 생기가 사라진 눈으로 바닥에 쓰러져 있었다.

화륵.

그때였다. 그를 묶고 있던 불의 사슬이 흔들렸다.

에일레스의 눈이 반짝였다.

'그러고 보니.'

악마는 매일 자신을 찾아오며, 약해진 불의 사슬에 힘을 불어넣었다.

'하지만 오늘은 그냥 가버렸지.'

에일레스의 눈에 푸른 불꽃이 번뜩였다.

'희망'이라는 이름의 불꽃이었다.

To Be Continued